丛书主编：陈平原

"十二五"国家重点图书出版规划项目

·文学史研究丛书·

临水的纳蕤思
中国现代派诗歌的艺术母题

吴晓东 著

图书在版编目(CIP)数据

临水的纳蕤思：中国现代派诗歌的艺术母题/吴晓东著.—北京：北京大学出版社，2015.11
（文学史研究丛书）
ISBN 978-7-301-26408-9

Ⅰ.①临… Ⅱ.①吴… Ⅲ.①诗歌研究—中国—当代
Ⅳ.①I207.22

中国版本图书馆 CIP 数据核字(2015)第 247198 号

北京市社会科学理论著作出版基金资助

书　　名	临水的纳蕤思：中国现代派诗歌的艺术母题
著作责任者	吴晓东　著
责任编辑	艾　英
标准书号	ISBN 978-7-301-26408-9
出版发行	北京大学出版社
地　　址	北京市海淀区成府路 205 号　100871
网　　址	http://www.pup.cn　新浪微博：@北京大学出版社
电子信箱	pkuwsz@126.com
电　　话	邮购部 62752015　发行部 62750672　编辑部 62756467
印刷者	北京中科印刷有限公司
经销者	新华书店
	880 毫米×1230 毫米　A5　10.5 印张　225 千字 2015 年 11 月第 1 版　2015 年 11 月第 1 次印刷
定　　价	45.00 元

未经许可，不得以任何方式复制或抄袭本书之部分或全部内容。
版权所有，侵权必究
举报电话：010-62752024　电子信箱：fd@pup.pku.edu.cn
图书如有印装质量问题，请与出版部联系，电话：010-62756370

目 录

"文学史研究丛书"总序 ·· 陈平原 1

导论 心灵与艺术的双重母题 ·· 1
    纳蕤思的神话:诗的自传 ·· 4
    临水的沉思者 ·· 17
    母题:一种观察形式 ·· 32

一 辽远的国土 ··· 40
    远景的形象 ··· 41
    在异乡 ·· 52
    "失乐园" ·· 65

二 扇 ··· 72
    中介的意义 ··· 74
    "只有青团扇子知" ·· 78
    扇上的"烟云" ·· 81
    齐谐志怪的境界 ·· 85

三 楼 ··· 90
    "泛滥"的"古意" ·· 91
    记忆的法则 ··· 95

规定的情境 …………………………………… 99
"楼乃如船" …………………………………… 105

四 居室与窗 ……………………………………… 112
　　室内生活 …………………………………… 113
　　落寞的古宅 ………………………………… 119
　　临窗的怅望者 ……………………………… 124

五 姿态：独语与问询 …………………………… 137
　　心灵的形式 ………………………………… 138
　　自我指涉的语境 …………………………… 143
　　个体生命的境遇 …………………………… 148
　　"写不完的问号" …………………………… 153

六 乡土与都市 …………………………………… 159
　　荒废的园子 ………………………………… 160
　　古　城 ……………………………………… 167
　　老　人 ……………………………………… 174
　　陌生的都市 ………………………………… 179
　　两种时间 …………………………………… 188

七 有意味的形式 ………………………………… 200
　　梦 …………………………………………… 202
　　幻象的逻辑 ………………………………… 210
　　表象的世界 ………………………………… 215
　　拟喻性的语言 ……………………………… 221

八 镜 ……………………………………………… 228
　　"付一枝镜花，收一轮水月" ……………… 230
　　"我"与"你" ………………………………… 239

主体的真理 …………………………………… 250
结语　关于生命的艺术 …………………………… 264

附录一　尺八的故事 ……………………………… 272
附录二　西部边疆史地想象中的"异托邦"世界 ………… 297
参考文献 …………………………………………… 310

"文学史研究丛书"总序

陈平原

中国学界之选择"文学史"而不是"文苑传"或"诗文评",作为文学研究的主要体式,明显得益于西学东渐大潮。从文学观念的转变、文类位置的偏移,到教育体制的改革与课程设置的更新,"文学史"逐渐成为中国人耳熟能详的知识体系。作为一种兼及教育与研究的著述形式,"文学史"在20世纪的中国,产量之高,传播之广,蔚为奇观。

从晚清学制改革到"五四"新文化运动展开,提倡新知与整理国故终于齐头并进,文学史研究也因而得到迅速发展。在此过程中,北大课堂曾走出不少名著:林传甲的《中国文学史》(1904)还只是首开纪录,接踵而来者更见精彩,如姚永朴的《文学研究法》、刘师培的《中国中古文学史》和《汉魏六朝专家文研究》、黄侃的《文心雕龙札记》、吴梅的《词余讲义》(后改为《曲学通论》)、鲁迅的《中国小说史略》、胡适的《五十年来中国之文学》和《白话文学史》、周作人的《欧洲文学史》和《中国新文学的源流》,以及俞平伯的《红楼梦辨》、游国恩的《楚辞概论》等。这些著作,思路不一,体式各异,却共同支撑起创立期的文学史大厦。

　　强调早年北大学人的贡献,并无"惟我独尊"的妄想,更不会将眼下这套丛书的作者局限在区区燕园;作为一种开放且持久的学术探求,本丛书希望容纳国内外学者各具特色的著述。就像北大学者有责任继续先贤遗志,不断冲击新的学术高度一样,北大出版社也有义务在文学史研究等诸领域,为北大向世界一流大学迈进呐喊助阵。

　　在很长时间里,人们习惯于将"文学史研究"理解为配合课堂讲授而编撰教材(或教材式的"文学通史"),其实,"海阔凭鱼跃,天高任鸟飞",此乃学者挥洒学识与才情的大好舞台,尽可不必画地为牢。上述草创期的文学史著,虽多与课堂讲授有关,也都各具面目,并无日后千人一腔的通病。

　　那是一个"开天辟地"的时代,固然也有其盲点与失误,但生气淋漓,至今令人神往。鲁迅撰《〈中国小说史略〉序言》,劈头就是:"中国之小说自来无史。"后世学者恰如其分地添上一句:"有之,自鲁迅先生始。"当初的处女地,如今已"人满为患",可是否真的没有继续拓展的可能性?胡适撰《〈国学季刊〉发刊宣言》,以历史眼光、系统整理、比较研究作为整理国故的方法论,希望兼及材料的发现与理论的更新。今日中国学界,理论框架与研究方法,早就超越胡适的"三原则",又焉知不能开辟出新天地?

　　当初鲁迅、胡适等新文化人"整理国故"时之所以慷慨激昂,乃意识到新的学术时代来临。今日中国,能否有此迹象,不敢过于自信,但"新世纪"的诱惑依然存在。单看近年学界之热心于总结百年学术兴衰,不难明白其抱负与期待。

在本世纪的最后一年推出这套丛书,与其说是为了总结过去,不如说是为了面向未来。在20世纪中国,相对于传统文论,"文学史"曾经代表着新的学术范式。面对即将来临的新世纪,文学史研究究竟该向何处去,如何洗心革面、奋发有为,值得认真反省。

反省之后呢?当然是必不可少的重建——我们期待着学界同仁的积极参与。

1999年2月8日于西三旗

导论　心灵与艺术的双重母题

> 我们选择的纳蕤思主题,是某种需加解释和说明的诗的自传。
>
> ——瓦雷里

> 去拨弄污泥,去窥测根子,
> 去凝视泉水中的那喀索斯,他有双大眼睛,
> 都有伤成年人的自尊。我写诗
> 是为了认识自己,使黑暗发出回音。
>
> ——希尼

在中国现代诗歌众多的群落和流派中,我长久阅读的,是二十世纪三十年代以戴望舒、卞之琳、何其芳为代表的"现代派"诗人。尽管这一批诗人经常被视为最脱离现实的、最感伤颓废的、最远离大众的,但在我看来,他们的诗艺也是最成熟精湛的。"现代派"的时代可以说是中国文学史上并不常有的专注于诗艺探索的时代,诗人们的创作中颇有一些值得反复涵咏的佳作,其中的典型意象、思绪、心态已经具有了艺术母题的特质。这使戴望舒们的诗歌以其艺术形式内化了心灵体验和文化内涵,从

而把诗人所体验到的社会历史内容以及所构想的乌托邦远景，通过审美的视角和形式的中介投射到诗歌语境中，使现代派诗人的历史主体性获得了文本审美性的支撑。

"现代派"诗人群在中国现代诗歌史上之所以说是具有相对成熟的诗艺追求的派别，成熟的原因之一体现在诗歌意象世界与作家心理内容的高度吻合，以及幻想性的艺术形式与渴望乌托邦乐园的普遍观念之间的深切契合，最终生成为一些具有原型意味的艺术模式和艺术母题。

现代派诗人笔下经常出现的"辽远的国土""镜花水月""异乡""古城""荒园""梦""楼""窗""桥"等等，都可以看成是母题性的意象。这些由于现代派诗人共同体普遍运用而反映群体心灵状态的母题性意象，一端折射着诗人们的原型心态，一端联结着诗歌内部的艺术形式。现代派诗人们寻求的，是与心灵对应的诗艺形式，是心灵与诗歌形式之间的同构性。这在现代派诗歌中就表现为一系列具有相对普遍性和稳定性的意象模式，从而一代诗人内心深处的冲突、矛盾、渴望、激情就呈现为一种在意象和结构上可以直观把握的形式。譬如"辽远的国土"这一具有母题特质的意象，就是现代派诗人在诗中发现和寻找的特定内容，同时也是诗人"自我"外化的形式，是一种心灵的符号，一种心理的载体或者情感的"客观对应物"。当戴望舒具有偶然性地运用了"辽远的国土"的意象之后，诸多诗人颖悟到他们的心灵体验、时代感受以及对乌托邦的憧憬都在这个意象中找到了归宿，"辽远的国土"由此表达的是一代年青诗人共同的心声，诗人们继而纷纷在自己的诗作中挪用，使"辽远的国土"上升为一个原型，成为现代派诗人群共同分享的公共意象。这种原型母题意象也是衡量一个诗人是不是从属于这一群体的重要表征。当诗人们分享的是同一个意象体系,同时也分享着相似的艺术思维和诗歌语法,他们也就同时分享某种美学理想,甚至分享共同的意识形态视野以及关于历史的共同远景。

这些艺术母题形式也许比内容本身表达着某些更恒久普遍的东西。临水、对镜、凭窗、登楼、独语、问询……这些使心灵主题与艺术主题合而为一的原型意象,无疑都是人类一些非常古老的行为和姿态。譬如临水,可以想象当某个远古的原始人第一次在水边鉴照自己的影子并且认出是他自己的面容时的情形。人类自我认知的历史或许便由此开始了,而且是富有形式意味的审美认知。现代派诗人频繁对镜的姿态中,凝聚的是一种既亘古又常新的艺术体验,体现的是人类一种具有本质性的精神行为。诗人们无意识的姿态,最终汇入了人类亘古积累下来的普遍经验之中。

这也就给我们提供了一种视角,可以通过艺术母题的方式考察一个派别或者群体的共同体特征,考察他们之间具有共通性的艺术形态、文学思维乃至价值体系。本书即试图重新回到现代派诗人群的艺术世界,捕捉诗人们具有普遍意义的审美心理是怎样具体转化为诗歌形式的。

对中国这批唯美而自恋的现代派诗人自我形象的塑造而言,古希腊神话中的水仙花之神纳蕤思①具有特殊的意义。中国的现代派诗人正是在临水自鉴的纳蕤思身上为自己找到了原型形象。

---

① Narcissus 有多种汉译,如纳喀索斯、那耳喀索斯、纳西塞斯、纳西斯等。本书采用卞之琳三十年代的译法。

纳蕤思的神话:诗的自传

法国蒙彼利埃(Montpellier)的一个植物园中,有一座柏树环绕的坟墓,镌刻着这样的铭词:"以安水仙之幽灵。"墓中埋葬的是十八世纪英国诗人容格的女儿那耳喀莎(Narcissa)。这个名字很容易使人联想到希腊神话中的水仙之神纳蕤思(Narcissus),墓志铭中的"水仙"字样也正由此而来。

1890年12月,有两位法国青年长久伫立在这座坟墓前,被铭词激起了无穷的遐想①。第二年,这两位青年分别发表了诗歌《水仙辞》以及诗化散文《纳蕤思解说——象征论》,瓦雷里(Paul Valéry, 1871—1945)和纪德(André Gide, 1869—1951)的名字也从此逐渐蜚声法国以及世界文坛。而《水仙辞》以及《纳蕤思解说——象征论》,则使希腊神话中这一水仙花之神在象征主义语境中被瓦雷里描述为一种"需加解释和说明的诗的自传"②,成为象征主义诗学的重要资源。随着纪德声名日隆,他的"解说"逐渐演变为代表纪德早期艺术观的"纳蕤思主义",而瓦雷里在1922年问世的《水仙的断片》中也再度思考纳蕤思主题,水仙之神最终成为"诗人对其自我之沉思"的象征。

当两位文学大师流连于关于纳蕤思的想象的时候,他们恐

---

① 参见克洛德·马丹:《纪德》,李建森译,第82页,北京:三联书店,1992年。

② 转引自马立安·高利克:《中西文学关系的里程碑(1898—1979)》,伍晓明、张文定译,第204页,北京:北京大学出版社,1990年。

怕很难料到这一经由他们再度阐释的神话原型,会在几十年后构成了遥远的东方国度中一代青年诗人自我形象的忠实写照。

《水仙辞》在问世近四十年后由梁宗岱译介到中国文坛①。二十世纪二十年代末,梁宗岱在为《水仙辞》所作注释中这样叙述纳蕤思的神话本事:

> 水仙,原名纳耳斯梭,希腊神话中之绝世美少年也。山林女神皆钟爱之,不为动。回声恋之犹笃,诱之不遂而死。诞生时,神人尝预告其父母曰:"毋使自鉴,违则不寿也。"因尽藏家中镜,使弗能自照。一日,游猎归,途憩清泉畔。泉水莹静。两岸花叶,无不澄然映现泉心,色泽分明。水仙俯身欲饮。忽睹水中丽影,绰约婵娟,凝视不忍去。已而暮色苍茫,昏黄中,两颊红花,与幻影同时寝灭,心灵俱枯,遂郁郁而逝。及众女神到水边苦寻其尸,则仅见大黄白花一朵,清瓣纷披,掩映泉心。后人因名其花曰水仙云。②

梁宗岱用华丽的文笔描述了纳蕤思临水自鉴,心灵俱枯,郁郁而死的形象。这一形象本身具有的幻美色彩是近世欧洲诗人经常掇拾起纳蕤思母题的重要原因,冯至在1935年写作的散文《两句诗》中即曾指出,"近代欧洲的诗人里,有好几个人不约而同地歌咏古希腊的Narcissus,一个青年在水边是怎样顾盼水里的

---

① 梁宗岱译《水仙辞》最初发表于《小说月报》1929年1月10日第20卷第1期,后又在《小说月报》1931年1月10日第22卷第1期再度发表。

② 这是梁宗岱1927年初夏所做的注释,参见梁宗岱:《译者附识》,《水仙辞》,上海:中华书局,1931年。

他自己的反影"①。马立安·高利克也称瓦雷里的《水仙辞》"描述的自恋主题取材于奥维德《变形记》中关于那耳喀索斯和神女厄科的一段"②。"这则故事从欧维德(Ovide)以后就屡被演述"③,从而使纳蕤思这一神话人物构成了近现代西方文化史上一个重要的心理原型形象。瓦雷里就一直没有摆脱纳蕤思的原型对他的诱惑。如果说1891年的《水仙辞》塑造的是一个唯美的水仙形象,具有"惨淡的诗情,凄美的诗句,哀怨而柔曼如阿卡狄底《秋郊》中一缕孤零的箫声般的诗韵"④,那么1922年的《水仙的断片》则超越了少年时的唯美色彩和凄怨的诗情而臻于一个更沉潜的冥思境界,从而成为"寓诗人对其自我之沉思,及其意想中之创造之吟咏"⑤:

> 当他向着这林阴纷披的水滨走近……
> 从顶,空气已停止它清白的侵凌;
> 泉声忽然转了,它和我絮语黄昏。
> 无边的静倾听着我,我向希望倾听;
> 倾听着夜草在圣洁的影里潜生。
> 宿幻的霁月又高擎她黝古的明镜

---

① 冯至:《山水》,第19页,石家庄:河北教育出版社,1994年。

② 马立安·高利克:《中西文学关系的里程碑(1898—1979)》,伍晓明、张文定译,第203页,北京:北京大学出版社,1990年。

③ Sabine Melchior-Bonnet:《镜子》,余淑娟译,第142页,台北:蓝鲸出版有限公司,2002年。

④ 梁宗岱:《诗与真·诗与真二集》,第13页,北京:外国文学出版社,1984年。

⑤ 梁宗岱:《梁宗岱译诗集》,第73页,长沙:湖南人民出版社,1983年。

照澈那黯淡无光的清泉的幽隐……

照澈我不敢洞悉的难测的幽隐,

以至照澈那自恋的缱绻的病魂。①

诗中的纳蕤思作为一个倾听者,在高擎的霁月的照彻下沉潜于"难测的幽隐",体悟到的是一种"真寂的境界"。梁宗岱在1927年致瓦雷里的一封信中这样阐释瓦雷里的新境界:"在这恍惚非意识,近于空虚的境界,在这'圣灵的隐潜'里,我们消失而且和万化冥合了。我们在宇宙里,宇宙也在我们里:宇宙和我们的自我只合成一体。这样,当水仙凝望他水中的秀颜,正形神两忘时,黑夜倏临,影像隐灭了,天上的明星却一一燃起来,投影波心,照彻那黯淡无光的清泉。炫耀或迷惑于这光明的宇宙之骤现,他想像这千万的荧荧群生只是他的自我化身……"②从这个意义上说,纳蕤思形象中的自恋因素弱化了,"新世纪一个理智的水仙"③诞生了。这是一个沉思型的纳蕤思,凝神静观,与万物冥合。而这个沉潜的纳蕤思正是瓦雷里为自己拟设的形象,借此,瓦雷里试图涤除象征主义所固有的世纪末颓废主义情绪,把诗歌引向一个更纯粹的沉思的境界。恰如梁宗岱评价的那样:

他底生命是极端内倾的,他底活动是隐潜的。他一往凝神默想,像古代先知一样,置身灵魂底深渊作无底的探

---

① 梁宗岱:《梁宗岱译诗集》,第60页,长沙:湖南人民出版社,1983年。

② 同上书,第73页。

③ 同上书,第72页。

求。人生悲喜,虽也在他底灵台上奏演;宇宙万象,虽也在他底心镜上轮流映照;可是这只足以助他参悟生之秘奥,而不足以迷惑他对于真之追寻,他底痛楚,是在烟波浩渺中摸索时的恐惧与彷徨;他底欣悦,是忽然发见佳木葱茏,奇兽繁殖的灵屿时恬静的微笑。①

正是这种内倾的生命与隐潜的冥想使瓦雷里再造了纳蕤思的形象。瓦雷里执迷水仙之神的过程,正是其自身诗艺历程的一个形象的表征。

梁宗岱的译介给中国诗坛带来对瓦雷里的最初了解。二十年代末,梁宗岱在翻译《水仙辞》和《水仙的断片》的同时,还写了一篇极富才情的《保罗梵乐希先生》,连同瓦雷里的《水仙辞》一起刊于《小说月报》1929年第20卷第1期,1931年由上海中华书局出了单行本,并在1933年出了第二版。三十年代梁宗岱译介了瓦雷里的《歌德论》《法译"陶潜诗选"序》以及《"骰子底一掷"》等几篇文章,创作了论文《歌德与梵乐希》②。中国文坛对瓦雷里的译介,梁宗岱堪称功不可没。瓦雷里也从此深刻影响了中国诗坛崛起于三十年代的现代派诗人群,如卞之琳在反思二十年代中国文坛以李金发为代表的初期象征派时所说:"他们炫奇立异而作贱中国语言的纯正规范或平庸乏味而堆砌迷离恍惚的感伤滥调,甚少给我真正翻新的印象,直到从《小说

---

① 梁宗岱:《保罗梵乐希先生》,《诗与真·诗与真二集》,第7页,北京:外国文学出版社,1984年。

② 上述论文均收入梁宗岱:《诗与真·诗与真二集》,北京:外国文学出版社,1984年。

月报》上读了梁宗岱翻译的梵乐希(瓦雷里)《水仙辞》以及介绍瓦雷里的文章(《梵乐希先生》)才感到耳目一新。"并认为梁宗岱在三十年代关于瓦雷里的"译述论评无形中配合了戴望舒二三十年代已届成熟时期的一些诗创作实验,共为中国新诗通向现代化的正道推进了一步"①。高利克也称"对何其芳早期创作发展有决定性影响的是梁宗岱的《保罗梵乐希评传》(即《保罗梵乐希先生》——引按)一文⋯⋯瓦雷里一度成为何其芳的偶像和他进一步研究法国以及随后的英国象征主义的跳板。梁宗岱文中所论及的其人其诗,是何其芳诗歌创作和文学生涯一定的原动力"②。由瓦雷里重新塑造的纳蕤思的原型也构成了对现代派诗人年青心灵的持久诱惑。

1930年,留学法国里昂大学的中国年青学者张若名(1902—1958)以《纪德的态度》获得了博士学位,这部学位论文获得了纪德本人的青睐。在给张若名的信中,纪德声称"我确信自己从来没有被别人这样透彻地理解过"。《纪德的态度》曾分别于1930年以及1931年在里昂和北平公开出版,书中设专章探讨了纪德的"纳蕤思主义"。这大约是中国文坛最早对纪德以及他所阐发的纳蕤思形象的系统研究。

而执着于向中国读者介绍纪德者首推卞之琳。从三十年代初直至四十年代,他先后翻译了纪德的《浪子回家集》《赝币制造者》《赝币制造者写作日记》《窄门》《新的粮食》等作品。其

---

① 卞之琳:《人事固多乖:纪念梁宗岱》,《新文学史料》1990年第1期。
② 马立安·高利克:《中西文学关系的里程碑(1898—1979)》,伍晓明、张文定译,第203页,北京:北京大学出版社,1990年。

中,作为《浪子回家集》首篇的《纳蕤思解说》曾经在1936年的《文季月刊》上全文刊载。纪德笔下这一水仙之神纳蕤思的形象也终于登上了中国文坛。

纳蕤思的形象在纪德的这篇《纳蕤思解说》中被赋予了更丰富的含义。尽管纳蕤思的故事在西方文学史中屡被讲述,但纪德仍然感到有必要"重新讲"。纪德因此在《纳蕤思解说》中重新建构了纳蕤思的神话。或许可以说,在西方近现代文学史上,没有人能够比纪德从纳蕤思的原型中提炼和生发出更多层次的意蕴。纪德在开篇设计的纳蕤思是一个探求自我灵魂的形象。"他想知道究竟自己的灵魂具何种形体",呼唤一面镜子却无从获得,于是来到了河边,并从溪水中第一次看见了自己的影像,从此便沉湎其中而流连忘返。

但这个自恋的纳蕤思的形象其实只是纪德重构纳蕤思的出发点。首先,如同瓦雷里诗中的水仙之神,纪德也把纳蕤思进一步塑造成一个孤寂的静思者的形象。纳蕤思对于自己水中的形象,只能远观而获得,无法真正拥有它,"一个占有它的动作会把它搅破"。换句话说,当纳蕤思试图求得与水中影像的完全同一,俯身去吻自己的倒影时,水中的幻象就会破碎。只有与水面保持距离,纳蕤思才能完整地获得自己的倒影。于是,放弃行动,耽于静观,沉迷于"对于自我的默契与端详",构成了纳蕤思性格的基本特征。正如张若名解释的那样:

> 仅仅当我们完全放弃行动,而后放弃了解之时,当我们不拒绝与世界密切的交融,也无任何仓促的行动干扰这种交融之时,只有在这个时候,我们的小我才似乎与世界交合了。我们一下子就会发现世界在我们身内,我们的小我在

世界之中。它们会显出同一形象,产生同一共鸣。在这极少出现的瞬间,我们实现了宇宙间的相互感应。①

放弃行动甚至放弃对世界的了解,构成和宇宙相互感应的前提。纳蕤思的临水自鉴,获得的正是这"极少出现的瞬间",只有拒绝对世界的自我扩张意义上的占有,才可能更亲切地体验到与世界的交融。

其次,纪德试图赋予自己笔下的纳蕤思以沉思乐园的禀性。纳蕤思企望回返人类已经失去的伊甸园。这一乐园曾经在上帝初创亚当的时候完整地存在过。那是一个"纯洁的伊甸!'观念'的花园"②,但由于亚当"不安于坐观,想参加大观,证见自己,一动就破坏了和谐,失去了乐园,撩起了时间,于是人类和一切都努力想恢复完整,恢复乐园"③。然而,失去的"纯洁的伊甸"毕竟永远失落了,纳蕤思只能"向一个乐园的结晶的已失的原形努力突进"④,"在现实的波浪之下辨认此后即藏在那里的乐园的原型"。由此,纳蕤思临流自鉴所追寻的,既是自我的影像,也是理想的乐园。主体对自我认同的寻求一开始就与雅克·拉康(J. Lacan)所阐释的"他者"紧密关联,只不过这个"他者"既是自己水中的倒影,又是作为乌托邦象征的乐园。

然而,正像纳蕤思自己的影像是虚幻的一样,他所追寻的乐

---

① 张若名:《纪德的态度》,第 39—40 页,北京:三联书店,1994 年。
② 纪德:《纳蕤思解说》,《文季月刊》1936 年第 1 卷第 1 期。
③ 卞之琳:《安德雷·纪德的〈浪子回家集〉——译者序》,《沧桑集》,第 148 页,南京:江苏人民出版社,1982 年。
④ 纪德:《纳蕤思解说》,《文季月刊》1936 年第 1 卷第 1 期。

园同样是幻象的存在,乐园只不过是一个象征图式。但恰在象征的意义上,纳蕤思的形象构成了对艺术家的一个完美的隐喻。纪德所勾画的乐园,在本质上类似于柏拉图的观念世界,是一个在现实中无法企及的理想国的象征。而艺术的本质正在于通过象征方式去间接传达这个观念的世界,正像纳蕤思从溪水中去获得自我的幻象的显现和完整一样。"诗人的职分"也由此转化为透过形象世界去"重新获得那种早已经失去了的原始形式,那种乐园般透明的形式",去重新揭破关于乐园的秘密。这仍然要求诗人采取纳蕤思般孤寂内省的姿态:

> 一旦时间停止运行,一旦沉寂出现,艺术家就预感到秘密不久即会自泄,他会把握住"自身存在所具有的那种内在和谐的数",并且获得对世界的完整视觉。这种视觉及和谐的数通过一种绝对的形式体现出来,艺术家最终就会得到乐园般晶明的美。①

既然如此,艺术家的职分就获得了某种转化,从对乐园的向往与追寻转化为对乐园的显现形式的沉思与捕捉。这正是纪德的《纳蕤思解说》最终所获得的结论。

与纪德的上述理念相似,瓦雷里选择纳蕤思主题的真正意图是把它看作某种"需加解释和说明的诗的自传",瓦雷里更看重的是纳蕤思主题中蕴含着的关于诗人以及关于诗的真谛。

的确,纳蕤思之所以成为象征主义诗人很容易认同的原型,正是因为他的身上禀赋着使诗人为之倾倒的特征:孤独的自恋,

---

① 张若名:《纪德的态度》,第39页,北京:三联书店,1994年。

内倾与沉想,以心灵去倾听,在放弃行动的同时获得灵魂的更大的自由,从而在心灵深处洞悉"一个幽邃无垠的太空,一个无尽藏的宝库"。因而在纳蕤思临水自鉴的姿态中隐含着沉思型诗人诸多心灵的母题。它要求诗人摆脱对感官世界的沉迷,去把握内心世界的律动并与超越的未知域契合。这正是法国象征主义诗人的艺术轨迹。无论是波德莱尔对"幽昧而深邃的统一体"的执着,韩波对"未知"的通灵的追求,还是马拉美对"重归天宇的灵感"的表述,都使象征派诗人走上了以心灵自省的方式臻于超验本体的道路。作为法国象征派传统的承继者,瓦雷里与纪德进一步缔造着沉思者诗人的形象。他们是心灵世界的立法者,力图以纯洁的纳蕤思式的幻想"把握感官世界之外的现实",不妨说,在纳蕤思的主题中,正体现着以沉思的心灵去领悟世界的方式。这构成了纳蕤思母题的一个重要方面。

作为"诗的自传",纳蕤思的沉思冥想之中还关涉着诗歌的艺术母题内容。这或许是纳蕤思身上更令象征派诗人感兴趣的部分。

纳蕤思形象所蕴含的艺术母题显然更受纪德青睐。纳蕤思的渴想乐园,是企图"重新获得那种早已失去的原始形式,那种乐园般晶明的形式"。因而,纳蕤思对乐园的探寻,其实正是对重现乐园的一种完美形式的寻找。象征派诗人核心的努力,是企望用"确定的东西再现难以理解的东西"[①]。只有找到了这"确定的东西"——诗歌的艺术形式,才能使难以确定的观念转化为艺术的结晶。只有当诗人们成功地铸造了完美的艺术结晶

---

① 张若名:《纪德的态度》,第52页,北京:三联书店,1994年。

的时候,观念的乐园才能真正获得表达。创造一种完美的形式由此构成了诗人更重要的使命。

"波德莱尔说:艺术家的生活,像对着镜子一样,时时刻刻,他要监视自己的生活,是否合乎艺术。而纪德在青年时代,就常常对着镜子,一面想像他未来的艺术应该是怎样的风格。"①对镜的纪德与临水的纳蕤思有一种同一性,他们都是艺术的观照者,由此我们可以说,纪德对纳蕤思主题的选择并不是出于一时的灵思妙想,他是把自己的形象投射到纳蕤思身上,并从中使自己的艺术观获得了表达。纪德把艺术理解为"造镜术",透过一面面镜子,他谛视自己年青的心灵,同时也谛视使心灵赋形的精致而完美的艺术形式。他寂寞地注视着自己富于幻想的不定型的内心形象如何逐渐转化为一种符号形象,《纳蕤思解说》正是在这种对镜的过程中脱颖而出。

纪德对纳蕤思形象的重塑已生成为评论界所谓的"纳蕤思主义",从而使纳蕤思的形象携上了某种具有普适性的艺术价值。它蕴含着艺术创作的深刻本质,即艺术家如何使心灵的观照与艺术的观照合而为一。在瓦雷里和纪德这里,心灵的主题和艺术的主题并不是截然两分的,它们虽然可以离析为两个层面,但却有其内在的统一。这又使人想起雅克·拉康。拉康的理论贡献"在于使我们在一个符号秩序的网络中重新认识'主体的真理'"②,这启示我们重新观照纳蕤思身上所昭示的心灵

---

① 张若名:《漫谈小说的创作》,《文艺先锋》1948年第12卷第2期。
② 张旭东:《幻想的秩序——作为批评理论的拉康主义》,《批评的踪迹》,第31页,北京:三联书店,2003年。

的与艺术的这一双重主题:主体心灵借助镜像符号得以彰显,镜像化艺术形式也同时以洞见"主体的真理"为其鹄的。可以说,这是形式化了的内容与有意味的形式的统一,正如纳蕤思在临水的过程中同时洞见了自己的灵魂以及自己水中的影像形式一样。

法国作家莫洛亚曾经这样评价纪德:"他只想做一个艺术家,也就是以向思想提供一个完美形式为唯一职业的人。"①纪德和瓦雷里所阐释的纳蕤思形象,正是这样一种"以向思想提供一个完美形式为唯一职业的人"。纳蕤思母题中,因此既包含了诗人对自我的认知过程,又包含了自我呈现的具体化的模式,就像一面镜子既是实体又是形式一样,从中有可能启示我们创造一种描述方法,寻找到一种诗人的内心世界与其创造的文本符号形式的对应方式,从而把"主体的真理"外化为可以在诗歌的意象和结构层面直观把握到的内容。而通过对其镜像结构的揭示,我们有可能捕捉到诗人的自我与主体究竟是如何符码化的具体历程,从而寻找到一种把"主体的真理"与形式诗学相结合的有效途径。从纳蕤思临水自鉴的姿态中洞察心灵与艺术的双重主题,这正是瓦雷里借助纳蕤思主题企望加以说明的"诗的自传"所蕴含的富有深长意味的启示。

多年以后,纳蕤思作为"诗的自传"的形象,也出现在爱尔兰诗人谢默斯·希尼(Seamus Heaney,1939—2013)的《个人的诗泉》一诗中:

> 童年时,他们没能把我从井边,

---

① 莫洛亚:《从普鲁斯特到萨特》,袁树仁译,第126页,桂林:漓江出版社,1987年。

从挂着水桶和扬水器的老水泵赶开。
我爱那漆黑的井口,被框住了的天,
那水草、真菌、湿青苔的气味。

烂了的木板盖住制砖墙里那口井,
我玩味过水桶顺绳子直坠时
发出的响亮的扑通声。
井深得很,你看不到自己的影子。

干石沟下的那口浅井,
繁殖得就像一个养鱼缸;
从柔软的覆盖物抽出长根,
闪过井底是一张白脸庞。
有些井发出回声,用纯洁的新乐音
应对你的呼声。有一口颇吓人;
从蕨丛和高大的毛地黄间跳出身,
一只老鼠啪一声掠过我的面影。

去拨弄污泥,去窥测根子,
去凝视泉水中的那喀索斯,他有双大眼睛,
都有伤成年人的自尊。我写诗
是为了认识自己,使黑暗发出回音。①

---

① 袁可嘉译:《驶向拜占庭》,《中国翻译名家自选集·袁可嘉卷》,第232—233页,北京:中国工人出版社,1995年。

这是一个有双令成年人感到有伤自尊的"大眼睛"的天真明朗的少年纳蕤思,喜欢从"漆黑的井口"向里窥探凝视泉水,"泉水中的那喀索斯"正是童年之"我"的镜像。"我写诗,/是为了认识自己,使黑暗发出回音。"结尾的这一句从内涵上看,同样涉及了少年成长中自我认同和自我认知的问题,同时,作为一个"写诗"的纳蕤思,也同样延续了瓦雷里关于"诗的自传"的解说。

临水的沉思者

当年读何其芳写于1931年、具有幻美色彩的成名作《预言》,曾经魅惑于诗中那个"如预言中所说的无语而来,无语而去"的"年轻的神"的形象。直到很晚,才知晓这个"年轻的神"正是受纳蕤思的启迪而生:

> 这一个心跳的日子终于来临!
> 你夜的叹息似的渐近的足音
> 我听得清不是林叶和夜风私语,
> 麋鹿驰过苔径的细碎的蹄声!
> 告诉我,用你银铃的歌声告诉我,
> 你是不是预言中的年轻的神?
>
> 你一定来自那温郁的南方
> 告诉我那里的月色,那儿的日光!
> 告诉我春风是怎样吹开百花,
> 燕子是怎样痴恋着绿杨。

我将合眼睡在你如梦的歌声里,
那温暖我似乎记得,又似乎遗忘。

请停下,停下你疲劳的奔波,
进来,这儿有虎皮的褥你坐!
让我烧起每一个秋天拾来的落叶,
听我低低地唱起我自己的歌。
那歌声将火光一样沉郁又高扬,
火光一样将我的一生诉说。

不要前行!前面是无边的森林,
古老的树现着野兽身上的斑纹,
半生半死的藤蟒一样交缠着,
密叶里漏不下一颗星星。
你将怯怯地不敢放下第二步,
当你听见了第一步空寥的回声。

一定要走吗?请等我和你同行!
我的脚知道每一条平安的路径,
我可以不停地唱着忘倦的歌,
再给你,再给你手的温存。
当夜的浓黑遮断了我们,
你可以不转眼地望着我的眼睛。

我激动的歌声你竟不听,

你的脚竟不为我的颤抖暂停!
像静穆的微风飘过这黄昏里,
消失了,消失了你骄傲的足音!
呵,你终于如预言中所说的无语而来,
无语而去了吗,年轻的神?

何其芳在这首成名作中化用了纳蕤思与回声女神厄科(echo)的故事。厄科爱上了纳蕤思,却得不到他的回报,因而伤心憔悴得只剩下了声音,但又无法首先开始说话,只能重复别人的话语,故称"厄科"(echo,回声)。《预言》在设计和构思上出人意表之处正在于选择了女神厄科作为抒情主人公"我",整首诗便是模仿厄科的口吻的倾诉①。何其芳曾这样谈及《预言》中故事原型形象的设定:

> 我给自己编成了一个故事。我想象在一个没有人迹的荒山深林中有一所茅舍,住着一位因为干犯神的法律而被贬谪的仙女;当她离开天国时预言之神向她说,若干年后一位年青的神要从她茅舍前的小径上走过,假若她能用蛊惑的歌声留下了他,她就可以得救;若干年过去了,一个黄昏,她凭倚在窗前,第一次听见了使她颤悸的脚步声,使她激动的发出了歌唱。但那骄傲的脚步声踟蹰了一会儿便向前响去,消失在黑暗里了。②

---

① 参阅马立安·高利克:《中西文学关系的里程碑》,伍晓明、张文定译,第204—206页,北京:北京大学出版社,1990年。
② 何其芳:《迟暮的花》(《浮世绘》之三),《文季月刊》1936年第1卷第3期。

"消失在黑暗里"的"骄傲的脚步声"反映了纳蕤思义无反顾的弃绝。这种"无语而来,无语而去"的决绝使纳蕤思的形象在何其芳的诗中多少显得有些苍白。而诗歌真正动人之处其实是"我"(厄科)对"年轻的神"(纳蕤思)的无望的爱情,抒情主人公感情炽烈而深沉,倾诉的调子有一唱三叹之感,最终给人以无限怅惘的命运感。即使我们不了解诗中隐含的神话故事原型,也会为"我"热烈而无奈的歌吟所感动。而何其芳的自我形象,则是那"年轻的神"纳蕤思,抒情主人公"我"的仰慕和爱恋凸现了"年轻的神"的孤高与骄傲。这种孤傲对于青春期的诗人来说,正是纳蕤思般的自恋情结的表征。

《预言》在何其芳的成长过程中有发生学的意义,以至于他一再谈及这首诗的创作经过,譬如他在1933年创作的剧本《夏夜》,即可与《预言》互证。《夏夜》里的男女主人公是即将离开北方某城的中学教师齐辛生与爱恋着他的女教师狄珏如,狄珏如念起《预言》一诗的开头两段,向齐辛生发问:"这就是你那时的梦吧。"

  齐 (被感动的声音)那也是一个黄昏,我在夏夜的树林里散步,偶然想写那样一首诗。那时我才十九岁,真是一个可笑的年龄。
  狄 你为甚么要让那"年青的神"无语走过。不被歌声留下呢?
  齐 我是想使他成一个"年青的神"。
  狄 "年青的神"不失悔吗?
  齐 失悔是更美丽的,更温柔的,比较被留下。
  狄 假若被留下呢?

齐　被留下就会感到被留下的悲哀。

狄　你曾装扮过一个"年青的神"吗？

齐　装扮过。但完全失败。①

剧中的齐辛生可以看作何其芳自己的化身。他所装扮过的"年青的神"，也正是《预言》中的纳蕤思。这也足以证明如水仙花之神一般的孤高自许曾经在相当长的一段时间里支撑着青春期的何其芳。

如同青年时代的瓦雷里和纪德一样，何其芳也在纳蕤思的原型身上找到了自我的影像。沉迷于晚唐五代"那些精致的冶艳的诗词，蛊惑于那种憔悴的红颜上的妩媚，又在几位班纳斯派以后的法兰西诗人的篇什中找到了一种同样的迷醉"②的何其芳，其诗作具有明显的唯美主义色彩，有精致、妩媚、凄清的美感。这一切，与他自我设定的纳蕤思形象大有关系。

何其芳的代表性和典型性在于，他的身上所凝聚的纳蕤思式的气质，也构成着一代青年诗人的缩影。本书试图探讨的正是中国二十世纪三十年代截止到抗战之前崛起于诗坛的这一青年群体——现代派诗人群。而临水自鉴的纳蕤思形象也历史性地构成了以戴望舒、卞之琳、何其芳等为代表的现代派诗人群的一个象征性原型。这一年青诗人群体呈现出了与纳蕤思母题原型惊人的相似：自恋的心态，沉凝的思索，深刻的孤独感，对外部世界的拒斥与疏离，对完美的诗歌形式的执迷与探索，对与纪德

---

① 何其芳、李广田：《黄昏》，第24页，香港：文学出版社，1957年。

② 何其芳：《梦中道路》，《何其芳文集》第二卷，第65页，北京：人民文学出版社，1982年。

笔下的"乐园"等值的"辽远的国土"的渴念与追寻……这些都使他们寻找到了与纳蕤思原型镜像般的认同。现代派诗人的笔下由此也集中出现了临水与对镜的姿态，甚至直接把自我拟想为纳蕤思的形象，进而在诗歌文本中结构了一种镜像化的拟喻形式，创建了一个以镜子为核心的完美的意象体系，最终生成了一种精神分析学意义上的幻美主体与镜像自我。

何其芳所隶属的年青的现代派诗人群是在五四退潮、大革命失败的社会历史背景下登上文坛的。面对三十年代的阶级对垒和阵营分化，现代派诗人大多没有隶属于哪个政治群体，堪称是国共两党权力中心之外的边缘人。同时他们大都是从乡间漂泊到都市，感受着传统和现代文明的双重挤压，因此又是一批乡土与都市、传统与现代夹缝中的边缘人。这一切，使他们与现实社会之间形成了一种疏离感，诗中因此普遍存在着感伤与寂寞的世纪末情绪。孤独与自恋的心态，对自我的回归与确证，走向内心和情感世界去追寻和体验个体生命……成为现代派诗歌的主导流向。何其芳的自恋情怀也正生成于上述时代和诗潮背景中，并在现代派诗人群中具有典型性。

我们进而在现代派诗作中发现了一系列临水自鉴的形象：

> 有人临鉴于秋水，乃是欲于自己的
> 瞳孔里看你于事不隔的流动的生命
>
> ——牧丁《无题》
>
> 自溪的镜面才认识自己的影子，
> 水的女神啊，请你展开双臂。
>
> ——方敬《夏——昼》
>
> 溪水给丰子的影子绘出来，

一对圆圆的懂话的大眼睛。

——常任侠《丰子的素描》

倾泻如乳色的镜子的河上,
我们将惊愕的看到失踪了的影子。

——玲君《呼召》

诗人们在创作这一系列临水的意象时未必都像何其芳那么自觉地联想到纳蕤思主题,也未必隐含着作为纳蕤思母题核心内容的自恋情结,但却更加印证了纳蕤思临水自鉴形象所昭示的人类自我认同以及镜像审美机制的共通性和普适性。无论是对"自己的影子"的认知,对"失踪了的影子"的重获,还是对自我"流动的生命"的颖悟,都蕴含着自我发现与确证的主题,也隐含了镜像结构固有的幻美色调。这种对自我影像的追寻和确认,是自我得以塑造成形的一个心理发生学意义上的前提,正像雅克·拉康揭示的那样,个体的成长必然要经过镜像认同的阶段才能进入符号界(le symbolique)①。而即使人们超越了镜像阶段,镜像式的自我认同和自恋的情怀也仍会长久地伴随着人们。因为镜像中有幻象,有幻美体验,有乌托邦内涵,有镜花水月的彼岸世界。也许人类想摆脱镜像阶段的诱惑注定是很难的。从某种意义上说,"镜花水月"的幻象中存在着令人类永远痴迷的东西。临水的纳蕤思因此可以看作是文学的缪斯,正像

---

① 在西方文化史上,镜子一直与人的自我形象和主体历程密切相关,因此才有理查德·罗蒂对人类的"镜式本质"的概括。参见理查德·罗蒂(Richard Rorty):《哲学和自然之镜》,李幼蒸译,第一编"我们的镜式本质",北京:商务印书馆,2003年。

在瓦雷里和纪德的笔下所诠释的那样,文学世界由此构成了人类获得自我确证和自我认同的审美机制,并在终极性的意义上涵容了镜花水月的幻美特征和乌托邦属性。

在纪德的《纳蕤思解说》中,最突出的正是状写纳蕤思临水的过程中呈现出的幻美的语境。纳蕤思俯临水面,渴想的是人类最初居住其中的乐园:"那里悦耳的微风按照预知的曲线而波动;那里天空展开无边的蔚蓝,掩盖匀称的草地;那里各种的鸟都带了时间的颜色,花上的蝴蝶都实践神意的谐和。"应当说,这里关于乐园的想象带有流俗的华丽的陈词滥调,也有观念化的痕迹,而纪德重构的纳蕤思,最终也只能借助于自己的沉思默想,在观念中为乐园赋予形式。由此,纳蕤思有如一个"沉思的祭司","俯临意象的深处,慢慢的参透象形字的奥义",从中提炼出观念的结晶。在纪德阐释纳蕤思形象的过程中,沉思型的艺术品正是这种"观念的结晶"的具体体现:

> 因为艺术品是一个结晶——一部分的乐园。那里,"观念"重新在高度的纯粹中开花,那里,就如同在消失的伊甸里,正常而必要的秩序把一切形体安排到一种对称而相依的关联中,那里,字的倨傲并不僭夺"思想"——那里的有节奏的、确实的句——还是象征,然而是纯粹的象征——那里一言一语,都变成透明而能以启迪。①

从这段引述中可以看出,艺术品是乐园的象征物,它具有纯粹的形式、匀称的秩序;同时又是观念和思想的结晶体,在文字的外

---

① 纪德:《纳蕤思解说》,《文季月刊》1936年第1卷第1期。

形背后隐藏着"启迪"。在纪德看来,这种观念的结晶只有在纳蕤思摒除外界的干扰,超然于尘世与众生,澄明自鉴,心如止水,甚至忘却了时间的流程的境界中才可能真正获得。在这个意义上,纳蕤思作为原型,构成了沉思型艺术家的一个完美的象征。正如二十世纪三十年代有中国评论者介绍纪德时指出的那样:"创作家能在心里可以反照自然如同那尔西斯在水中能够照看他的影子一样,至于创作家所用的静思默想便和那尔西斯的孤寂好静大略相同。"①

纪德试图借助于纳蕤思的神话重新编织一个关于沉思艺术的"圣经",这一"圣经"阐述的是人类对伊甸园的原初情境的向往,是艺术家借助一个个表象得以洞察观念的花园的艺术方式。借此,一个艺术家有可能生活在观念之中,生活在默思沉想之中。纳蕤思临水的沉思由此象征了一种哲人式的沉潜的生命形态,一种生活在自己的观念领域和想象世界之中的人生情境。如果说浮士德被歌德赋予了人类向外部世界征服和扩张,从中占有生活尽可能多的可能性的性格特征,那么纳蕤思则被纪德塑造成一个内省型的生命形象——沉迷幻象,潜心观念,在静默中"渴想乐园":

> 庄严而虔诚,他重新取平静的态度:他不动——象征逐渐大起来——他,俯临世界的外表,依稀的感觉到,吸收在自己里面,流过去的人类的世代。②

---

① 刘盎:《法国象征派小说家纪德》,《文艺》1936年第9卷第4期。
② 纪德:《纳蕤思解说》,《文季月刊》1936年第1卷第1期。

这是一种有距离的沉思和观照的方式,一种涤除了浮士德般占有欲念的超然宁静的方式。正是这种方式,才可能使纳蕤思庄严而虔诚地"在沉默中探入事物的核心",从水里的影像中窥见"流过去的人类的世代"。

在人类的精神形态自身的发展进程中,总会有那么一些历史阶段和时期,使人们更倾向于认为"宁静、沉思的生活是最好的生活"①。也许中国三十年代的现代派诗人们所处的正是这种阶段。诗人们大都选择的是时代的边缘人姿态,他们无法在融入社会中求得慰藉,也无法在介入历史进程的体验中获得自足感,支配他们的生命的,更多的是对辽远的国土的沉思与想象。也许,纳蕤思形象最终正是在这种沉思的生命形态层面上与现代派诗人吻合了。

曹葆华正是这种沉思的诗人。他的大量的《无题》诗作中充斥着对生命、本我、死亡的冥想。如这首《无题》:

怎得有一方古镜
照出那渺茫的前身
是人,是鬼,是野狗
望着万里的长空
一轮红日突然陨下

破袖遮不住手臂
腋下吹起漠北的冷风

---

① 比尼恩:《亚洲艺术中人的精神》,孙乃修译,第70页,沈阳:辽宁人民出版社,1988年。

摸着黑夜爬上山头

脚边有彗星闪耀

是梦,是自己的泪

正像纳蕤思试图从水中寻得自己的影像,在曹葆华的这首诗中,诗人拟想一方古镜,从中照出自己的前身。这是对本我的寻找,对自我的存在与终极价值形态的形而上的思索与探究。在曹葆华的诗集《无题草》中,我们经常捕捉到类似于这种大漠与黑夜的典型情境,读到的大都是生命个体孤零零面对宇宙和自然的沉思:

一石击破了水中天地

头上忽飘来几只白鸽

一茎羽毛,两道长虹

万里外有人正沉思着

是梦,是晓星坠落天边

拾起影子再走入重门

千万个巨雷脚下停歇

半撮黄土,两行清泪

古崖上闪出朱红的名字

衰老的灵魂跪地哭泣

这首诗传达出来的诗人形象,也是个临水的沉思者形象。水中天地的击破以及忽飘来的几只白鸽勾勒的是动态的场景;而"一茎羽毛,两道长虹"则更像电影中静止的特写镜头。这一系列意象的连缀和并置看上去似乎并无内在的逻辑关联,但它们暗示的是一双观照它们的沉思者的眼睛。从观察者眼中的事物，我们感受到的是观察者自身的存在。这是一个沉思默想的静观者，而"正沉思着"的万里外的人则可以看成是诗人主体的对象化，万里之外的沉思者恰恰反衬了当下的水边的默想者。诗人把自己的沉思者的形象外化到另一个沉思者身上，仿佛是穿越遥远的空间寻找到了自己的镜像。

曹葆华的《无题》诗更侧重于渲染沉思者生命的个体性，我们看到的是孤独的个体面向宇宙人生发出他的"天问"，最终则是生命之谜难以索解的困惑和迷惘。诗歌的调子趋向于冷漠，有些不动声色，从而使文本产生一种陌生感，一种间离效果。

相对而言，另一个酷爱玄想的诗人废名在沉思的语境中则充满一些禅宗式的顿悟，在顿悟中废名传递的是参禅悟道般的解脱感。如他的《镜》便是同样借助于溪水与镜子的原型意象呈示这种感悟：

> 我骑着将军战马误入桃花源，
> "溪女洗花染白云"，
> 我惊于这是一面好明镜？
> 停马更惊我的马影静，
> 女儿善看这一匹马好看，
> 马上之人
> 唤起一生
> 汗流浃背，
> 马虽无罪亦杀人，——

> 自从梦中我拾得一面好明镜,
> 如今我晓得我真是有一副大无畏精神,
> 我微笑我不能将此镜赠彼女儿,
> 常常一个人在这里头见伊的明净。

尽管废名诗歌的思维和语言按照卞之琳的评价是"思路难辨,层次欠明","语言上古今甚至中外杂陈,未能化古化欧,多数场合佶屈聱牙,读来不顺,更少作为诗,尽管是自由诗,所应有的节奏感和旋律感"①,但废名别致的意象和玄奥的想象仍使他的诗在现代派诗歌中占据一席之地。这首《镜》描绘了诗人梦中幻化为骑着战马的将军形象,误入桃花源,临水洗花的溪女以及明镜般的溪水顿时使他恶念全消,开始反省一生中杀人无数的征战。连披满征尘的战马也在水面上投下了宁静的侧影。这里的桃花源象征着与尘世的纷争截然有异的一个和平安宁的世界,一个女儿国,一个理想的田园世界。佛家强调的一种"大无畏的精神"正是在这种幡然悔悟中被唤醒的。而在更深层的语义中,这面梦中拾得的溪水的明镜以及明镜中洗花女的明净的影像,则象征着"我"匡正自己尘世俗念的理想的镜像,象征着鉴照自己红尘"罪业"的心灵的镜子。它使人联想起六祖慧能著名的偈语中的那面明镜,是使临鉴者从世俗中超升达到顿悟之乡的途径。这正是废名所酷爱的镜子的意象特有的隐喻含义。

曹葆华对生命和自我的带有玄学色彩的探究以及废名禅宗

---

① 卞之琳:《人与诗:忆旧说新》(增订本),第185页,合肥:安徽教育出版社,2007年。

式的人生感悟使他们的诗作比起其他现代派诗人来,多了几分深度。这或许是曹葆华和废名的诗在技巧因素之外更耐读的一个原因所在。但从总体上考察现代派诗人群,我们会发现,这种相对纯粹的观念思辨在现代派诗歌中是并不多见的。诗人们缺乏的可能不是一种沉思的意向,而是更沉潜的沉思能力。而归根结底,是思想的匮乏。正如徐迟在《二十岁人》中写的那样:

可是我思索着什么呢,
呃,年青人的思想
年青人的思想可能思索什么吗?

概括起来,现代派诗歌仍是青春期的抒情写作占据了主导倾向。诗人们大致能够凭借直觉敏感地捕捉物象,但缺少更纯粹的对物象的潜思,缺少纪德赋予纳蕤思的那种静默的沉思形态。这种能力或许只有在四十年代的战争背景下,在冯至的《十四行集》以及沈从文的《烛虚》中才隐隐地表现出来。

也许限制了现代派诗人这种沉潜能力的真正原因尚有自恋的心态本身。何其芳曾反省过:"是的,当我们只思念自己时,世界遂狭小了。"①一代诗人尚无法完全把自己从狭小的自我感伤的世界中解脱出来,从而使一个抒情的感伤的生命升华为"一个思索和自我体察的生命",从中获致一个马拉美的阐释者艾德蒙·鲍尼奥博士所谓马拉美式的"内滋性(intussusception)

---

① 何其芳:《梦后》,《何其芳文集》第二卷,第17页,北京:人民文学出版社,1982年。

的生命的空间"①。只有借助这种"生命的空间",一代诗人才有可能实现对观念、思想,对身外的大宇宙的更深广的关怀。我们在体味现代派诗歌的时候,总感到那么一点遗憾,感到一系列文本在艺术上相对完美的同时,境界总欠缺一点开阔和舒展,意蕴总不那么深沉和丰厚。

更有智性特征的沉思型诗人是卞之琳。他后来回顾说,自己三十年代的诗作"喜爱淘洗,喜爱提炼,期待结晶,期待升华"②。这或许都与他所翻译的《纳蕤思解说》中那个沉迷幻象,潜心观念,把艺术视为思想的结晶体的纳蕤思形象有关。卞之琳几首著名的诗篇《鱼化石》《圆宝盒》《白螺壳》,都有这种历尽淘洗、出脱空华的禀赋。他对具有结晶体般质地的意象有着超出常人的偏好。无论是鱼化石、白螺壳,还是圆宝盒、水成岩,都是历经久远时空的结晶之物。如这首《水成岩》:

> 水边人想在岩上刻几行字迹:
>
> 大孩子见小孩子可爱,
> 问母亲"我从前也是这样吗?"
>
> 母亲想起了自己发黄的照片
> 堆在尘封的旧桌子抽屉里,

---

① 马拉美:《白色的睡莲》,葛雷译,第92页,广州:花城出版社,1991年。
② 卞之琳:《雕虫纪历》自序,《人与诗:忆旧说新》(增订本),第281页,合肥:安徽教育出版社,2007年。

想起了一架的瑰艳
藏在窗前干瘪的扁豆荚里,

叹一声"悲哀的种子!"

"水哉,水哉!"沉思人叹息
古代人的感情像流水,
积下了层叠的悲哀。

感叹"水哉,水哉"的水边人也是一个沉思者,这一下之琳酷爱的形象,汇入的正是"临水的纳蕤思"的母题。

母题:一种观察形式

本书选择了一系列具有母题特征的意象,试图讨论三十年代现代派的诗歌艺术。关于母题的经典研究有很多,譬如汤普森在《世界民间故事分类学》中称:"一个母题是一个故事中最小的,能够持续在传统中的成分。要如此它就必须具有某种不寻常的和动人的力量。"[1]虽然汤普森的侧重点在于民间故事的叙事,但是他的定义中"持续在传统中"以及"必须具有某种不寻常的和动人的力量"的说法都比较吻合于本书对母题的界定。艺术母题的价值也正体现在其所内涵的"某种不寻常的和动人的力量"之中。

---

[1] 汤普森:《世界民间故事分类学》,郑海等译,第499页,上海:上海文艺出版社,1991年。

关于原型艺术母题,法国理论家巴什拉的一系列著作中有非常独特的分析。在《火的精神分析》中,巴什拉提出了"烛火浪漫主义"的概念。巴什拉描述了"火"使人们产生的诗意的憧憬和遐想,为读者展示了一幅画图,占据画图中心的是一个"面对烛火孤独遐想的遐想者":"想象就是一簇烛火,心理的烛火,人们可能面对它度过一生。在这纯粹是诗的观察之中,精神在与宇宙的完全融合时外在于时间而闪闪发光,这就是产生艺术创造力的精神活动的过程,即知与诗结合的过程。""烛火照亮孤独的遐想者,而烛火就成为诗人面前白纸上闪现的明亮的星星。火苗——烛火垂直上升的蜡烛火苗成为遐想者上升超越的向导。而诗人通过火苗的形象把树、花等置于生命之中,即置于诗的生命之中。在这里,我们体味到科学、想象、遐想、诗意的融合与归一。"①巴什拉处理的是宇宙间一个基本元素——火与诗意想象的关系,火既是母题元素,与遐想与诗性与孤独建立了本质联系;同时,火又有很鲜明的形式感。巴什拉的"烛之火"向我们昭示了一种对具有元素或者原型意味的物象的诗化观照是怎样地激发了作者丰富的遐想,而这种遐想关涉的是人类生命以及心灵最原初的存在领域。

废名在《十二月十九夜》中写到"炉火":

> 思想是一个美人,
> 是家,
> 是日,

---

① 巴什拉:《火的精神分析》,杜小真、顾嘉琛译,第6页,北京:三联书店,1992年。

是月，
是灯，
是炉火，
炉火是墙上的树影，
是冬夜的声音。

炉火与思想、影像以及声音都建立了关联性。按照巴什拉的分析，这就是原型意象和母题的意义，关涉的人类生命和心灵最原初的存在和生命记忆。所以这种原型母题也可以作为一种观察诗歌艺术的形式。巴赫金说："不理解新的观察形式，也就无法正确理解借助这一形式在生活中所初次看到和发现的东西。如果能正确地理解艺术形式，那它不该是为已经找到的现成内容作包装，而是应能帮助人们首次发现和看到特定的内容。"①本书所尝试的描述方法，即试图把艺术母题作为一种"观察形式"，借以透视现代派诗人的创作实践，从中揭示现代派诗歌所内涵的心灵与艺术的双重母题，即把主体的真理的探寻与形式美的分析结合起来，企望寻找某种心理与艺术的对应模式，一种积淀了诗人审美意识以及心理内容的双重体验的原型化母题。

在任何具有成熟的诗艺的文本类型中，相对恒定的符号秩序都意味着同样相对恒定的心理内容在形式上的生成。诗人们普遍采用的公设意象、母题、象征方式和结构模式都体现着这种相对恒定的符号和心理秩序。因此，我们有可能超越具体的单个文本而从集体性的意象、母题等模式中去洞见具有普泛性的

---

① 巴赫金：《陀思妥耶夫斯基诗学问题》，白春仁、顾亚铃译，第80页，北京：三联书店，1988年。

恒定的符号和心理秩序。本书对于现代派诗歌的考察，也遵循这一基本的拟设。我们侧重捕捉的，正是能够昭示现代派诗人群体性心态的集合性意象和原型化母题。正如巴赫金在《陀思妥耶夫斯基诗学问题》中指出的那样："我们关心的是语言里的词汇，而不是这些词汇在确定的独一无二的文句中那种个人独特的用法。"①所谓"语言里的词汇"，即是由群体的诗人贡献的更大的文本系统中普遍得到运用的词汇；具体到诗歌领域来说，则是公设的意象和母题。

　　在诗歌中，意象的功能不仅仅在于它们是结构文本形式的单位和元素，同时，"意象构成是对诗的主题和诗人对这些主题可能持的态度的总结"②。也可以说，诗人的情感倾向和主观体验正包含在意象的选择之中。从这个角度说，意象构成的是呈示诗人主体和心灵的媒体和中介。诗歌乃至所有文学艺术的某种本质正在于这种中介性。长久困扰诗人的，往往不是他不知表达"什么"，而是他不知"如何"表达。这就是所谓的"纳蕤思式的痛苦"，即找不到鉴照自己面容的镜子的水仙花之神所面临的痛苦。张若名曾描述过纪德所经历过的这种"痛苦"："美占据了他的心灵，这美里富有和谐的音乐和纯洁的感情，已达到登峰造极的地步。但由于和外界没有接触，这样的心灵美还不

---

① 巴赫金：《陀思妥耶夫斯基诗学问题》，白春仁、顾亚铃译，第223页，北京：三联书店，1988年。

② 古米廖夫：《诗的解剖》，《现代世界诗坛》第二辑，第340页，长沙：湖南人民出版社，1989年。

能通过一种客观的媒体表达出来,这是纳瑞思式的痛苦。"①心灵之美迫切地要求一种"媒介物"来加以具象地传达,只有找到了这种"客观的媒体",艺术家的心灵的原则才可能转化为艺术的原则,形式与意义、思想与表达也才能达成浑融的统一体。这正是现代诗学所面对的问题,正像巴赫金所指出的:

> 如果能在艺术作品中找到这样一个成分,这成分既与词语的实物的现存性有关,又与词义的意义有关,它象媒介物一样,把意义的深度和共同性与所发的音的个别性结合起来。这个媒介物将会创造一种可能性,使得能够从作品的外围不断转向它的内在意义,从外部形式转向内在的思想意义。
>
> 历来正是这样从寻找这种媒介物的意义上来理解诗学结构的问题的。②

对年青的纪德来说,纳蕤思正是这种"媒介物",纪德发现了纳蕤思的原型,也就为他的年青的心灵的激情找到了理想的表达形式,正像纳蕤思在平静的水面找到了自己完美的影像一样。

本书也正是从形式化的媒介物这一视角介入现代派诗歌创作的。纳蕤思的启示性恰恰也在这里,正是临水的姿态,使得纳蕤思得以把对自我的眷顾和对乐园的渴望、对观念的执迷从一个抽象化的认知领域转移到形象化的自我鉴照以及具体的感性

---

① 张若名:《纪德的态度》,第18页,北京:三联书店,1994年。
② 巴赫金:《文艺学中的形式主义方法》,李辉凡、张捷译,第161页,桂林:漓江出版社,1989年。

领域中去。镜子般澄澈的水面构成了纳蕤思沉思的中介,从而构成了他心灵的对应形式。在纪德的象征主义美学观中,这种溪水所表征的中介作用获得了更为重要的诗学意义。

因而我们关注的是:现代派诗人的自恋情结、漂泊感、边缘体验、乌托邦图景以及他们的审美心态究竟是如何转化为对世界进行艺术观察的具体诗学原则的。尽管以"辽远的国土"为代表的典型意象构成了现代派诗歌中的原型母题,尽管每个个体诗人的诗歌意绪都会受到这种具有普遍性的时代情绪的影响,但另一方面,作为个体的诗人又不是以艺术的说教方式去呼应群体和时代,而是把体验到的社会历史内容化成自己独特的审美视角和诗歌结构,在汇入现代派普遍诗学法则和原型艺术母题的同时,也创造了自己独特的艺术形式。

需要指出的是,本书并不是从纯粹的心灵史角度观照现代派诗人群的,尽管心灵的主题也构成了把握这一群体的重要侧面。而对艺术中介的关注则是本书写作的重心所在,即偏重于寻找现代派诗作中的核心意象和艺术母题。于是,一系列具有母题特征的意象从现代派诗人编织的庞大而繁复的意象网络中凸显了出来,成为我们透视现代派诗歌所呈现的心灵和艺术主题的中介环节。这一系列意象性母题之中,凝结着一代诗人感知世界的审美方式,隐含着诗人们相对定型化的营造诗歌文本的诗学原则。也正是在相对定型化的审美形式层面,呈现着现代派诗人之所以被看作是一个共同的艺术群体的更有说服力的共性特征。

这种对共性的诗学原则的探讨,看上去似乎是以牺牲现代派诗人的个体性和具体文本的独特性为代价的,因为我们关注的是某一个意象所具有的母题性的概括力,而主要不是它在某一个诗人的创作中或者某一个单篇文本中的具体运用。毫无疑问,如果分别对现代派重要诗人进行诗人论意义上的研究,那么每个诗人都具有自己无法与他人混淆的独特风格。以纳蕤思的原型形象作为切入点,在偏重共性特征的同时必然会忽略其他个性特征。这些代价是必须加以考虑的。但另一方面,此种代价自然会有其他研究图景——譬如研究者们所做的诗人论——加以弥补。对本书而言,艺术母题所蕴含的普泛性的诗学原则构成的是一个更大的诱惑,它或许能够提供一种具体的诗人论无法贡献的视角。而且,更重要的是,诗学分析本身即是一种微观化的研究模式,它并不是一种纯理论的抽象概括与提炼;意象和母题本身即意味着对直观和感性的兼容,而不是放逐感性直观和具体性。

二十世纪三十年代中国的现代派诗人正是创造了一个与心理内容高度吻合的意象世界,也同时创造了具有原型意味的艺术模式,其中蕴含着具有普泛意味的艺术母题。这些由于现代派诗人共同体普遍运用而反映群体心灵状态的意象性母题,一端折射着诗人们的原型心态,一端联结着诗歌内部的艺术形式,从而使一代年青诗人内心的冲突、矛盾、渴望、激情呈现为一种在意象和结构上可以直观把握的形式。本书选择了一系列典型意象作为切入现代派诗歌王国的微观化艺术视角,把这些意象描述为具有形式感的审美中介物,是诗性想象的艺术化媒介,反映着诗人与审美物象之间物我相契的关系,从而成为一种经过诗人主体投射的对象物,是"思想与质料"的"融合"①。同时,本书在西方的水仙花之神纳蕤思的身上为这批唯美而自恋的诗人们找到了自己的原型形象②,进而通过这一原型形象所辐射出的一系列诗歌中的艺术母题,探讨现代派诗人的主体心灵世界。最后,本书从方法论的角度把原型意象母题理解为一种观察诗歌艺术的形式,从中探究现代派诗人内在的生命体验和心理形态,进而勾勒现代派诗人观察与表现世界的艺术原则,以及现代派诗歌中所蕴含的关于"生命的艺术"的艺术史观。

---

① 比尼恩:《亚洲艺术中人的精神》,孙乃修译,第137页,沈阳:辽宁人民出版社,1988年。

② 应当说明,本书在主观上所遵循的并不是影响研究的模式,尽管有相当分量的史料表明现代派诗人完全有可能自觉或不自觉地从瓦雷里和纪德阐释的纳蕤思形象中获得了灵感和启悟。我们与其说强调的是西方的诗歌大师对中国现代派诗人的影响,不如说更注重强调中国的年青诗人所呈现出的与纳蕤思原型母题的某种暗合。而更有价值的命题是:临水的纳蕤思反映的是人类具有普泛性的原型形象,是人类一种积淀甚久的集体审美无意识的传承。纳蕤思的某些特征,同样在中国现代派诗人身上获得了鲜明的印证。

一　辽远的国土

辽远的国土的怀念者，
我，我是寂寞的生物。

——戴望舒《我的素描》

我倒是喜欢想象着一些辽远的东西，
一些并不存在的人物，
和一些在人类的地图上找不出名字的国土。

——何其芳《扇上的烟云》

　　进入二十世纪三十年代现代派诗歌的文本世界，可以发现几乎每一位诗人笔下都有一个相似的意象，那就是"辽远的国土"。

　　当某一个意象在众多诗人的作品中多次复现的时候，它便生成为一个象征性意象，从而具有一种群体的属性，反映着某种普遍的情绪、心理和趋向。"辽远的国土"正是这样一个象征物，它象征着一代诗人理想中的人生形式、想象中的生命归宿地以及一个难以企及的梦中的乌托邦。

远景的形象

在人类心灵史中,有些时段会表现出对"远方"和"彼岸"范畴的特殊兴味。安德烈·纪德所拟想的纳蕤思式的"渴望乐园",法国象征主义诗人韩波表述的"生活在远方"以及中国二十世纪三十年代现代派诗人对"辽远的国土"的怀念,都代表着这样的历史阶段。"生活在远方"的感受已经构成了人类具有原型意味的体验,这种原型体验在任何历史阶段的具体呈露,都传达着一种普遍的时代情绪,一种带有群体属性的心灵意向。

现代派诗人对"辽远的国土"的怀想,汇入的正是这种人类的原型体验和感受。

韩波的"生活在远方"其实揭示的是一种悖谬式的生存处境,因为"生活"永远是一种现时态的存在方式,它意味着此时此地的具体的生存境遇;"远方"却存在于现时态的生活之外,它是现实生存的人们"此时此地"无法企及的地方。所谓"生活在远方",其中的"远方"永远是以一种可能性存在的,"远方"不可能变成现实性。因为你如果达到了远方,远方就不成其为远方,还有更远的远方在远方存在。正如诗人海子的最后一首诗《黑夜的献诗》所写:"你从远方来,我到远方去。/遥远的路程经过这里。"西川的一句诗可以提供对海子这句诗的解释:"对于远方的人们,我们是远方。"两个人的诗句中都表达了对"远方"的相对性的一种颖悟。

也正因如此,李广田在《地之子》中这样表达对天国的感知:"我无心于住在天国里,/因为住在天国时,/便失掉了天国。""生活在远方"与其说描述了一种已然实现的生活,不如说表达的是一种意向性的生活,它揭示的是人类渴望超越现实生存处境而过一种迥异于现在的生活的普遍心理趋向。

三十年代年青的现代派诗人们大都是在五四新文化运动的退潮期以及大革命失败的政治低谷期步入诗坛的。这批年青诗人堪称一代"边缘人"。在三十年代阶级对垒、阵营分化的社会背景下,诗人们大都选择了游离于党派之外的边缘化的政治姿态;同时,他们有相当一部分来自广袤的乡土,在都市中感受着传统和现代双重文明的挤压,又成为乡土和都市夹缝中找不到自己稳定的位置和心灵的自足而被悬浮起来的漂泊者。"在而不属于两个世界"的心态构成了这一代人的普遍体验。他们深受法国象征派诗人的影响,濡染了波德莱尔式的对现代都市的疏离陌生感以及魏尔伦式的世纪末颓废情绪,五四的退潮和大革命的失败更是摧毁了他们纯真的信念,于是诗作中普遍流露出一种超越现实的意向,充斥着文本的,是对"辽远"的憧憬与怀想,"辽远的国土"成为一个时代性的母题:

> 我觉得我是在单恋着,
> 但是我不知道是恋着谁:
> 是一个在迷茫的烟水中的国土吗,
> 是一支在静默中零落的花吗,
> 是一位我记不起的陌路丽人吗?
>
> ——戴望舒《单恋者》

作为"辽远的国土"母题的具体表征的,是现代派诗作中一系列"辽远"的意象的生成。

在戴望舒的《单恋者》中,无论是"烟水中的国土""静默中零落的花",还是"记不起的陌路丽人",都给人以一种辽远而不可即之感,成为"单恋者"心目中美好事物的具象性表达。而"辽远"更是成为现代派诗中复现率极高的意象:

> 我想呼唤
> 我想呼唤遥远的国土
>
> ——辛笛《RHAPSODY》

> 辽远的牧女的羊铃,
> 摇落了轻的树叶。
>
> ——戴望舒《秋天的梦》

> 想一些辽远的日子,
> 辽远的,
> 砂上的足音……
>
> ——李广田《流星》

> 说是寂寞的秋的悒郁,
> 说是辽远的海的怀念。
>
> ——戴望舒《烦忧》

> 半岛是大陆的纤手,
> 遥指海上的三神山。
>
> ——卞之琳《半岛》

> 磬声如春水,
> 我想着有一只夜航船,
> 我将航到天边。
>
> ——朱英诞《大觉寺外》

在这些诗句中,引人注目的正是"辽远"以及由"辽远"衍生的相似的意象,其"辽远"本身就意味着一种乌托邦情境所不可缺少的时空距离,这种辽远的距离甚至比辽远的对象更能激发诗人们神往与怀想的激情,因为"辽远"意味着匮缺,意味着无法企及,而对于青春期的现代派诗人们来说,越是迢遥的可望而不可即的东西就越能吸引他们长久眷恋和执迷。正如何其芳在散文诗《炉边夜话》中所说:"辽远使我更加渴切了。"这些"辽远"的事物正像巴赫金所概括的"远景的形象"。无论是"辽远的海""辽远的牧女""辽远的,砂上的足音",还是"海上的三神山",都是一些富于"远景"特征的意象形式,给人一种遥远的可望而不可即的感受。这些"远景的形象"只能诉诸诗人的怀念与向往。在戴望舒的《烦忧》中,对"海"的怀念止于诗人的诉说,李广田的《流星》中的几句诗最终也落实到"想"的字样,正如同朱英诞笔下的"夜航船"也只能拥有于想象之中一样;至于"我将航到天边"更是出于朱英诞纯粹的幻象形式。

巴赫金在论述陀思妥耶夫斯基的小说时曾指出,"陀思妥耶夫斯基的叙事,总是没有从远处着眼的叙事","主人公和事件都没有'远景的形象'。叙事人紧靠着主人公和发生的事件,也就从这缺乏远景的近处视点来对它们进行描述"。① 这种"远景的形象"的匮乏或许取决于陀思妥耶夫斯基逼视现实生存的哲学观与价值观,取决于他贴近俄罗斯大地的心理意向。正如这位毕生眷恋人生和土地的作家所自白的那样:"我希望,我渴望

---

① 巴赫金:《陀思妥耶夫斯基诗学问题》,白春仁、顾亚铃译,第309页,北京:三联书店,1988年。

流着眼泪只亲吻我离开的那个地球,我不愿,也不肯在另一个地球上死而复生。"①不妨这样说,陀思妥耶夫斯基小说中"近处视点"的选择以及对远景形象的规避,是与作家的主观心态同构的。但另一方面,"远景的形象"的匮缺也同时规定着陀思妥耶夫斯基的创作中鲜明的世俗化特征,以及突出的现世哲学的取向。

从这一角度审视中国现代派诗人创作中的"远景的形象",可以看出诗人们对"辽远"的意象的选择,同样标志着一种心灵的特征。对辽远的国土的憧憬是与诗人们心灵深处的漂泊体验相对应的,两者共同塑造了现代派诗人的乌托邦视景。当现实生活难以构成灵魂的依托,"生活在远方"的追求便使诗人们把目光投向更远的地方,投向只有借助于想象力才能达到的"辽远的国土"。这决定了现代派诗歌在总体的诗学风格上呈现出一种幻想的属性,从而"远景的形象"最终昭示的是一种带有群体性的风格特征。

"辽远的国土"正是通过这些想象性的"远景的形象"得以具体地赋形的。作为一个类似于彼岸、乐园、理想国之类的范畴,"辽远的国土"在本质上是一个乌托邦的存在。正像何其芳在《画梦录》中表述的那样,他所想象着的"辽远的东西",是"一些不存在的人物,和许多在人类的地图上找不出名字的国土"。② 只有在诗人骛远的想象世界中,人们才能隐约地窥见这

---

① 陀思妥耶夫斯基:《陀思妥耶夫斯基中短篇小说选》,文颖等译,第568页,北京:人民文学出版社,1997年。

② 何其芳:《扇上的烟云》,《何其芳文集》第二卷,第56页,北京:人民文学出版社,1982年。

个"找不出名字的国土"的缥缈的面目。在这个意义上,"远景的形象"或许是诗人们感知这一并不存在的国土的唯一途径。

> 辽远的国土的怀念者,
> 我,我是寂寞的生物。
>
> ——戴望舒《我的素描》

"辽远的国土的怀念者"构成了一代年青诗人的自画像,由此也便具有了型塑一代人群体心灵的母题意味,继而升华为一个象征性的意象。人们经常可以从一些并不缺少想象力的诗人笔下捕捉到令人倾心的华彩诗句或段落,但它们通常由于缺乏一个有力的象征物的支撑而沦为细枝末节,无法建立起一个具有整体性的诗学王国。而"辽远的国土"或许正是这样一个象征物,它使诗人们笔下庞杂的远景形象获得了一个总体指向而具有了归属感,并成为"辽远的国土"母题的具体衍生物。"辽远的海""辽远的牧女""辽远的,砂上的足音"……都可以视为这一总体的象征性母题衍生出的形象系列,共同诉说着一个"辽远的国土"的形象。作为一个象征物,"辽远的国土"使诗人们编织的想象文本很轻易地转化为象征文本,从而在总体背景上为他们的诗歌王国寻求到了一个象征性的支撑。但这并不意味着诗人们同时也由现实世界进入了理想世界。梦中的国土毕竟是一个文本中的幻象的存在,"远景的形象"只是指向了这一国土,却无法使它真正地获得现实性。

即使仅仅从幻象性的存在这一角度来审度"辽远的国土",我们最终捕捉到的,也只是某些情绪和氛围化的内容。现代派诗人并没有真正贡献出西方空想家们在《理想国》《乌托邦》中具体描绘的乐园形态,甚至也没有具体勾勒出一幅中国古代田园诗人笔下"桃花源"式的微观图景,我们仅能隐隐约约地领略到"辽远的国土"的某种朦胧的形象。其中的原因似乎可以归咎于现代派诗人终究缺少一种超绝的想象力,一种使乐园图景获得更具体的形态的能力;但更内在的一个原因还在于,现代派诗人们确乎更加执迷于"怀想"的姿态本身。

拿何其芳来说,尽管他自认"喜欢想象着一些辽远的东西",但却很少具体拟构"辽远的国土"的具象化形态。从他精致的散文诗集《画梦录》中,我们更多发现的,是缅想"辽远"的"姿态":

> 她是期待甚么的。她有一个秘密的希冀,那希冀于她自己也是秘密的。她有做梦似的眼睛,常常迷漠的望着高高的天空,或是辽远的,辽远的山以外。
>
> ——《墓》

> 春夏之交多风沙日,冥坐室内,想四壁以外都是荒漠。在万念灰灭时偏又远远地有所神往,仿佛天涯地角尚有一个牵系。古人云,"思君令人老,岁月忽已晚。"使我老的倒是这北方岁月,偶有所思,遂愈觉迟暮了。
>
> ——《梦后》

> "我想到海上去。青色的海,白色的海,金色的海,我到底知道海是甚么颜色呢,海上的天空又是甚么颜色呢。在那寥阔间也许有长春的岛屿,如蜃气所成的楼阁,其下柔波环绕,古书上所说的弱水三千,或者我应生在那里吧。但这里的人从没有一个见过海的,辽远使我更加渴切了。"
>
> ——《炉边夜话》

"辽远的山以外""天涯地角"、各色的"海"……都构成了"远景的形象"。但到底"山以外"有什么,"天涯地角"又会呈现什么样的具体景观,诗人却无法告诉我们。在最后一段引文中,对"海"的描述相对具体化一些,但诗人运用的语势则是非确定性的,"也许"的字样正表现了不确定性,"长春的岛屿""蜃气所成的楼阁"的具象描绘也与其说出自诗人独特的个性化想象,不如说来自中国古代传说中海市蜃楼般的仙境。在这三段引文的语句中,最终给予我们强烈的阅读印象的,还是"渴切"的"神往"的姿态,是"做梦似的眼睛""迷漠的望着"的形象。

一代"寻梦者"对"辽远"的执着的眷恋也决定了现代派诗歌在总体诗学风格上的"缅想"特征。"缅想"由此成为一种姿态,并从文字表层超升出来,构成了更核心的部分,笼罩了整个诗歌语境。它规定着文本中的一种缅想性的氛围,并在很大程度上超越了对诸如"山以外""天涯地角"以及"海"本身的把握而左右着读者的关注重心。在诗人笔下,缅想的姿态本身甚至比"山以外"或者"天涯地角"本身所指涉的内涵还要丰富。现代派诗人的幻想性人格特征正是由这种缅想的姿态传达的。同时,缅想的氛围和语境也凸显了"辽远"的特征,"辽远"感提供了支撑着"缅想"情境的时空距离。

英国诗人威廉·布莱克把艺术视为"与天堂交谈的一种手段"[①],"寻梦者"们对"辽远"的缅想也无异于与理想王国的默默的"晤谈"。但这并不是说诗人们借此就能实现对不圆满的

---

① 转引自比尼恩:《亚洲艺术中人的精神》,孙乃修译,第141页,沈阳:辽宁人民出版社,1988年。

现世的超逸,事实上,诗人们对远方的缅想无法以一种纯然的幻想形式传达,缅想的姿态背后往往映衬着一个现实的背景,恰恰是这个现实的存在构成了诗歌意绪的真正底色。这使得诗人们的心灵常常要出入于现实与想象的双重情境之间,在两者的彼此参照之中获得诗歌的内在张力。譬如李广田的这首《灯下》:

> 望青山而垂泪,
> 可惜已是岁晚了,
> 大漠中有倦行的骆驼
> 哀咽,空想像潭影而昂首。
>
> 乃自慰于一壁灯光之温柔,
> 要求卜于一册古老的卷帙,
> 想有人在远海的岛上
> 伫立,正仰叹一天星斗。

这首诗正交织了现实与想象两种情境。岁晚的灯下向一册古老的卷帙"求卜"构成了现实中的情境,同时诗人又展开对大漠中倦行的骆驼以及远海岛上伫立之人的冥想。诗人"望青山而垂泪",进而试图寻求自我慰藉,对古老卷帙的求卜以及对远岛的遥想都是诗人的心灵找寻安慰的途径。但诗人是否获得了这种"自慰"呢?大漠中空想潭影的饥渴的骆驼以及远方伫立者的慨叹只能加深诗人在现实处境中的失落,构成的是诗人遥远的镜像。因此,仅从诗人落寞的现实体验出发,或者只看到诗人对远方物象的怀想,都可能无法准确捕捉这首诗的总体意绪。文本的意蕴其实正生成于现实与远景两个世界的彼此参照之中。

这种现实与想象世界的彼此渗透和互为参照不仅会制约诗歌意蕴的生成,甚至也可能决定诗人联想的具体脉络以及诗歌的结构形式。试读林庚的《细雨》:

> 风是雨中的消息
> 夹在风中的细雨拍在窗板上吗
> 夜深的窗前有着陌生的声音
> 但今夜有着熟悉的梦寐
> 而梦是迢遥或许是冷清的
> 或许是独立在大海边呢
> 但风声是徘徊在夜雨的窗前的
> 说着林中木莓的故事
> 忆恋遂成一条小河了
> 流过每个多草的地方
> 是谁知道这许多地方呢
> 且有着昔日的心欲留恋的
> 林中多了泽沼的湿地
> 有着败叶的香与苔类的香
> 但细雨是只流下家家的屋檐
> 渐绿了阶下的蔓生草

这是现代派诗中难得的美妙之作,我们从中可以考察一种内在的乌托邦视景如何制约着诗歌中物景呈现的距离感。诗中交替呈现"远景的形象"与切近的物象。关于窗前风声雨声的近距离观照总是与对远方的联想互为间隔,远与近的搭配与组接构成了诗歌的具体形式。诗人由窗前的"陌生的声音"联想到梦的迢遥以至"大海边",但迅速又把联想拉回到"夜雨的窗前";从风声述说的"林中木莓的故事",联想到"忆恋"的小河流过许多无人知道的地方,再联想到"昔日的心"的留恋,但马上又转移到对"流下家家的屋檐"的细雨的近距离描述,整个结构仿佛是电影中现实与回忆、彩色与黑白两组镜头的切换,给读者以一种奇异的视觉感受。诗人的思绪时时被雨中的风声牵引到远方的忆恋的世界,又不时被拍打在窗板上的雨声重新唤回到现实中来。远与近的切换其实体现的是诗人联想的更迭,这正是联想与忆恋的心理逻辑,《细雨》的结构形式其实是联想与追忆的诗学形态在具体诗歌文本中的体现和落实。《细雨》由此别出机杼地获得了对乌托邦视景的另一种呈现方式。遥远与切近的两组意象之间形成了一种内在的张力和秩序,构成了想象和现实彼此交叠映照的两个视界,从而使乌托邦远景真正化为现实生存的内在背景。

从李广田的《灯下》到林庚的《细雨》,这种诗人的思绪在现实与想象两个情境之间的徘徊,多少印证了卡夫卡的名言:生活是由最近的以及最远的两种形态的事物构成的。这两个世界不是截然二分的,它们互相交织与渗透,共同塑造着具体的生活型范。对林庚所属的现代派诗人来说,切近的现实与辽远的世界之间的彼此参照塑造了他们边缘人的总体心态。辽远的国土是难以企及的,"梦寐"也因为迢遥而显得冷清,"独立在大海边"凸显的更是茕茕孑立的形影。而身边行进中的生活又是难以融入的,他们以超逸的缅想姿态徘徊于现实与理想的边缘地带,文本的意象网络中往往拖着这两个世界叠印在一起的影子。由此似乎可以说,现代派诗中"远景的形象"尚缺乏一种自足性,诗人们越是沉迷于对远方的怀想,就越能透露出他们在现实中所体验到的缺失感。"辽远的国土"的母题最终昭示的,正是诗人们普遍的失落情绪。

在异乡

现代派诗人们并非没有对乐园梦的脆弱属性的体认与觉察。在感受着"辽远的国土"的虚无缥缈的同时,他们也在动荡的现实中寻求"乐园"的替代物,这就是现代派诗中的另一个原型意象——"异乡"。或许可以说,"异乡"是由"辽远的国土"所衍生的一个次母题,是诗人们漂泊生涯的具体化,是诗人们在现实生活中所能达到的一个"远方",也是"辽远的国土"在现实中的一个并不圆满的替代物。

相较于并不真实存在的"辽远的国土","异乡"提供的是现实生活中所能企及的一种异己的生存际遇。影响了现代派诗人的纪德曾说:"不论是你的家庭,或是你的乡土,只要你已经把你所处的环境里的新东西,压榨得净尽之后,你就必须要离开它。"①年青时流浪巴黎并终其一生在世界各地游历的美国小说家海明威也表达过"把自己移植到他处"的渴念:"人和其他生长的事物也许都同样需要这样移植自身。"②中国的现代派诗人的异乡行迹正印证着海明威的这句名言。所谓"移植自身",是

---

① 张若名:《纪德的态度》,第100页,北京:三联书店,1994年。
② 海明威:《海明威回忆录》,孙强译,第3页,杭州:浙江文艺出版社,1985年。

个体生命不断获得再生的过程;而"异乡"的体验,则时时为他们的生命灌注新鲜的滋养。从异乡到异乡的漂泊,使他们"生活在远方"的信念获得了具体的实践。

三十年代这批大多从乡土走出来的现代派诗人,不断经历的,正是海明威式的"移植自身"的过程。这是一代漂泊者,一代"永远居无定所的人"(辛笛《寄意》)。他们总是尚未来得及把一个新的环境所能给予他们的养分汲取殆尽,便又匆匆踏上新的征程。他们视野的远方"有时时变更颜色的群山",进入耳鼓的人语,常常是"充满异地声调的"(辛笛《寄意》);他们目睹过高原上的孤城落日,也领略过燕市人的慷慨悲歌(禾金《一意象》);他们体验过异乡静夜的情调,也在清晨的长篱笆旁偶遇异乡的女子(林庚《异乡》)。"异乡"由此成为一代游子酷爱的意象。

譬如徐迟的这首诗:

> 在异乡,
> 在时代中,灌溉我的心的田园的,
> 是热闹的,高速度的,自由的肥料。
> 我的心原是一片田园,
> 但在异乡中,才适合了我自己。
>
> ——《故乡》

"在异乡中,才适合了我自己",这构成的是一批异乡客所具有的共通体验。李广田和林庚都曾写过同题诗作《异乡》,同样传达了对异乡的眷恋,同时反映了一种纸面上的漂泊感。这些羁旅异乡的游子,或者像徐迟,故乡虽有"木舟在碧云碧水里栖止的林子"的绮丽风景,但却"曾使我的恋爱失落在旧道德的规律里","又到处是流长飞短的我的恋情的叱责";或者像何其芳,山之国的故居"屋前屋后都是山,装饰得童年的天地非常狭小",心灵的翅膀"永远飞不过那些岭嶂";又或者像戴望舒,魂牵梦绕于"一个在迷茫的烟水中的国土",而一任"家园寂寞的花自开自落"。他们纷纷告别自己的故土,在异乡领略时代的脉搏的跳动,寻找灌溉自己心灵田园的"自由的肥料",体悟异地的文化和风土赋予自己的创作灵感,生命的视域得以向一个更阔大的时空开放和拓展。

"在异乡"既是一种人生境遇,一种心理体验,同时也是诗歌文本中一种具体的观照角度。林庚的《异乡》体现出的即是这样一种特殊的视角:

> 异乡的情调像静夜
> 吹拂过窗前夜来的风
> 异乡的女子我遇见了
> 在清晨的长篱笆旁
> 黄昏的小船在水面流去
> 赶过两岸路上的人了
> 前面是樱桃再前面是柳树
> 再前面又是路上的人
> 在树下彳亍的走着
> 异乡的情调像静夜
> 落散在窗前夜来的雨点
> 南方的芭蕉我遇见了
> 在清晨的长篱笆那边

> 黄昏的小船在水面流去
> 赶过两旁路上的人了
> 前面是樱桃再前面是柳树
> 再前面又是路上的人
> 在树下彳亍的走着
> 异乡的情调像静夜
> 吹落在窗前夜来的风雨

这首诗描绘的当是诗人一次江南之行的所见，它的奇特处在于变化中的重复与重复中的变化，从而在整体上给人一种既回环往复又变幻常新之感。这种复沓与回环传达了一种"行行复行行"的效果。从视点上说，这是由作为异乡客的诗人的观照角度决定的。诗人仿佛坐在一只小船上顺水漂流，一路上遇见了长篱笆旁的异乡女子和芭蕉，赶过了两岸彳亍行走的路人，又超过了岸边的樱桃和柳树，如此的景象一再地重复下去，从清晨直至黄昏。诗作在形式上的复沓与诗人旅行中固有的视点的移动是吻合的，但这种复沓却不让人感到腻烦，重复中使人获得的是新奇的体验。这种体验正来自诗人作为异乡人的旅行视角。但最终决定着这种变幻感和新奇感的却并不是移动着的视角，而是视角背后观照者陌生的异乡之旅本身，以及诗人身处异乡的漂泊经历在读者心头唤起的一种普遍的羁旅体验。因而，在诗的最后，诗人眼中的一切异乡景象都随着小船的漂流而消失在身后，"在异乡"的"情调"本身逐渐扩展开来并弥漫了整首诗的语境。

林庚的这首《异乡》更令人寻味的地方在于它还表现了旅行者一种相对和煦的审美化的静观心态。这种审美心态对于体味着"人在旅途"的孤独感,承受着"生之行役"(李广田《生风尼》)的负荷感的现代派诗人来说是难得一见的。艾芜在他三十年代创作的《漂泊杂记》中记述了俄罗斯作家契诃夫临死之前常常说的梦话:"变成一个流浪者,一个香客,到那些圣地去,住在寺里,林中,湖畔。夏天的晚上,坐在回教礼拜堂前的凳上……。这是怎样地憧憬着漂泊呵!"①对临终卧榻上的契诃夫来说,一生的"流浪者"生涯已化为一种记忆,记忆里对漂泊的憧憬蕴含着对生命历程的追溯与眷恋,带有一种拉开了时空距离的审美化倾向。现代派诗人们对异乡的观照也同样是一种有距离的观照,但这种距离感却主要体现为心理上的陌生与疏离感。乡愁的冲动以及漂泊历程中自我崇高化的意向,使他们对异乡的当下的观照之中往往渗透着难以排遣的孤独心绪以及一抹淡淡的怅惘和感伤。"远行者永怀一求栖之心,/此坐也已是一归了。"李广田的这首《访》试图传达的即是一种"欢愁都不自知"的异乡心态,林庚以异乡为题材的另外的诗作如《沪之雨夜》《风狂的春夜》等篇什也流露着"悲哀"与"幽怨"。即使是前面分析过的林庚的《异乡》,在"行行复行行"的视角深处,也隐现着一种疏离感。这一切,都多少限制了诗人们在观照异乡的过程中有更深刻的理解和领悟。"异乡"在带给诗人们新鲜的生命体验的同时,仍旧是这批漂泊者力图超越的环节。它毕竟是一代诗人魂牵梦绕的"辽远的国土"的一个并不完美的现实替代物。

而当诗人们长久处于羁旅异乡的现实处境之中的时候,这

---

① 艾芜:《漂泊杂记》,第152页,石家庄:河北教育出版社,1994年。

种羁旅生涯也派生出了另一种恒常的情绪,这就是郁结在游子心头的乡愁。鲁迅曾把二十年代乡土小说家群称为"侨寓文学的作者"①。从"在异乡"的角度看,三十年代的现代派诗人也堪称是一批"侨寓诗人",一批瞿秋白在《鲁迅杂感选集》序言中所概括的"薄海民"(Bohemian)。在远离家乡的异乡生涯中,故园之恋常常在他们心头潜滋暗长,这使现代派诗歌总是笼罩着一种时代性的怀乡病情绪。

乡愁是记忆的一种特殊的形式,一种无定型的弥漫的形式,它构成了异乡客心头惯常的底色。年青的诗人们无须刻意地提醒自己思念家乡,屡见不鲜的情形是,一件小小的物什,一片与内心相契的风景,一段当年听习惯了的音乐,甚至一缕谙熟的气味,都会蓦然唤起故乡之忆。值得从诗学意义上关注的,正是乡愁的表现形式。如同一切普泛意义上的记忆形式的具体性,乡愁在羁旅诗人笔下也有具体性的特征。如李广田的这首《乡愁》:

> 在这座古城的静夜里,
> 听到了在故乡听过的明笛,
> 虽说是千山万水的相隔罢,
> 却也有同样忧伤的歌吹。
>
> 偶然间忆到了心头的,
> 却并非久别的父和母,
> 只是故园旁边的小池塘,

---

① 鲁迅:《〈中国新文学大系·小说二集〉序》,《鲁迅全集》第6卷,第247页,北京:人民文学出版社,1981年。

萧风中,池塘两岸的芦与荻。

诗人在静夜中捕捉到的是类似故乡明笛的吹奏,"同样忧伤的歌吹"构成了唤醒诗人乡愁的具体契机。而更值得留意的,是这首诗的下半段:偶然间浮上诗人心头的,只是故园的池塘、萧风、芦荻。记忆中复现的这些故园图景似乎有一种偶发性与随意性,诗人自己也没有料到忆到心头的只是那座小池塘。但这恰恰是乡愁的法则,"小池塘"的出现,并非诗人刻意选择的结果,并不意味着萧风中涌浪般的芦荻给诗人留下了更刻骨铭心的记忆,也不意味着远行人对小池塘的眷恋超过了故园的亲人或其他的风土人物。不妨设想诗人以故乡的任何其他事物来置换"小池塘"的意象,诗意效果仍是相同的。这里更重要的是,诗人偶然间的所忆恰恰暗示了故园记忆的弥漫性,暗示了乡愁无所不在的普覆性。理解了这一点再回头品味整首诗,乡愁的氛围愈加弥漫起来,把故乡的明笛、家园旁的池塘、岸边的芦与荻都笼罩其中。这说明具体回忆起什么并不是诗人关注的重心,诗人所关注的是具体化的记忆所传达的无所不在的乡愁本身。由此,状写故园之恋诗篇中的一切具象之物,都最终指向乡愁的总体性与弥漫性。

弥漫性的乡愁在表现故乡忆恋的同时,更提示着诗人们在异乡的当下心境。乡愁构成了异乡生活的情绪底色,标志着游子在体验异乡的新鲜感的同时,也体验着与异乡无法彻底融洽的疏离感。诗人们时刻准备着从遥远的异乡启程奔赴更其遥远的异乡。旅居北方的何其芳,便常常萌生"一种奇异的悒郁的渴望,那每当我在一个环境里住得稍稍熟习后便欲有新的迁徙的渴望"。诗人如此追问:"是什么在驱策着我?是什么使我在稍稍安定的生活里便感到十分悒郁?"①或许可以说,驱策着诗人的,正是渴望从异乡到异乡不断迁徙漂泊的生命形态本身。并不是每个羁旅异乡的游子都能找到灌溉心田的"肥料",更多的倦行人在对异乡的追逐之中迷恋的只是漂泊的人生历程,正如三十年代的小说家艾芜说的那样:"我自己,由四川到缅甸,就全用赤脚,走那些难行的云南的山道……但如今一提到漂泊,却仍旧心神向往,觉得那是人生最销魂的事呵。"②"漂泊"本身成为"人生最销魂的事",使人心驰神往,从而这种对生命的移植过程的眷恋逐渐衍化为一种目的。

在"栈石星饭的岁月,/骤山骤水的行程"(戴望舒《旅思》)之中,一代漂泊的异乡客更深切地体验到了青春内在的激情以及生命本能的冲动,正像何其芳在《树荫下的默想》中所写的那样:

> 我将完全独自地带着热情和勇敢到那陌生地方去,象一个被放逐的人。……仍然不关心我的归宿将在何处,仍然不依恋我的乡土。未必有什么新大陆在遥遥地期待我,但我却甘愿冒着风涛,带着渴望,独自在无涯的海上航行。

这种独自奔赴陌生地方,"象一个被放逐的人"的体验无疑具有典型性。现代派诗人的群体形象由此也堪称一代漂泊者。戴望舒即自称一个"寂寞的夜行人"(《单恋者》),林庚也如穆木天

---

① 何其芳:《树荫下的默想》,《何其芳文集》第二卷,第136页,北京:人民文学出版社,1982年。

② 艾芜:《漂泊杂记》,第152页,石家庄:河北教育出版社,1994年。

评价的那样,有一种"流浪人化"①的特征。"他们在异乡所发现的新生命恰好是一面真实的明镜,把他们的本来面目照得清清楚楚"②,所谓的"本来面目"是身后的故园永无归期的自我放逐,是时时处在人生的道程之中的无栖止感,是生命个体独自面对陌生世界的苍凉体验。何其芳"独自在无涯的海上航行"的渴望昭示了一代异乡人孤立无援的心理处境,它强化了诗人们的孤独感受,但更强化了诗人们对自我的确证,激发了孤独体验中的自我崇高感,这就是现代派诗歌"在异乡"的母题中更富心灵史价值的蕴涵。

诗人们关注"异乡"的主题,与一代倦行人的异乡体验密不可分,同时也和异乡行旅中经常遭遇各种各样难以逆料的人生情境有关。"邂逅"就是这样一种审美化的情境。

卞之琳二十世纪三十年代翻译的英国散文家马丁(E. M. Martin)《道旁的智慧》一书中有一段文字阐发的是所罗门(Solomon)的一句箴言:

> "好比照水,面对面影;人应人心",第一个说的一定是仆仆风尘的倦行人,傍着一个邂逅的旅伴,休息在一块雄岩的荫下,在饱饮了一顿被炎日所忘掉而不曾被晒干的潭水后;因为到这种意外恬适的难得的境界,人就会对陌生人托出真心,说出心底里的思想。③

---

① 穆木天:《林庚的〈夜〉》,《现代》1934年第5卷第1期。
② 张若名:《纪德的态度》,第100页,北京:三联书店,1994年。
③ 卞之琳:《卞之琳译文集》(中卷),第288页,合肥:安徽教育出版社,2000年。

这段话描述的是人在旅途特有的一种境遇:"邂逅"。在这种偶遇的情境中,孤寂长旅中的倦行人突然有一种敞开心扉的欲望,或许是在孤旅中沉默得太久了,或许是邂逅的伴侣让他有倾盖如故的信任感,于是倦行人便"对陌生人托出真心,说出心底里的思想"。

卞之琳自己的诗《道旁》拟想的便是这种邂逅的人生情境:

> 家驮在身上像一只蜗牛,
> 弓了背,弓了手杖,弓了腿,
> 倦行人挨近来问树下人
> (闲看流水里流云的):
> "请教北安村打哪儿走?"
>
> 骄傲于被问路于自己,
> 异乡人懂得水里的微笑,
> 又后悔不曾开倦行人的话匣
> 像家里的小弟弟检查
> 远方归来的哥哥的行箧。

这首诗在语言上简单得近乎稚拙,却包藏着很耐咀嚼的况味。这况味既来自于倦行人的形象,也来自有些自以为是的异乡人,更来自于两个人的邂逅这一情境本身。

"家驮在身上"的倦行人在二十世纪三十年代的现代派诗中是一种原型,三个"弓"已是非写实性的夸张了,但无疑生动了这一形象。比倦行人更为生动的却是树下的异乡人。他的"闲看"构成了与仆仆风尘的倦行人的鲜明对照。这不仅是两个形象的对比,而且是两种人生形式的对比,单是这种对比性本身就有一种丰富的含义。但诗人并未止步于此,他试图挖掘这种情境中更隐微的寓意。于是在诗的下半部分,视角彻底转换到树下人身上。读者也借助这个树下的异乡人的眼光来打量倦行人。"水里的微笑"自是倦行人映在水中的,它使人想到马丁《道旁的智慧》中的"面对面影""人应人心",暗示着一种心与心的暗自的默契与交流。树下的异乡人究竟从水里的微笑中看到了什么呢?倦行人飘蓬般的生涯么?微笑中的达观与自信么?抑或是笑容也掩不住的一丝沧桑与无奈?这些联想大概都是邂逅这一情境中的应有之义。但写到这里,诗人笔锋陡转:"又后悔不曾开倦行人的话匣。"原来邂逅中的交流只是作为一种可能性而存在着,默契只产生于树下人的假想。真实的情境中倦行人又拄着手杖弓着脊背开始上路了。树下人只能望着倦行人慢慢远去,深自后悔没能留他坐一会儿并打开他的话匣子。

这是一次失之交臂的晤谈。诗人描绘的,其实是一次未能如愿的交流,一个错过的情境。它越发烘托了倦行人(也许还有树下人)的一种内心的寂寥,而在这默默的长旅中,一个人的心灵本来"是多么容易对人间的东西开放"①。树下人的"后悔"也许并不是因为错过了聆听倦行人羁旅生涯中的传奇故事(或许他根本就没有称得上传奇的故事),而更是后悔错过了两颗邂逅的心灵在向世界敞开之中的交流,错过了两个生命形态的碰撞。因此,《道旁》所拟构的错过的情境暗示着两个主体的

---

① 何其芳:《私塾师》,《何其芳文集》第二卷,第109页,北京:人民文学出版社,1982年。

心灵深处对于交流的渴求,对于生命融汇的热望。可以想见那远去的倦行人的身影留给树下人的,定是一丝淡淡的怅惘。

　　邂逅的情境中由此蕴含着一种特殊的美感。一切具有偶然性、短暂性和一次性的美好事物都有一种令人常想返身眷顾的美学成分,甚至一种令人黯然神伤的美感。邂逅无疑正是这样一种人生境遇。日本画家东山魁夷在他的散文《一片树叶》中曾这样写道:"无论何时,偶遇美景只会有一次。……如果樱花常开,我们的生命常在,那么两相邂逅就不会动人情怀了。花用自己的凋落闪现出的生的光辉,花是美的,人类在心灵的深处珍惜自己的生命,也热爱自己的生命。人和花的生存,在世界上都是短暂的,可他们萍水相逢了,不知不觉中我们会感到一种欣喜。"[1]我们从《道旁》那"水里的微笑"中感受到的或许正是这种欣喜,同时由于邂逅的短暂性,最终反衬出的却是萍水相逢留给人的迷惘。

　　李广田也写过与马丁同题的散文《道旁的智慧》,同样执迷于道旁邂逅的情境。《野店》描述的便是行旅异乡的倦行人在路旁的小店相逢邂逅又匆匆分手的情景:

　　　　于是一伙路人,又各自拾起了各人的路,各向不同的方向跋涉去了。"几时再见呢?""谁知道? 一切都没准儿呢!"有人这样说。也许还有人多谈几句,也许还听到几声叹息,也许说:我们这些浪荡货,一夕相聚又散了。散了,永不再见了,话谈得真投心,真投心呢!

---

[1] 东山魁夷:《一片树叶》,《散文》1985 年第 10 期,天津:百花文艺出版社,1985 年。

真是的,在这些场合中,纵然一个老江湖,也不能不有些惘然之情吧。更有趣的是在这样野店的土墙上,偶尔你也会读到用小刀或瓦砾写下来的句子,如某县某村某人在此一宿之类。有时,也会读到些诗样的韵语,虽然都鄙俚不堪,而这些陌路人在一个偶然的机遇里,陌路的相遇又相知,他们一时高兴了,忘情一切了,或是想起一切了,便会毫不计较地把真情流露了出来,于是你就会感到一种特别的人间味。就如古人所歌咏的:

君乘车,我戴笠,
他日相逢下车揖;
君担簦,我跨马,
他日相逢为君下。

——这样的歌子,大概也是在这样的情形下产生的吧。①

李广田在《野店》中其实复制的是前面引述的马丁《道旁的智慧》中的情境,只不过把所罗门的格言"好比照水,面对面影:人应人心"换成了中国古人的歌咏。卞之琳诗歌《道旁》中未竟的交流在李广田笔下的野店里实现了。但其中"惘然之情"依旧,也许更深切了。旅店的邂逅,是长旅者逆旅生涯中难得的心理慰藉,使倦行人在大荒孤游之中偶尔体味一种"人间味"。但同时它又昭示了生命的偶然性和短暂性,并且正是这种偶然性和

---

① 李广田:《野店》,李岫编:《李广田散文》(一),第10页,北京:中国广播电视出版社,1994年。

短暂性本身规定着邂逅这一情境中所固有的令人怅惘的美感。

"失乐园"

对"辽远的国土"的怀念,毕竟是一种对乌托邦的眷恋。一代诗人不可避免地要经受乐园梦的破灭,这就是"辽远的国土"之追寻的潜在危机。步入诗坛伊始的何其芳曾"温柔而多感"地迷恋英国十九世纪女诗人克里斯蒂娜·乔治娜·罗塞谛(Christina Georgina Rossetti)的诗句:"呵,梦是多么甜蜜,太甜蜜,太带有苦味的甜蜜,/它的醒来应该是在乐园里……"然而从梦中苏醒的诗人发觉自己并没有在乐园中,而依旧身处"沙漠似的干涸"的衰颓的北方旧都。"当我从一次出游回到这北方大城,天空在我眼里变了颜色,它再不能引起我想象一些辽远的温柔的东西。我垂下了翅膀。"[①]诗人的带有浪漫气息的乐园梦幻并没有长久持续,"梦中道路"的跋涉,很快"从蓬勃,快乐,又带着一点忧郁的歌唱变成彷徨在'荒地'里的'绝望的姿势,绝望的叫喊'",诗人"企图遁入纯粹的幻想国土里而终于在那里找到了一片空虚,一片沉默"[②]。

何其芳经历的这种心灵历程在追寻"辽远的国土"的一代诗人中颇具代表性。与北方旧都中的何其芳遥相呼应的是南国

---

① 何其芳:《梦中道路》,《何其芳文集》第二卷,第65页,北京:人民文学出版社,1982年。

② 何其芳:《〈刻意集〉序》,《何其芳文集》第二卷,第122—123页,北京:人民文学出版社,1982年。

的戴望舒。在《对于天的怀乡病》中,戴望舒尚"渴望着回返/到那个天,到那个如此青的天,/在那里我可以生活又死灭,/像在母亲的怀里,/一个孩子欢笑又啼泣";而到了《乐园鸟》,读者体味到的则是迥然不同的情绪,这是一种典型的失乐园的心态:

> 是从乐园里来的呢,
> 还是到乐园里去的?
> 华羽的乐园鸟,
> 在茫茫的青空中,
> 也觉得你的路途寂寞吗?
>
> 假使你是从乐园里来的,
> 可以对我们说吗,
> 华羽的乐园鸟,
> 自从亚当、夏娃被逐后,
> 那天上的花园已荒芜到怎样了?

自从亚当、夏娃被逐出乐园后,对乐园的向往与追求就成了人类永恒的热望。这首《乐园鸟》创意的新奇处,在于拟想了一个往返于伊甸乐园的使者——乐园鸟的形象,借此表达对失去的乐园的眷恋。"乐园鸟"正是这种追求的热望的一个象征,从而寄托了诗人对乌托邦的渴念和求索。这是现代派诗歌中最好的收获之一。而"天上的花园"也超越了每个个体诗人的"私立意象",而成为一个"公设"的群体性意象,象征着现代派诗人灵魂的归宿地,一个虚拟的乌托邦,一个与现实构成参照的乐园,一个梦中的理想世界。也正是在这个意义上,作为现代派领袖人物的戴望舒把自己所隶属的诗人群体命名为"寻梦者"。

作永恒的苦役般云游的"华羽的乐园鸟"不仅是戴望舒对自我形象的确认,同时也正构成了一代寻梦者的忠实写照,而对天上花园之荒芜的追问则象征了诗人们"乐园梦"的破灭,"荒芜"中也拖着 T. S. 艾略特的长诗《荒原》的影子。杜衡在给戴望舒的诗集《望舒草》写的序中是这样描述诗人的心灵遭际的:

> 不幸一切希望都是欺骗,望舒是渐次地发觉得了。终于,连那个无可奈何的对于天的希望也动摇起来,而且就是像很轻很轻的追随不到的天风似地飘着也是令人疲倦的。我们如果翻到这本大体是照写作先后排列的集子底最后,翻到那首差不多灌注着作者底整个灵魂的《乐园鸟》,便会有怎样一副绝望的情景显在我们眼前!在这小小的五节诗里,望舒是把几年前这样渴望着回返去的"那个如此青的天"也怀疑了,而发出"自从亚当夏娃被逐后,/那天上的花园已荒芜到怎样了?"的问题来。然而这问题又谁能回答呢?①

这一问题的确是现代派诗人们无法回答的。乐园梦的失落根源于乐园本身的虚拟性和幻象性。而一代诗人身上所潜伏的内在的精神危机也正深藏在这种乐园的幻象性之中。

---

① 杜衡:《〈望舒草〉序》,梁仁编:《戴望舒诗全编》,第 55 页,杭州:浙江文艺出版社,1989 年。

尽管"辽远的国土"抑或"天上的花园"构成了诗人们的心理寄托和精神归宿，具有某种"准信仰"的意味，但一种真正的信仰不仅需要背后的目的论和价值论的支撑，同时还必须在信徒的日常行为中获得具体化的落实，否则便如沙上之塔，终将倾覆。对"辽远的国土"的憧憬很难在现实中找到具体对应，"现实"是诗人们企图游离甚至逃逸的世界，这使他们无法把远方的视景引入日常生活秩序中，无法像基督徒那样在日常的祷告、礼拜以及圣餐仪式中具体地感知天堂的存在。在诗人们笔下，天上的花园只是一个轮廓模糊的乌托邦，一个纯粹想象的虚幻的存在物，一个无定型的朦胧幻影。这一幻影潜藏着的危机是双重的：一方面它是遥远到无法企及的天边的世界，对它的求索意味着一场了无终期的艰难的追寻，意味着对寻梦者心理、意志与忍耐的考验；另一方面，作为一种镜花水月，它无法直面严峻的现实，一块细小的石子都会轻易地击破这个纯美却脆弱的世界。

何其芳不再想象"辽远的温柔的东西"以及戴望舒对"天上的花园"的怀疑标志着三十年代诗人们对支撑自己生命的理想与信仰的质疑，意味着对乐园的乌托邦性的自觉体认。这是一种由渴望乐园到最终"失乐园"的心路历程。失乐园的体验在二十世纪三十年代中国作家的创作中具有一种普泛性。沈从文所精心建筑的"希腊小庙"——边城世界也同样隐含着桃源梦的情意结。有论者指出《边城》中碧溪岨的白塔的圮坍象征着一个关于湘西的世外桃源神话的必然性终结，构成了一个"失乐园"的母题再现。① 如果同现代派诗人的乐园梦比较,所不同的只是,沈从文的桃源世界构筑在他回忆中经过过滤的湘西,而现代派诗人们则把乐园置于遥不可及的天上而已。最终它们都无法逃避必然失落的历史宿命。

意识到"失乐园"的宿命是否也同时意味着诗人们从此开始正视现实,脚踏实地,直面人生呢? 实际上,在辽远的国土失落的过程中,一代诗人所强化的,正是潜伏在心底的虚无主义情绪。乌托邦主义和虚无主义本来就是一把利剑的双刃,彼此之间是很容易相互转化的。对承受着时代的重压的现代派诗人来说,虚无主义构成的是他们更深层的情绪背景。譬如戴望舒,从1927年夏创作"希望飘过/一个丁香一样地/结着愁怨的姑娘"的《雨巷》,到1932年《乐园鸟》的问世,正如杜衡说的那样,"五年的挣扎只替望舒换来了一颗空洞的心,他底作品里充满着虚无的色彩,也是无须乎我们来替他讳言的"。杜衡这样剖析戴望舒《乐园鸟》时期"虚无的色彩"的时代根源:"本来,像我们这年岁的稍稍敏感的人,差不多谁都感到时代底重压在自己底肩仔上,因而呐喊,或是因而幻灭,分析到最后,也无非是同一个根源,我们谁都是一样的,我们底心里谁都有一些虚无主义的种子;而望舒,他底独特的环境和遭遇,却正给予了这种子以极适当的栽培。"② 应当说,现代派诗人心底深埋的这颗"虚无主义的

---

① 参阅王德威:《小说中国:晚清到当代的中文小说》,台北:麦田出版有限公司,1993年。

② 杜衡:《〈望舒草〉序》,梁仁编:《戴望舒诗全编》,第54—55页,杭州:浙江文艺出版社,1989年。

种子",都从三十年代的时代环境中获得了栽培的土壤,终不免适时破土。它的萌发生长,使诗坛笼罩着浓厚的悲观失望情绪。孙作云在1935年创作的《论"现代派"诗》一文中这样描述现代派的群体特征:

> 横亘在每一个作家的诗里的是深痛的失望,和绝望的悲叹。他们怀疑了传统的意识形态,但新的意识并未建树起来。他们便进而怀疑了人生,否定了自我,而深叹于旧世界及人类之溃灭。这是一个无底的深洞,忧郁地,悲惨地,在每一个作家的诗里呈露着。①

由此我们不难理解何其芳创作中的"郁结与颓丧",以及他在自己所谓的"苦闷时期""更喜欢 T. S. 艾略特的那种荒凉和绝望,杜斯退益夫斯基的那种阴暗"②的心理原因;也不难理解卞之琳诗中流露的"喜悦里还包含惆怅、无可奈何的命定感"③;更不难理解李广田的"我有深绿色的悲哀,是那么广漠而又那么沉郁"④的倾诉。

考察现代派诗人们的总体创作可以看出,诗人们在拟构了辽远的国土的同时,也埋下了"失乐园"的因子,这就是乐园母

---

① 孙作云:《论"现代派"诗》,《清华周刊》1935年第43卷第1期。

② 何其芳:《给艾青先生的一封信——谈〈画梦录〉和我的道路》,《文艺阵地》1940年第4卷第7期。

③ 卞之琳:《雕虫纪历·自序》,《雕虫纪历》,第7页,北京:人民文学出版社,1984年。

④ 李广田:《绿》,李岫编:《李广田散文》(一),第259页,北京:中国广播电视出版社,1994年。

题的双重属性。这种双重性使现代派诗歌既呈现出缅想与憧憬的梦幻般单纯清新的格调，又同时横亘着悲观、失落、怅惘的情绪因素。这种双重性是时代的特征在诗歌创作中的投射。辽远的国土无论如何遥远，最终依旧无法彻底逃逸出当下的现实世界。

二　扇

> 银烛秋光冷画屏,
> 轻罗小扇扑流萤。
> 天阶夜色凉如水,
> 坐看牵牛织女星。
>
> ——杜牧《秋夕》

> 设若少女妆台间没有镜子,
> 成天凝望着悬在壁上的宫扇,
> 扇上的楼阁如水中倒影,
> 染着剩粉残泪如烟云
>
> ——何其芳《扇》

　　在现代派诗人诸多的母题意象中,"扇"堪称切入现代派诗歌意象体系的一个具体而微的视角。

　　"扇"是中国古典诗歌中积淀甚久的一个意象,轻而易举就可以联想起来的,是杜牧的《秋夕》:

> 银烛秋光冷画屏,
> 轻罗小扇扑流萤。

> 天阶夜色凉如水,
> 坐看牵牛织女星。

使整个诗境产生灵动感的正是这把扑流萤的"轻罗小扇"。如果杜牧把"扑流萤"写成"扑蚊虫",就显示出扇子的工具性和实用性了。而"扑流萤"则带给小扇以一种超功利性的游戏性甚至审美性。诗的第一句"银烛秋光冷画屏"更为轻罗小扇提供了一个极富美感的生活背景。从此这把"轻罗小扇"以及与之相类的"宫扇""团扇"便衍化为一个具有艺术装饰性和审美性的传统意象。

到了二十世纪三十年代,现代派诗人何其芳写出了完全可以同杜牧诗境媲美的有关"扇"母题的诗句:

> 设若少女妆台间没有镜子,
> 成天凝望着悬在壁上的宫扇,
> 扇上的楼阁如水中倒影,
> 染着剩粉残泪如烟云,
> 叹华年流过绢面,
> 迷途的仙源不可往寻,
> 如寒冷的月里有了生物,
> 每夜凝望这苹果形的地球,
> 猜在它的山谷的浓淡阴影下,
> 居住着的是多么幸福……

——何其芳《扇》

何其芳笔下这把悬在壁上的宫扇,显然更是一个装饰品或者艺术品。在现代派诗歌浩繁的文本世界中,它或许是一个最具有形式感的母题意象。

中介的意义

何其芳为他的散文诗集《画梦录》所写的代序题为《扇上的烟云》。在文章的开头，何其芳引用了自己的《扇》这首诗的前四句，可见何其芳本人对这首诗的珍爱。而"扇上的烟云"对于理解《画梦录》无疑具有总体上的提示作用。在谈及如何画梦的时候，文中有这样一段描述：

"于是我很珍惜着我的梦。并且想把它们细细的描画出来。"

"是一些什么梦？"

"首先我想描画在一个圆窗上。每当清晨良夜，我常打那下面经过，虽没有窥见人影却听见过白色的花一样的叹息从那里面飘坠下来。但正在我踌躇之间那个窗子消隐了。我再寻不着了。后来大概是一枝梦中彩笔，写出一行字给我看：分明一夜文君梦，只有青团扇子知。醒来不胜悲哀，仿佛真有过一段什么故事似的，我从此喜欢在荒凉的地方徘徊了。一夏天，当柔和的夜在街上移动时我走入了一座墓园。猛抬头，原来是一个明月夜，齐谐志怪之书里最常出现的境界。我坐在白石上。我的影子像一个黑色的猫，我忍不住伸手去摸它一摸，唉，我还以为是一个苦吟的女鬼遗下的一圈腰带呢，谁知拾起来乃是一把团扇。于是我带回去；珍藏着，当我有工作的兴致时就取出来描画。我的梦在那上面。"①

对于"留连光景惜朱颜"的何其芳来说,如何为自己倍加珍惜的梦寻找一个合适的载体,是颇费一番周折的。诗人最终找到了"扇"来画梦,看上去似乎是妙手偶得,实际上却是近乎贾岛苦吟的结果。很多艺术家漫长的时间和精力都花费在对这种艺术中介物的寻找之上。而对何其芳来说,小小团扇上面凝聚着诗人对具有形式感的审美中介物的深深执着。他在团扇上画梦的过程,也是为他的想象寻找形式的过程。他找到了团扇,也就为自己的想象找到了艺术化的媒介。

纳蕤思渴望了解自己的样子,却找不到镜子,只有去临鉴溪水。何其芳在《扇》中的构思也有异曲同工之处,他设想一个少女的妆台间没有镜子,无法鉴照自己的面容,只好整天凝望着宫扇出神。宫扇在这里,是镜子的一个替代物,它构成了少女幻想的寄托,同时也是何其芳自己梦的依托。

诗人找到了团扇,也就为他的想象找到了艺术化的媒介。

首先值得我们注意的,是"扇"本身具有的丰富形式感,由此可以理解为什么何其芳要把自己的梦画在扇上。"扇"酷似何其芳在《画梦录》代序《扇上的烟云》中提及的"圆窗",同样具有一种画框效应,诗人既获得了在扇子上面任意涂抹想象的自由度,同时又把天马行空的梦想框定在一种格局之中。何其芳在扇上画梦的过程,从而也是为他的想象获得形式的过程。

---

① 何其芳:《扇上的烟云》,《何其芳文集》第二卷,第 58 页,北京:人民文学出版社,1982 年

这对于我们总体上把握《画梦录》艺术形式上的特征,是具有导向作用的。作为代序,《扇上的烟云》最终启示读者的,是媒介的意义和重要性。也许何其芳并非真要在团扇上画梦,我们对扇上究竟画了什么其实并不了然,长久吸引我们凝视的其实是作为形式和媒介的宫扇本身,宫扇是作为艺术化的审美中介物而存在的。正像我们读了《画梦录》,最终打动我们的也许更是作者在书中频频呈现的独语和对大千世界进行叩问的姿态本身一样。

　　对大多数创作者来说,也许梦想并不难,孰人无梦？真正困难的在于画梦,在于为遐想、空想、梦想赋形。"秋梦如献托于扇上的夕颜花,/夜夜在圆顶帐中吐云发之蕾"(《小风怀》),这便是现代派诗人滕刚之梦,它同样印证着媒介的意义。诗人的"秋梦"寄托在"扇"上的花朵中,读者则得以凭借"扇上的夕颜花"间接地窥探诗人的"秋梦"。最终秋梦隐去了,只剩下扇上的花朵夜夜吐放"云发之蕾"。

　　由此读者似乎恍然何以何其芳很少描绘具体的梦境,他热心的本来就是为梦寻找形式,而不是"要在那空幻的光影里寻一分意义"。不妨看一下他自己的创作谈:

> 我从童时翻读着那小楼上的木箱里的书籍以来便坠入了文字魔障。我喜欢那种锤炼,那种色彩的配合,那种镜花水月。我喜欢读一些唐人的绝句。那譬如一微笑,一挥手,纵然表达着意思但我欣赏的却是姿态。
> 我自己的写作也带有这种倾向。我不是从一个概念的闪动去寻找它的形体,浮现在我心灵里的原来就是一些颜

色,一些图案。①

《扇上的烟云》中另一段文字同样证明了何其芳审美意识的侧重点:"我说不清有多少日夜,对着壁上的画出神,遂走入画里去了。但我的墙壁是白色的。"所谓"壁上的画",恰像少女所凝望的"壁上的宫扇"。如果说少女的扇上尚画有如水中倒影的"楼阁",那么这里的墙壁上却一无所有,墙上的画不过是纯粹的想象,白色的墙壁或许更能引发诗人的遐想。这同样是媒介对意义的超越。这一切都可以归结为《扇上的烟云》中的一句话:"对于人生我动心的不过是它的表现。"这是一种真正的艺术家的态度,一种审美态度,它关心人生的呈现方式胜过关心人生的意义本身,它热衷于思想的载体超出了对思想的把握,它使一个艺术家不是在生活中而是在艺术形式里获得真正的满足。由此形成了何其芳的所谓匠人意识:"象一个有自知之明的手工匠人坐下来安静地,用心地,慢慢地雕琢出一些小器皿。"②而"安静地,用心地,慢慢地"三个形容词所彰显的正是艺术的态度。艺术是"慢"的,而用这种慢腾腾的速度最后雕琢出来的也只是"小器皿"。何其芳笔下的"扇"也正可以看作是倾注了诗人艺术心血的"小器皿",它以一种纯美的形式浮动在它的创造者的心灵里,并穿越了半个多世纪的时光启迪给我们今天的读者一个艺术家独运的匠心。这种器皿的美感使人联想到英国诗人奥登在《悼念叶芝》一诗中对叶芝的形容:

---

① 何其芳:《梦中道路》,《刻意集》,上海:文化生活出版社,1938年。
② 何其芳:《还乡杂记》代序,《何其芳文集》第二卷,第125页,北京:人民文学出版社,1982年。

> 泥土呵,请接纳一个贵宾,
> 威廉·叶芝已永远安寝:
> 让这爱尔兰的器皿歇下,
> 既然它的诗已尽倾洒。

在这里,"器皿"已成为一个诗人形象的最好的表达。

"只有青团扇子知"

"分明一夜文君梦,只有青团扇子知。"在何其芳的梦中,这把可以感知"文君梦"的青团扇子,似乎已具有了某种特别的灵性,就像《红楼梦》里的通灵宝玉,也使人联想到法国象征派诗人韩波的"通灵者"概念。文君梦与扇子之间的这种关联似乎具有某种必然性;另一方面,也多少说明了诗人与扇子间隐隐蕴含有一种物我间的契合关系。

这种契合与交感更充分地体现在与何其芳、卞之琳合称为"汉园三诗人"的李广田的散文《扇的故事》里:

> 自己在宽大的屋子里慢慢踱步。我还不知道我所要寻求的是什么,直到我听到一种低微的声音,从我的尘封的书架上发出,仿佛告诉道"我在这儿"的时候,我才明白我正是需要一把扇子,因为那说"我在这儿"的声音就是从一把黑色的折扇发出的。①

---

① 李广田:《扇的故事》,李岫编:《李广田散文》(一),第316页,北京:中国广播电视出版社,1994年。

不知道寻求什么的"我"找到扇子的过程也同样是为他的话语表达冲动寻找媒介的过程。《扇的故事》引人入胜的地方是那把黑色的折扇对于作者孤独感的印证,以及扇子作为一个可托付心曲的知遇者的象征。人们常常对自己习用的或者旦夕伴随身边的物什有一种眷顾的感情,仿佛是一个知遇的故交一般。当一件物什相伴自己度过了一段无论辉煌还是寂寞的岁月,它自然无形中折射了自己的心理与情感,成为一种生命与岁月的见证。

李广田笔下那把折扇给他的正是一种"故旧之感":"这种故旧之感使我叹息,我仿佛看见一串无尽的夏天与秋天,像一站一站向远方展去,我又预感到我的黑折扇将永久伴我,沿着那一长串夏与秋作一次远足的旅行。"折扇使诗人惦记起一长串已逝的夏天与秋天以及尚未来临的夏与秋的长旅。诗人仿佛看见"自己的许多影子在那一串夏与秋的交替中取一把扇子,又放一把扇子",自己的影子与扇子就这样叠印在一处,彼此见证,彼此慰藉。扇子成了通灵的甚至有生命的东西,尽管实际上它不过是作者孤独的身影的一种投射。

《扇的故事》中的"故旧之感"更表现在"扇以一种惟我所能了解的语言开始它的故事"。这是一座在现代派诗人笔下一点也不陌生的荒凉古城的故事,城中有高大的乔木,有颓圮的古式建筑,有历史悠久的疏落的居民。但是这些疏落的居民彼此是不相通的,"很少人事的往来和感情的交通",最后连同他们的后人一起相继死去,直到桑田变为沧海,沧海又为桑田,"又一片新的陆地,又有了新的居民":

以后呢?

> 以后又是海与陆的变化。
> 以后……
> 以后……
> 我的黑折扇忽然又发出一阵近于撕裂的声音,把黯然的面孔敛起来,并无可如何地在我的手中跳跃一下,沉默了。

"我"的黑折扇其实讲述的是一个平淡的故事,故事本身并没有什么特别的地方,特殊处在于它是由折扇讲出的。《扇的故事》给人最深刻的印象还在于扇子与"我"的交流以及在故事结束后一切又重归于"沉默"。这种从沉默始到沉默终的循环也正是"我"取了一把扇子又放了一把扇子的循环。我们一时间无法仁悟文本中的"我"经过这番交流到底纾解了寂寞感还是加深了寂寞感,只看到"我"和"我"的折扇在无言中形影相吊。

同何其芳相比,李广田对笔下"黑色的折扇"有着更为详尽的描绘:蒙满灰尘,散发着一种近于烧烤的胡桃的气味,展开时伴随一种撕裂的声音,扇面上已经有些黯然。作者描写得越具体,越反映出折扇的"故旧之感",因为人们对故旧的记忆往往是和细节联系在一起的。譬如这把折扇,一种气息,一处磨损,一点黯淡……都能使人对往昔的记忆复现,正像普鲁斯特从一种名叫"玛德莱娜"的小点心的味道唤起对过去时代的回忆一样。同时,这种描写的具体性也昭示了作者对所描写对象的真正的专注。正像何其芳《扇上的烟云》中的"我"日夜对着壁上的画出神,遂能走入画里去一样,在《扇的故事》中,惟其"我"长久地注视折扇那黯然的面孔,才能从中"听"到一个故事。李广田这篇关于"扇"的寂寞文本最后留给读者的,仍是一个艺术家执着的倾听着的姿态。

扇上的"烟云"

这仍是一个值得继续探讨的问题:为什么何其芳对"扇"的意象如此执迷,以至最终选择了把他的梦细细地描画在"扇"上?

除了"扇"本身古典美感的积淀以及丰富的形式感之外,"扇"令何其芳时时眷顾的,还有诗人赋予它的一种朦胧而缥缈的特征。

  扇上的楼阁如水中倒影,
  染着剩粉残泪如烟云。

"烟云"两个字是这种朦胧而缥缈特征的集中概括。由此何其芳赋予笔下的宫扇以一种模糊性。绢面上的楼阁是不甚清晰的,有如水中倒影一般,同时又染着女主人的剩粉残泪,便显得愈发朦胧而虚幻。从而这"扇上的烟云"便纳入了镜花与水月、幻象与倒影这一系列现代派诗歌的艺术主题的行列之中。

何其芳在《画梦录》中写过一系列深锁闺中的少女形象,如《哀歌》中那些"无望的度着寂寂的光阴,沉默的""在憔悴的朱唇边浮着微笑,属于过去时代"的少女们,《秋海棠》中"大颗的泪从眼里滑到美丽的睫毛尖,凝成玲珑的粒,圆的光亮,如青草上的白露"的思妇,《楼》中"过着一种静寂的、倾向衰微的日子"的楼的建筑者遗下的女儿,或许还有《静静的日午》中那个"高高的穿白衫的女孩子"……她们可以把《扇》中的少女引为同类,其共通的姿态是梦幻般的缅想。在《扇》中我们找到的同样是缅想的主题,"扇"作为少女的思绪的对象物,它的朦胧显然比清晰更能承载少女无穷无尽的想象,更能把少女的梦幻引向虚无缥缈的辽远的地方。烟云般的宫扇,映衬出的其实是少女生命的某种主导形态。读者的注意力虽然有可能不在少女身上,而是被壁上的宫扇吸引了去,但从那染着剩粉残泪的绢面上,我们看到的,仍然是少女以泪洗面的人生;从那倒影般的阁楼中,我们感受到的仍然是一双凝望的眼睛。从而,扇不再是纯粹装饰品,而是一个经过了主体投射的对象物,隐含着一个青春的生命的面影。在这里,生命的形式与艺术的形式融合了,或者像英国诗人 L. 比尼恩所说的那样:"思想与质料在这里融合。"而那"质料与人类的愿望、情感联系在一起,因此在这里你可以说,质料被精神化了"。① 在扇上,我们深切地感受到一种幻想的生命形式与对象性的媒介的融合,从而媒介不再是单纯的媒介,而同时与人的幻想和憧憬合而为一;生命的内容也并非是具体化的,而显现为烟云般朦胧的氛围,一种幻想性的氛围。

> 叹年华流过绢面,
> 迷途的仙源不可往寻,
> 如寒冷的月里有了生物,
> 每夜凝望这苹果形的地球,
> 猜在它的山谷的浓淡阴影下,

---

① 比尼恩:《亚洲艺术中人的精神》,孙乃修译,第 137 页,沈阳:辽宁人民出版社,1988 年。

居住着的是多么幸福……

何其芳的《扇》中的这种缥缈感还体现在诗中的少女在幻想中把自己置于一个遥远的地方，换了一个月里生物的眼光来"每夜凝望这苹果形的地球"，这月中生物是少女投射的一个影子，它产生的效果是一种遥远感，这超长的距离使地球上的山谷只呈现出"浓淡的阴影"，愈发成为不可往寻的"迷途的仙源"。这天外的视角，寒冷的月宫，陶潜式的世外仙源，把读者引入的是一个超时空的世界：无历史感，无时间感，空间也是一种幻梦般的变形化的空间。这种奇妙的幻境你可以把它置于晚唐，或者六朝，都不会妨碍对它的领悟。这种遥远感已经使宫扇带有了原型的意味。

"看旧时的日月蒙上风尘，/消散去杳若烟云。"如同现代派的另一个诗人禾金的这首《烟云》中蒙上风尘的旧时日月，何其芳的"扇"也给人一种蒙尘感。这或许并不是一把古旧的宫扇，但随着华年流过绢面，绢面无可避免地随之黯淡了。"烟云"传达出的一种模糊的美感隐含着的正是曾经沧桑的韵味。模糊的宫扇比崭新的扇子记载着更多的内容：一颗充满着幻想但又永远匮乏的心灵，寂寂的日午与长夜，晶莹的泪水浸泡过的已逝的岁月……正像李广田笔下尘封在书架上的黯然的折扇更能引发主人的怀想一样，宫扇上的"烟云"也尘封着少女寂寥的青春。

这种模糊的美感是何其芳所刻意追求的，它能把人的思绪引入对"漫长"这一词汇本身的领悟中。流过绢面的华年是漫漫的时间，迷途的不可往寻的仙源则是漫漫的空间。一种漫长而遥远的感受透过朦胧而模糊的扇面一点点渗透到我们的心理表层来了。它并不是物理意义上的真实距离，而是从扇子上折射出来的心理距离。它直接作用于凝望的少女,并间接移情于读者。在读者出神的感受中,渐渐地时间和空间本身也许会退隐而去,只剩下"漫长"的感受成为更真实的存在。

在《扇上的烟云》的结尾,何其芳追求的同样是"朦胧"中的遥远感。

"现在那扇子呢?"

"当我厌倦了我的乡土到这海上来遨游时,哪还记得把它带在我的身边呢?"

"那么一定遗留在你所从来的那个国土里了。"

"也不一定。"

"那么我将尽我一生之力,飘流到许多大陆上去找它。"

"只怕你找着那扇上的影子早已十分朦胧了。"

对于"乘桴浮于海,一片风涛把我送到这荒岛上"的画梦者,那把遗失了的扇子已显得很遥远,他已经忘记把它遗留在哪一片国土上了。而是否能再找到那把扇子好像也是画梦者不甚挂怀的,他关注的更是历尽沧桑后"扇上的影子早已十分朦胧"的想象,在这想象中凸现出的仍是对漫长的过程本身的执迷。"我倒是喜欢想象着一些辽远的东西。"朦胧的扇影暗示的正是这种"辽远",这是一个过程对目的的超越的想象,辽远本身是画梦者所能真实而确切把握到的东西。至于扇子遗落何方或者能否最终在尽一生之力,飘流到许多大陆之后找到,都是不确定的。

齐谐志怪的境界

应该承认，前面我们所分析的何其芳对于"扇"的执迷，一旦进入美感心理的层面便多少带有一些推测性。

任何一个试图准确揭示作家创作中的美感心理构成的研究者都会遇到无法实证这样一个棘手的难题，况且某些潜在的审美意识甚至连作家自己也常常不能自觉。这使得研究美感构成的人们更倾向于回避言之凿凿的结论而采取一些非确定性的判断。但另一方面，具有普遍性的形式又往往暗含着某种普遍性的心态，研究者仍可以从相对稳定的艺术形式中去捕捉与之相契合的美感心理内容。尤其当一个T.S.艾略特所谓的客观对应物（Objective Correlative）蕴含着集体无意识的审美历史积淀的时候，对这个"对应物"的把握常可以在历史的回溯中得到深化。

"扇"的意象正是这样一个"客观对应物"，在它的上面积淀着一种具有古典意味的美学情趣。无论是汉代班婕妤《纨扇歌》中那"团团如明月"的"合欢扇"，还是唐代杜牧笔下的"轻罗小扇"，无论是唐代另一诗人张祜书写过的"金泥小扇"，还是清代孔尚任的"桃花扇"，都构成这种深厚的美学情趣的一部分。在何其芳创作《扇》这首诗十多年后，唐弢创作了一篇也题为《扇》的散文诗，其中的一段文字充分揭示了这种古典情趣：

> 犹如天边满月，这用薄纱织成的纨扇，曾是幸福与团圆的象征，多少诗人在这上面展示过他们的才华。而你，当你击节微吟，你的嘴角低低地滑出：轻罗小扇扑流萤。于是你

大为惊奇,你惊奇于这诗句的熟练,惊奇于诗中小儿女的娇憨与痴情。或者你更想起轻罗小扇,白色的扇面随着星星之火翻腾起落,在你的感觉上有一种翩跹之美。①

"扇"的意象中蕴含着如此久远而丰富的内容,因此我们可以理解何其芳选择团扇作为他的梦的艺术载体的古典文化背景以及深层心理动因。这种动因既是作者有意识的自觉选择,也是传统文化中沉积的具有原型意味的美感体验在何其芳这里无意识的再生。

这种结论或许仍有失笼统。如果再仔细辨析何其芳笔下"扇"的美学情调,可以发现他对古典趣味是有选择性的。

在杜牧的《秋夕》中,读者从轻罗小扇扑流萤的姿态背后总能感受到一个无忧无虑的少女的存在,尽管首句"银烛秋光冷画屏"渲染了一种清冷的意境,但全诗总的氛围是明快而清新的。而何其芳的《扇》除了清冷感之外更主导的调子是忧郁和怅惘,闺中的少女给人一种囚禁感,她在泪水生涯中怅叹华年流逝,幸福的山谷与世外桃源也只限于空想。概括说来,这是一个想象性或幻象性的文本。

何其芳为他的"扇"自觉选择的古典文学背景其实是齐谐志怪般的境界。正如《扇上的烟云》中所刻绘的那样,这是一个具有奇诡和神异色彩的意境:消隐了的圆窗从窗子里面飘坠下来的白色花一样的叹息,一枝梦中的彩笔写出的一行字,明月夜下的墓园,黑色的猫一般的影子,女鬼遗下的腰带……诗人笔下

---

① 唐弢:《扇》,《落帆集》,第 62 页,石家庄:河北教育出版社,1994 年。

的那把团扇,正出现在这样一种具有神秘和诡异色彩的背景中。这种"齐谐志怪之书里最常出现的境界"无疑是作者刻意营造的,这种古典情境更能准确地涵盖《画梦录》自觉的美感追求。

对何其芳来说,相对于杜牧的《秋夕》那种单纯而明快的风格,齐谐志怪的神异更能刺激他的想象力,并直接满足他对于幻象的沉迷;另一方面,这也使我们最终意识到诗人的幻想具有某种意向性。单单指出一代诗人对幻象的执迷是不够的,在庞大的幻象王国中,每个风格化的诗人都各自营造出具有鲜明个体性的独有幻境。如果说卞之琳的幻象倾向于探究具有思辨色彩的时空、大小、有无、言意等相对性主题,戴望舒的意境中积沉着更浓郁的幽深而晦暗的情感和记忆,那么何其芳则酷爱虚拟一种具有寂寥、荒凉尤其是神秘色彩的氛围或情境。因此,齐谐志怪的境界深深地影响了何其芳的美感趣味就是不足为怪的。

这种美感倾向或许可以追溯到何其芳童年时代的心理环境。在《梦中道路》中,他曾回忆起童年的王国,一个柏树林子:

> 在那枝叶覆荫之下有着青草地,有着庄严的坟墓,白色的山羊,草虫的鸣声和翅膀,有着我孩提时的足迹、欢笑和恐惧——那时我独自走进那林子的深处便感到恐惧,一种对于阔大的神秘感觉。

如果说大自然带给童年的何其芳一种恐惧与神秘感,那么他的家——一座百年以上、"在静静的倾向颓圮"的古宅,则在他最初的记忆中留下"一种阴冷、落寞、衰微的空气":

> 那些臃肿的木楼梯可以通到那有蛛网的废楼,我幼时是不敢独自去攀登的,因为传说在夜里有人听见过妇女的

弓鞋在那楼梯上踏出孤寂的声响。

——何其芳《乡下》

可以想象何其芳是在怎样一种阴冷而神秘的心理环境之中长大。无论是柏树林还是家宅,都潜移默化地熏染着他童年的感性和心理,并在日后慢慢浓缩为一种美感情趣。在何其芳沉醉于"梦中道路"的创作阶段,从情感、心态到审美、情调,都体现着童年生命体验和记忆的笼罩。这种个体的宿命正像心理分析大师荣格回顾他在几乎不能忍受的孤独中度过的童年时所说的那样:"我与世界的关系已经被预先决定了,当时和今天我都是孤独的。"①何其芳也有着与此相似的表述:"我时常用寂寞这个字眼,我太熟悉它所代表那种意味、那种境界和那些东西了,从我有记忆的时候到现在。"②由此我们似乎可以说,何其芳在《扇上的烟云》中所选择的齐谐志怪的境界,既是作为一个诗人的审美化选择,又是童年时代主导记忆累积的心理情结的一种无意识遴选。

同何其芳相比,李广田笔下的绝大部分意境是虽寂寞但不神秘的,有一种单纯的气息。可一旦他写到扇,文本的意境则开始让人感到陌生:

> 黑色的折扇尚安静地躺在书架中层,我看出它的寝台乃是一位现代学者所著的《古代旅行之研究》。自秋徂冬,

---

① 霍尔等:《荣格心理学入门》,冯川译,第6页,北京:三联书店,1987年。
② 何其芳:《一个平常的故事》,《何其芳文集》第二卷,第214页,北京:人民文学出版社,1982年。

以至于夏,这富有魔术意味的黑色折扇,就睡在这本满写着精灵名字的著作上,我不知道它曾经作了什么怪梦。

我屡次嗅着黑折扇的烧胡桃的气息,我又慢慢地把它展开,它发出一种被撕裂的声音,这声音使我感到一点痛苦。我试验着轻轻地在我面前挥动,它乃拨出一阵怪异的凉风,我可以说这阵风是太冷了,而且是凄凉的,有着秋风的气息。①

文本语境也同样有一种魔术般的奇异的气息。一旦作者虚拟这把黑色的折扇以一种唯它的主人所能了解的语言开始讲述故事,折扇就在作者自觉或者非自觉之中汇入到古代志怪故事的经典氛围之中了。

---

① 李广田:《扇的故事》,李岫编:《李广田散文》(一),第316—317页,北京:中国广播电视出版社,1994年。

三　楼

少年不识愁滋味,
爱上层楼,
爱上层楼,
为赋新词强说愁。

——辛弃疾《丑奴儿》

你站在楼上看风景,
看风景人在桥上看你。

——卞之琳《断章》

　　"楼"在现代派诗人笔下,是一个含义丰富的意象。它既是一个"躲进小楼成一统"式的自足的心理空间,一座艺术的象牙之塔,一个遗世独立的审美世界,又是一处自我囚禁和自我封闭的孤独角隅,一幢高处不胜寒的琼楼玉宇,一只颠簸在海上的风雨飘摇的小船。

"泛滥"的"古意"

"满月照高楼,流光正徘徊"(曹植),"细雨梦回鸡塞远,小楼吹彻玉笙寒"(李璟),"昨夜西风凋碧树,独上高楼,望尽天涯路"(晏殊)……一提起"楼",古典诗词中浩繁的"楼"的意象便自然而然地浮出我们记忆的地表。它已经成为时刻会涌上我们心头的一个漂浮着的图案,一个心象,一种心理性的存在,一个纯粹的无需在现实世界中寻找真实对应物的艺术符号。

"楼"在现代派诗人笔下,也更多的是一种心理和记忆的存在物。诗人们在现实生活中未必真的居住在一座小楼上,但这并不妨碍诗人在想象中建筑一座小楼:

> 我独处在我的楼上。
>
> 我的楼上?——我可曾真正有过一座楼吗?连我自己也不敢断言,因为我自己是时常觉得独处楼上的。西北有高楼,上与浮云齐,这个我很爱,这也就是我的楼上了。①

真的存在这么一座楼吗?连作者自己也不敢肯定。他只是时常"觉得"独处楼上。这是一种感觉的真实,一种心理真实,一种想象化的处境:

> 我的楼上非常空落,没有陈设,没有壁饰,寂静,昏暗,仿佛时间从来不打这儿经过,我好像无声地自语道:"我的

---

① 李广田:《绿》,李岫编:《李广田散文》(一),第258页,北京:中国广播电视出版社,1994年。

楼吗,这简直是我的灵魂的寝室啊!我独处在楼上,而我的楼却又住在我的心里。"

这是一个超时空的存在,它住在作者的心里,构成的是诗人灵魂的居所。"灵魂的寝室"一语披露了这座楼的心理属性。它是作者的一种心灵的符号,代表的是心灵的世界。

同李广田相对照,何其芳在散文诗《楼》中确乎描绘了一座建于地上的楼,那是一座遥遥地"矗立于白墙黑瓦的宅第间,夕阳照着的高楼"。楼的主人"醉心于一种培植园林、建筑宅舍的癖好。每当一次繁重的工程完成时,他又有了新的计划,又得拆毁了再开始,以此耗费了他家产的大半,最后留下了他的夫人和一个女儿死去了"。那座夕阳间的高楼便是他"最后的匠心的结构"。

这是一个含义幽微、骤然间难以确切捕捉其意旨的故事。在叙事者眼里,这个故事是"一切悲惨故事的代表"。这种代表性以及叙事者有距离的观照使得建楼者的故事多少携上了一点传说的色彩。它升华了这个故事的蕴涵,使它超越了作为一个"悲惨故事"的具体性和个别性而带有了某种共相。对于这座"最后的匠心的结构"的小楼,"人们说,要是他活着,准还是不满意的"。这确乎构成的是对一个目的论的超越者的隐喻:"已经达到的目的,是正在超越的环节。"或者像诺贝尔文学奖获得者黑塞所说:"已经达到的目的不再是目的。"[①]痴迷的建楼者隐喻着对艺术,对人生理想,对某种无可名状的事物的没有终止的

---

① 朱光甫编:《诺贝尔文学奖获奖作家散文诗精品》,第146页,南昌:百花洲文艺出版社,1996年。

追寻,这个故事的"悲惨性"或许在于追寻者只能死在建楼的途程当中,正像古代的诺亚的后裔永远不可能建成巴别塔一样。而最终,这个故事中的小楼则指向一个象征,象征着人世间某种海市蜃楼般的幻象,某种既美好又似乎可望不可即的事物:

> "我们都有一种建筑空中楼阁的癖好。我从前在家里读书,不知在什么书上遇见了这样一句话,'仙人好楼居',引起我许多想象。"

> "我在一个沙漠地方住了几年,那儿风大得很,普通的屋子都没有楼,但我总有一个登高眺远的兴致,所以昨天那样的高楼常出现在我的梦里,可望不可即。"①

这是何其芳的《楼》中叙事者的声音。它自始至终与叙述的故事相交织,最终喧宾夺主成为这篇文本更主导的调子。从而具体的建楼者的故事被置于遥远的背景中,一个具有象征意义的抽象的"楼"拔地而起。

因而,如同何其芳在《独语》中神往的那座落寞的屋子,在这里,小楼构成的也是诗人主体意识和心灵世界的折射。从这个角度说,何其芳的"楼"同样是想象性的,是他梦里可望不可即的一个心灵性的符号。"想眼前有一座高楼,/在危阑上凭倚。"他的这首《古城》中的诗句昭示了"楼"的幻想性。这恰像他那如"水中的倒影"一般的"扇上的楼阁"一样。这一切,都使何其芳的"楼"的意象以及海市蜃楼般的憧憬最终汇入了一代

---

① 何其芳:《楼》,《何其芳文集》第二卷,第45—47页,北京:人民文学出版社,1982年。

诗人关于乌托邦的母题之中。

倘若进一步深入何其芳关于楼的想象,还可以发现他从其他文本中读来的"仙人好楼居"(《史记·封禅书》)一句诗潜在地制约着他的心理动机,甚至决定着文本想象世界的生成。这如同李广田对自己"独上高楼"的幻觉更多地可以追溯到他对"西北有高楼,上与浮云齐"这《古诗十九首》中的诗句的酷爱上去。在这里,古典文学的影响背景变得具体化了,它不仅间接地熏陶着现代派诗人的审美趣味和美感倾向,而且在具体的意象和情境等微观层面制约着作者联想的生成。遥远的过去时代的语言和想象由此被重新织入了现代诗人们的文本语境之中,并生成为触发诗人们想象的直接甚至主导性动因。文学传统就是这样从可意识到的成分变成可把捉到的要素。这或许是古代文本中的意象和情境与现代文本的想象机制之间更本质也更内在的沿承。

又如施蛰存的一首诗《秋夜之檐溜》:

> 崔巍的古城中,有高楼连苑起,
> 倘能挟了它到那闺房的槛下
> 奏一阕古意的怨歌行,
> 则静睡的秋波,
> 也许会泛滥不已的。

诗人想象把连苑的高楼挟到"闺房的槛下",并奏一曲古意的怨歌行。文本的语境便纳入古典诗词中经典化了的深闺、闺怨一类的母题模式中。这使得诗歌意境中"泛滥不已"的,不仅是"静睡的秋波"所指喻的闺中人的心境,同时也正是这"古意"本身。"古意的怨歌行"所蕴含的一切古典情调因此移植到了诗人营造的现代语境之中。由"高楼"的意象所引发的这一系列关于"闺房""怨歌""秋波"的联想,也正是古典诗歌中具体的意象背景在现代诗人笔下的再生。

记忆的法则

何其芳的《楼》更令人难忘的,是其中所描写的建楼者留下的妻子和女儿,以及她们在楼中所过着的那种"静寂的,倾向衰微的日子"。除了"古宅"中的那种落寞感之外,这楼中的生涯,还给人以一种强烈的囚禁感。

如果说,《楼》的叙事者把楼中的两位女子囚禁般的生活结局看作是"一个悲惨故事的袅袅余音",认为"很可以推波助澜,又成一支哀曲",那么,实际上,何其芳在《哀歌》中已经谱写过这支"哀曲"了。囚禁感在《楼》里或许还是作者一种不自觉的流露,而在《哀歌》中则上升为何其芳力图传达的主导体验。

《哀歌》回忆的是叙事者"禁闭在闺阁里"的三位姑姑,那些"无望地度着寂寞的光阴,沉默地,在憔悴的朱唇边浮着微笑,属于过去时代的少女":

> 我们看见了苍白的脸儿出现在小楼上,向远山,向蓝天和一片白云开着的窗间,已很久了;又看见了纤长的,指甲上染着凤仙花的红汁的手指,在暮色中,缓缓的关了窗门。或是低头坐在小凳上,迎着窗间的光线在刺绣,一个枕套,一幅门帘,厌倦地但又细心地赶着自己的嫁装。嫁装早已放满几只箱子了。那些新箱子旁边是一些旧箱子,放着她

母亲她祖母的嫁装。在尺大的袖口上镶着宽花边是祖母时代的衣式。在紧袖口上镶着细圆的缎边是母亲时代的衣式。都早已过时了。当她打开那些箱子,会发出快乐的但又流出眼泪的笑声。

关于第三个姑姑我的记忆是比较悠长,但仍简单的。低头在小楼的窗前描着花样;提着一大圈钥匙在开箱子了,忧郁的微笑伴着独语;坐在灯光下陪老人们打纸叶子牌,一个呵欠。和我那些悠长又单调的童时一同禁闭在那寨子里。高踞在岩上的石筑的寨子,使人想象法兰西或者意大利的古城堡,住着衰落的贵族和有金色头发或者栗色头发的少女,时常用颤抖的升上天空的歌声,歌唱着一个古传说,充满了爱情和哀愁。远远地,教堂的高阁上飘出宏亮,深沉,仿佛从梦里惊醒了的钟声,传递过来。但我们的城堡却充满着一种声音上的荒凉。①

这种"禁闭在闺阁里"的少女生涯,是和小楼上的生活方式紧密地联系在一起的。小楼是"高踞在岩上的石筑的寨子",一种类似于法兰西或意大利的古城堡式的建筑,使人想到的是与古城堡密切关联的哥特式小说里的生活图景:衰落的贵族,神秘的主人,高耸的塔楼,荒凉的钟声……这一切都笼罩在关于古城堡的离奇而神秘的传说与预言的影子里。

城堡式的小楼里式微而荒凉的气氛为其中禁闭的少女提供了一种凝固而不变的生活常态。她们每天最生动的姿态只是长

---

① 何其芳:《哀歌》,《何其芳文集》第二卷,第36—37页,北京:人民文学出版社,1982年。

久地伫立在窗前向着蓝天与白云的远方展开模糊而不确定的想象,当夜幕四合之际,那纤长的手指又会缓缓地把窗门关上,重新把闭锁的心灵关回到昏暗而压抑的小楼里。

何其芳的诗性记忆中,因此大概存在着两种"楼"的形态。一类或许可以称为审美化的如水中倒影般虚无缥缈的"扇上的楼阁",它维系着诗人"建筑空中楼阁"的纯粹的想象世界;另一类或许就是留在何其芳童年记忆中的楼阁,它给予诗人的最突出的感受是"禁闭"感。童年的小楼不仅因禁了他的三位姑姑,而且把诗人"那些悠长又单调的童时一同禁闭"。童年记忆的主题在此出现了,它使我们开始探究诗人对于童年的认知和态度。因为我们终究无法确定地知道闺阁时代的三位少女自己是否有一种被囚禁的感受,禁闭的感受其实来自于诗人对童年的回溯。

那座高踞岩石上的小楼,在禁闭着三位姑姑的同时,也把诗人自身的童年,"关闭了五六年"之久。多年以后,诗人是这样回顾那段被囚禁的日子的:

> 冰冷的石头;小的窗户;寂寞的悠长的岁月。
> 于是这城堡像一个隔绝人世的荒岛。
> 我终日听见的是窗外单调的松涛声,望见的是重叠的由近而远到天际的山岭。我无从想象那山外又白云外是一些什么地方,我的梦也是那样模糊,那样狭小。①

---

① 何其芳:《我们的城堡》,《何其芳文集》第二卷,第100、106页,北京:人民文学出版社,1982年。

我们已经很难实证这段囚禁的童年生涯留给诗人的是一种什么样的心理印记，也许是一种晦暗的审美记忆，也许是一种牢笼般的创伤体验。我们可以观照的是何其芳笔下的"楼"的意象，它不像卞之琳的小楼，有一种空灵而脱俗的美感，也不像徐迟诗中江南临水的小楼，有一种水乡特有的人情味，它给人更多的印象是一种闭锁与囚禁，"像一个隔绝人世的荒岛"。即使何其芳的《扇》中所刻绘的烟云般的"扇上的楼阁"，也反衬的是凝望着它的在泪水和幻想里度日的深闺少女。已成为诗人的何其芳，他笔下的"楼"显然凝聚着他那禁闭的童年的梦：模糊、狭小，甚至无从想象山外与白云外是一些什么样的地方。

一个人如果经常向童年的记忆回溯，多多少少总是反映着他现时态中的某种心理缺失。求学时代的何其芳，在北方的沙漠似的旧都经常体验的，同样是一种"衰落""荒凉"的感觉："当我从一次出游回到这北方大城，天空在我眼里变了颜色，它再不能引起我想象一些辽远的温柔的东西。我垂下了翅膀。我发出一些'绝望的姿势，绝望的叫喊'。我读着一些现代英美诗人的诗。我听着啄木鸟的声音，听着更柝，而当我徘徊在那重门锁闭的废宫外，我更仿佛听见了低咽的哭泣，我不知发自那些被禁锢的幽灵还是发自我的心里。"[①]北方的大城似乎是一座更大的楼，它同样重门锁闭，囚禁着诗人的灵魂。童年记忆中禁闭少女的小楼在诗人笔下的复现，不过是诗人由于"禁锢"的现实处境而重新掇拾起来的自我参照而已。《哀歌》中所描写的城堡"充

[①] 何其芳：《梦中道路》，《何其芳文集》第二卷，第65页，北京：人民文学出版社，1982年。

满着一种声音上的荒凉",与其说是"我"小时候的切身体验,不如说是"我"由于闭锁的现实而产生的一种现时态的感受。尽管当下的诗人"已永远丧失了"那段童年小楼上"寂寞,悠长,有着苍白色的平静的昔日",但它仍然"似乎是一片静止的水,可以照见我憔悴的颜色"。① 记忆中童年的昔日与已经生活在北方旧都中的诗人的心态就是这样互见与叠合。童年囚禁的生活仿佛一面蒙尘的镜子,重新照出了一张已感到憔悴的面孔。

这便是记忆的法则。一切过去记忆的始端和终端都并不存在于昔日,只能在现时态中寻找。

规定的情境

现代派诗人相当一部分堪称唯美主义者。这种唯美的艺术倾向无论在他们的总体审美情趣,还是对具体意象的选择以及微观诗境的营造诸种层面都获得了充分的体现。

现代派诗人对"楼"这一意象的酷爱更为主导的动机应当是审美动机。古典文学中的"楼"本身便是一个审美化的对象,其上凝聚了深厚的美感积淀自是不待言的。现代派诗人更擅长于把"楼"置于各种独特的规定情境之中,从而赋予它不同的美感内涵。

在何其芳的《楼》中,诗人首先描画的场景是一所古庙旁的

---

① 何其芳:《我们的城堡》,《何其芳文集》第二卷,第106页,北京:人民文学出版社,1982年。

石桥:"桥上是竹林的影子,桥下流水响得凉风生了。"那座高楼正是在这竹影摇动、流水生风的前景中远远地出现了。它矗立于白墙黑瓦的黑白对比中,在夕阳残照的映衬下仿佛是一个背景中的剪影,给人遥远、不可触及、落寞、式微诸般复杂的感受。这恰恰是何其芳所刻意追求的美感,从中试图衬托"空中楼阁"的题旨,并暗示一种多少有些颓败感的"静寂的、倾向衰微"的生活。这种内在的情调是"楼"的故事讲述过程本身很难传达的。一个规定的情境或场景却能够暗示出这种难以言喻的氛围。设置一个虚拟化的规定情境,这本来也正是何其芳最为擅长的艺术本领。

卞之琳是另一个长于拟设规定情境的诗人。这大概要归因于他对"戏剧化处境"的情有独钟。在这种处境中,意象的核心诗性功能已经被一种结构性取代了,这种结构性便是由意象交织而成的一种网络,意象本身只能借助于与其他意象所构成的相对关系来发挥作用,换句话说,意象在结构中被赋予了一种"功能"质。如卞之琳的《断章》:

　　你站在桥上看风景,
　　看风景人在楼上看你。

　　明月装饰了你的窗子,
　　你装饰了别人的梦。

没有哪一个意象可以称为诗中的核心意象,诗的语境只是由几个意象即"桥""风景""楼""明月""窗子""梦"等组成的关系网。卞之琳自己强调说这首诗的意思"着重在'相对'上",从而取消了任何一个意象所能具有的特权或主导性。每个意象只能借助这种"相对"关系来发挥诗性功能。"楼"的意象正是出现在这种规定的"处境"之中,它与"桥""风景""看风景人"以及"你"诸种元素共同交织成一个奇妙的场景。但另一方面,诗人对意象的选择仍是有意向性的,其中贯穿着一种审美意识。"楼"之所以能进入诗人织就的意象网络,也正因为它可以在诗中生成一种诗性功能,能够与诗中另一美妙意象"桥"构筑成一幅生动的富于立体感和空间感的画面。

卞之琳的《距离的组织》也是这样的诗:

想独上高楼读一篇"罗马衰亡史",
忽有罗马灭亡星出现在报上。
报纸落。地图开,因想起远人的嘱咐。
寄来的风景也暮色苍茫了。
(醒来天欲暮,无聊,一访友人吧。)
灰色的天。灰色的海。灰色的路。
哪儿了?我又不会向灯下验一把土。
忽听得一千重门外有自己的名字。
好累呵!我的盆舟没有人戏弄吗?
友人带来了雪意和五点钟。

这几行诗的核心意旨在于怀远,"罗马衰亡史"暗示着遥远的历史时间,"罗马灭亡星"则是罗马帝国倾覆时爆发的一颗星,发出的光,时至一千五百年后才传到地球。卞之琳自己作注解说

"这里涉及时空的相对关系"①,在地球上目睹了星光的一瞬间已经暗含着异常遥远的时间与空间。诗的三四句则是怀想远人。同这几个特定情境相对照,首句中的"独上高楼"似乎是无关宏旨的,读上去并不是吸引读者注意的焦点。这里值得深思的地方在于,为什么诗人在中心情境引入之前首先想到的是"独上高楼"?显然实际上这句"独上高楼"对全诗的意境具有一种挈领作用,它提示着一种登高怀远的孤绝的姿态,很容易使人想到"独上高楼,望尽天涯路"的境界。它无形中奠定的是一种独特的空间,主人公对罗马衰亡史的关注,对时空相对关系的辩证,对远人的怀想都在这种空间中展开。"独上高楼"在看似不经意中其实揭示着诗人或许不自觉的审美意向。

现代派诗人所精心拟构的更值得人们回味与激赏的情境是"临水的小楼"。如卞之琳的《半岛》:

> 半岛是大陆的纤手,
> 遥指海上的三神山。
> 小楼已有了三面水
> 可看而不可饮的。
> 一脉泉乃涌到庭心,
> 人迹仍描到门前。
> 昨夜里一点宝石
> 你望见的就是这里。
> 用窗帘藏却大海吧

---

① 卞之琳:《十年诗草》(增订本),第52页,合肥:安徽教育出版社,2007年。

怕来客又遥望出帆。

诗中的小楼建筑在一座半岛之上,因此它三面环水。"可看而不可饮"暗示的是楼的主人以一种非功利的审美方式凭栏俯瞰小楼周遭的三面水。这座临水独立的楼阁极富视觉上的观赏性,有一种遗世独立超尘脱俗的出世美。可以说正是这三面环水赋予了小楼一种灵动的美感,从而也赋予了诗境一种摇曳多姿的情趣。

可以想见卞之琳是多么珍视这座三面临水的小楼。在与《半岛》差不多同时写出的另一首诗《白螺壳》中,诗人再度描绘了一座更富拟想性的小楼:

请看这一湖烟雨
水一样把我浸透,
象浸透一片鸟羽。
我仿佛一所小楼
风穿过,柳絮穿过,
燕子穿过象穿梭,
楼中也许有珍本
书叶给银鱼穿织,
从爱字通到哀字——
出脱空华不就成!

诗人由"水一样把我浸透"的一湖烟雨,触发了"一所小楼"的譬喻。这是现代派诗人笔下最具有幻美色彩的譬喻之一。诗人想象这是一座浸透于一湖烟雨的小楼,它四面环水,一任风与柳絮与燕子从中穿过。而银鱼穿织书叶"从爱字通到哀字"则不仅是空间的层递,也隐喻着一种时间过程和因果逻辑。尽管由爱及哀包含着某种诗人自谓的"无可奈何的命定感""色空观念"①,但这段诗最终完成的,仍是一座临水小楼的情境。它出脱空华,又无法彻底超脱遗世;它不拘泥于物象,却又难以完全空灵。它象征着现代派诗人倾心追慕的一个幻美的世界,同时又隐含着追求与理想无法企及之间的矛盾。

如果说卞之琳的临水小楼是诗人精心拟设的想象性的存在,那么李白凤的《小楼》则是江南特有的风景的写照:

> 山寺的长檐有好的磬声
> 江南的小楼多是临水的
> 水面的浮萍被晚风拂去
> 蓝天从水底跃出
>
> 小笛如一阵轻风
> 家家临水的楼窗开了
> 妻在点染着晚妆
> 眉间尽是春色

这是一幅典型的江南水乡图景:山寺的长檐的磬声,如一阵轻风的小笛,家家临水的楼窗,点染晚妆的女子……勾勒的是向晚的江南独具的美感。江南水乡的主题出现了,临水的小楼构成了水乡风韵独特的点缀。与卞之琳笔下的小楼相比,李白凤营造

---

① 卞之琳:《雕虫纪历》自序,《人与诗:忆旧说新》(增订本),第287页,合肥:安徽教育出版社,2007年。

的情境更是随手拈来的,无须刻意的点染,有如水乡风景本身一般自然。也许人们会设想这种司空见惯了的临水小楼的风景当使诗人感到习以为常,然而这种特有的临水情境的缺乏在另一位出身江南的诗人徐迟那里,引起的则是一种失落的叹息:"为什么你的家园不临着水呢?昨夜,月满,我划着小艇,来到了你家的外面的滨口,我用小洋号吹完了一阕 Mendelsohn 的'仲夏夜之梦',又冷静地划入了月的银光下,回家。为什么你不在一条河岸上,一座楼,一扇窗子里望下水上仰视你的我呢?"(《4 Love Letters》)一切相悦的恋人们所该具备的浪漫情境在这里都有了:月的银光、门德尔松的小夜曲,还有罗密欧期盼朱丽叶式的瞩望……唯独匮缺一座临水的小楼。令诗人感到一丝怅惘的自然不是建筑学意义上的缺陷,唯美化的诗人真正执迷的,是临水的小楼之中蕴含着的富于美感内容的人生境遇。

"楼乃如船"

从审美的意义上讲,何其芳回忆中童年的城堡式小楼仍有一种自足的富于魅惑的美感,那是一种衰微的甚至有些颓败的美。小楼一旦出现在回忆中,已逝的漫长的岁月就赠予它一种特有的距离,正像经年的照片、蒙尘的碧玉、远古的化石,自有一种逝去的如水一般的光阴所注入的古旧的美,在它的上面凝聚着人们无法忘怀的过去,体现着人性中固有的怀旧的情绪。因而单纯地认为何其芳对已逝的小楼中囚禁般的岁月是憎恶的或厌弃的,可能就过于简单化了。

复杂的感受也体现在李广田的"楼"中。那也是一座遗世独立的封闭的小楼:"我又不知道楼外是什么世界,如登山人遇到了绝崖,绝崖的背面是什么呢?绝崖登不得,于是感到了无可如何的惆怅。"除了无可如何的"惆怅"之外,诗人还感到一种"悲哀"与"忧愁":

> 风从蓣末吹入了我的窗户,我觉得寒冷,我有深绿色的悲哀,是那么广漠而又那么沉郁。我一个人占有这个忧愁的世界,然而我是多么爱惜我这个世界呀。①

这是种多少有些矛盾的心理。在"我"爱惜这个忧愁的世界的心绪背后,不难找到一种自恋自怜的感伤情怀,从而悲哀和忧愁本身也构成了审美性体验。

"楼"的意象所凝聚的,正是这样一种心理的和审美的因素相互交织的复杂感受。

"楼"自成一个审美的空间。无论是何其芳的"扇上的楼阁"、卞之琳的一湖烟雨浸透的小楼,还是李白凤、徐迟的临水的江南楼居,都具有一种自足的美感。

但这种自足的美感体验背后的心理世界也是自足的么?小楼的世界作为一种孤立的审美,其实在现世之中是缺乏心理的支撑的。独上高楼,固然使诗人们"高举远慕,有遗世之思",但也使他们同时体验着"高处不胜寒"的深沉的寂寞,体验着一种与世隔绝的囚禁一般的封闭感。尤其值得注意的是,小楼的世界似乎是超然世外的,其实并不能躲避世间的风雨。在时代的

---

① 李广田:《绿》,李岫编:《李广田散文》(一),第258页,北京:中国广播电视出版社,1994年。

山雨面前,诗人们想象中这座象牙之塔般的小楼,已是风雨飘摇。

　　法兰西唯美主义诗人戈蒂耶(Gaudier,1811—1872)在为自己的诗集《珐琅和玉雕》所作的序诗中曾这样写道:"不管大旋风吹打着我的关闭上的窗玻璃,我制作《珐琅和玉雕》。"①这种"为艺术而艺术"的态度其实是需要一个强大而自足的心理世界的支撑的。而现代派诗人们缺乏的却是这种抵御八方风雨的坚忍的心力。他们时刻感受到周遭的万顷波涛。小楼有如一艘孤置海上的小船,无法躲避风浪的冲击。

　　　　我的北向之楼是一官舱,
　　　　万顷汹涛,今夜如要
　　　　砧碎我的窗子了。
　　　　　　　　　　——史卫斯《风雨之夜》

　　　　今夜北风像波涛声,
　　　　摇撼着我们的小屋子
　　　　像船。
　　　　　　　　　　——何其芳《病中》

这种如小船颠簸在大海上的譬喻,间接地折射了诗人动荡不安的心理世界。从万顷波涛摇撼楼居砧碎窗子的景象背后,可以感受到一个紧张谛听着的诗人形象。又如这首辛笛的诗:

　　　　楼乃如船

---

①　转引自黎华主编:《外国流派诗荟萃》,第231页,天津:百花文艺出版社,1992年。

楼竟如船
千人万人的脚
窗上风的雨的袭击
但咆哮不过是寂寞的交替
……
今夜海在呼啸
多变幻的海呀
今夜我不再看见蛇腹里的光
　　　　　　白的长尾
但我为什么还能听见那尖破的笛声
我不知今夜昨夜明夜
夜夜
　　在风的夜里
　　在雨的夜里
　　在雾的夜里
黑水上黑的帆船

——《RHAPSODY》

诗的题目意为"狂想曲",整首诗可以说是诗人在小楼上聆听着窗上的风声雨声引起的狂想。如果说"楼乃如船"不过是一句比喻性陈述,那么"楼竟如船"则称得上一句感叹。"竟"字突现了诗人的一种吃惊感。这里小楼的闭锁性的心理自足已不复存在,它承受着风雨的夜夜袭扰,不再给人一种安定感。多变幻的呼啸的海、黑水上的黑帆船以及遥远的国土,都暗示着诗人的想象空间不复囿于小楼的一隅。诗人在渴望远方的时候,一种动荡的心理与体验便上升为文本的主体部分。

风雨交加的黑夜是诗人为"楼乃如船"的譬喻设置的规定情境。"夜"被作为文本语境以及诗人的心灵的双重背景。它在现代派诗歌中同样有着高频度的复现率。施蛰存笔下的"小楼"也正出现在这一背景中：

> 沉沉的夜,全围困了
> 孤居于天涯小楼中的
> 以忧伤守候老死的逋客……
>
> 我从大圈椅中起来,
> 揭开了帷幔,临窗独立,
> 黑暗的风如蝙蝠般扑入,
> 幽光的灯索性全消熄了,
> 眼前只有莫测险巇的不幸。
> 我遂如大海沉船中的乘客,
> 希望以长逝的爱情为浮板,
> 而攫抱之以保全生命。

——《秋夜之檐溜》

诗人从被"沉沉的夜"围困的小楼同样联想到大海沉船,并自喻为沉船上溺水的乘客。我们且不论诗人设想的获救的途径（"以长逝的爱情为浮板"）,重要的还在于诗人对"莫测险巇的不幸"的预感。诗人把孤居于小楼中的危机意识明朗化了。我们不能仅仅简单地把这种"不幸"的预感看作是诗人偶发性的想象,其实它揭示的是"楼乃如船"这一带有普泛性的譬喻中更深层的底蕴,概括了相当一部分诗人无穷尽的暗夜中动荡的心理世界,找不到归宿的漂泊感,甚至更为深刻的生命忧患意识。在施蛰存诗中,"长逝的爱情"显然无法把生命浮渡到彼岸,诗人所唯一能确定的,只是一种悬浮着的生命状态。

小楼终于不能成为一代诗人的心理归宿,它更是悬浮生命状态的象征。作为一个艺术的象牙之塔,它或许是自足的,但作为生命和心灵的栖息地,它则注定是要轰毁的。李广田在《绿》的结尾这样写道:"我有一个喷泉深藏胸中。这时,我的喷泉起始喷涌了,等泉水涌到我的眼帘时,我的楼乃倾颓于一刹那间。""喷泉"的意象象征着什么似乎不大容易确切把握,更使人震惊的是楼一刹那间的倾颓。一代诗人建筑的空中楼阁坍塌了,我们甚至仿佛能听到一声轰然巨响。

楼的倾颓使我们联想到沈从文《边城》中在一夜暴风雨中倒掉的白塔,也想起废名"总想把我的桥岸立一座塔"①。废名那座塔终于没有立起来,这或许是一种宿命,整整一代现代派诗人的宿命。

即使在纪德那里,在创作《纳蕤思解说》之后不久,就产生了超越"纳蕤思主义"的意向性和可能性。1893年,在动身去非洲的前几天,纪德创作了《阳台》一诗,写诗人站在阳台上,望见一朵宁静的鲜花"凋谢了":

> 我们透过窗棂注视着它
> 我们期待黎明的到来
> 那时我们终于离开骗人的塔楼

---

① 废名:《〈桥〉序》,王风编:《废名集》第一卷,第337页,北京:北京大学出版社,2009年。

  我们将下去进入园中①

  纪德也曾是塔楼上看风景的人。但在这首具有预言性的诗中,纪德已经意识到了象牙之塔的欺瞒性和乌托邦性,他即将走向一个相对而言要广阔一些的天地。我们注意到了纪德在诗中用的是将来时,而此刻,诗人正屏住呼吸,静静地等待"黎明的到来"。

  此刻,一代现代派诗人也正等待一次告别,他们即将告别的是楼上看风景人的角色。黑夜仍在继续,而小楼周遭的时代的涛声、异族侵略者的炮声却已开始湮没他们个体心灵的一切喟叹和独语。无论主动还是被动,依恋还是弃绝,他们终归要走下这座象牙之塔般的小楼。而不久之后,小楼便在他们身后轰毁了。与小楼一起沉埋的,是一代乌托邦幻境的探索者具有唯美色彩的艺术之梦。

  从此,这些临水的纳蕤思就再也没有找回他们镜花水月般纯美的世界。

---

① 参见克洛德·马丹:《纪德》,李建森译,第93页,北京:三联书店,1992年。

四　居室与窗

> 我的思想倒不是在荒野上奔驰。有一所落寞的古老的屋子，画壁浸漶，阶石上铺着白藓，像期待着最后的脚步：当我独自时，我就神往了。
>
> ——何其芳《独语》

> 遥远了，远到不可知的天边，
> 你去寻，寻另一座春的园林吗？
> 我则独对了苍白的窗纱，而沉默，
> 怅望向窗外：一点白云和一片青天。
>
> ——李广田《窗》

法国象征主义诗人马拉美的阐释者艾德蒙·鲍尼奥博士所谓"内滋性的生命的空间"[①]的说法，很容易使人联想到"十九世纪的巴黎"研究者、文化史家和文艺理论家本雅明提出的"内在世界"以及"室内"的概念。"在本雅明看来，由于资本主义的高度发展，城市生活的整一化以及机械复制对人的感觉、记忆和下意识的侵占和控制，人为了保持住一点点自我的经验内容，不得

[①] 马拉美：《白色的睡莲》，第92页，广州：花城出版社，1991年。

不日益从'公共'场所缩回到室内,把'外部世界'还原为'内部世界'。在居室里,一花一木,装饰收藏无不是这种'内在'愿望的表达。人的灵魂只有在这片由自己布置起来、带着手的印记、充满了气息的回味的空间才能得到宁静,并保持住一个自我的形象。可以说,居室是失去的世界的小小补偿。"①

不妨说,"居室"的生活形态与"内在世界"的生命方式之间具有某种同构性。在一定程度上,这种居室里的特殊情境构成了执迷于内心生活的人们的心灵世界的具体表征。当我们发现现代派诗人也常常把目光扫过他们的居室时,我们会意识到诗人们目光所及的一桌一椅、一花一木不仅如实地反映了注视者的生活常态,也昭示了他们对于自我形象的固守和确证。

室内生活

戴望舒是一个频频环顾自己的居室的诗人。他常常在一个寂寂的夜晚,"抽着陶制的烟斗",在升腾的烟雾中静静地打量居室里的一切。那些在常人眼里"没有灵魂的东西",经过诗人富于"共感"的目光,都携上了一种强烈的人格色彩:

> 我知道昨晚在我们出门的时候,
> 我们的房里一定有一次热闹的宴会,
> 那些常被我的宾客们当作没有灵魂的东西,
> 不用说,都是这宴会的佳客:

---

① 本雅明:《发达资本主义时代的抒情诗人》,张旭东等译,第12页,北京:三联书店,1989年。

这事情我也能容易地觉出，
否则这房里决不会零乱，
不会这样氤氲着烟酒的气味。
它们现在是已经安分守己了，
但是扶着残醉的洋娃娃却眨着眼睛，
我知道她还会撒痴撒娇：
她的头发是那样地蓬乱，而舞衣又那样地皱，
一定的，昨晚她已被亲过了嘴。
那年老的时钟显然已喝得太多了，
他还渴睡着，而把他的职司忘记；
拖鞋已换了方向，易了地位，
他不安静地躺在床前，而横出榻下。
粉盒和香水瓶自然是最漂亮的娇客，
因为她们是从巴黎来的，
而且准跳过那时行的"黑底舞"；
还有那个龙钟的瓷佛，他的年岁比我们还大，
他听过我祖母的声音，又受过我父亲的爱抚，
他是慈爱的长者，他必然居过首席，
（他有着一颗什么心会和那些后生小子和谐？）
比较安静的恐怕只有那桌上的烟灰盂，
他是昨天刚在大路上来的，他是生客。

还有许许多多的有伟大的灵魂的小东西，
它们现在都已敛迹，而且又装得那样规矩，
它们现在是那样安静，但或许昨晚最会胡闹。

对于这些事物的放肆我倒并不嗔怪,
我不会发脾气,因为像我们一样,
它们在有一些的时候也应得狂欢痛快。
但是我不懂得它们为什么会胆小害怕我们,
我们不是严厉的主人,我们愿意它们同来!
这些我们已有过了许多证明,
如果去问我的荷兰烟斗,它便会讲给你听。

——《昨晚》

室内的一切:残醉的洋娃娃、年老的时钟、横出榻下的拖鞋、粉盒和香水瓶以及龙钟的瓷佛……都具有了一种人格的属性。诗人把居室中的物什和摆设看成是"有伟大的灵魂的小东西",这使得诗人对这些"小东西"不厌其烦描述的过程,也是与"伟大的灵魂"默默交流、体认的过程。诗人"对于这些事物的放肆""并不嗔怪",相反,从轻松而戏谑的调子中,我们感受到的是诗人的宽容甚至纵容。这首诗更耐人寻味的地方显然尚不是诗人所运用的拟人化的技巧,而是一种戴望舒在其他诗作中绝少流露的一种和煦和自如的心境。

这种和煦而自如的心境是怎样获得的呢?

不妨说,这种心境来自于与自己居室内的一切物件相互交流中体验到的一种主人意识。尽管诗人极力声言自己"不是严厉的主人",但恰恰是这种与"治下"的"子民"和睦相处的姿态更使诗人获得一种自足感。居室便是他的王国,一个充满温馨和轻松气氛的"内部世界"。诗人在长久地谛视熟稔和亲切的室内摆设的同时,也是在谛视和体味自己"室内"的生活本身。正是这种居室的空间使诗人获得一种内在的安稳的生活秩序,并进而衍化为一种稳定而自足的心理秩序。居室的生活形态因而构成了诗人的一种生活方式，一种使诗人获得自我确证的满足感的生活方式。戴望舒在赋予了"有伟大的灵魂的小东西"以泛主体化特征的背后，最终确证的是诗人自我的主体性。如果说，这首诗所运用的拟人化的技巧是诗人一种有意识的选择，那么诗中隐含着的无意识内容则是一种内在的"愿望"，即对于"室内"生活中自足的心态的固守，并从中"保持住一个自我的形象"。

居室里的生活，不仅是一种现时态的生活，同时也可以体现为一种过去时的形态。在这种情况下，室内的一切便都与诗人对往昔的记忆联系在一起。如戴望舒的《我底记忆》：

我底记忆是忠实于我的
忠实甚于我最好的友人。

它生存在燃着的烟卷上，
它生存在绘着百合花的笔杆上，
它生存在破旧的粉盒上，
它生存在颓垣的木莓上，
它生存在喝了一半的酒瓶上，
在撕碎的往日的诗稿上，在压干的花片上，
在凄暗的灯上，在平静的水上，
在一切有灵魂没有灵魂的东西上，
它在到处生存着，像我在这世界一样。

无所不在的弥漫的记忆使诗人触目所及都触发了对往日的怀

想。一系列排比句串联的是一个个室内习见的意象,有如电影的摇镜头,缓缓地扫过屋子。读者可以感受到观察者一双环顾的眼睛。正是这双眼睛所蒙罩着的一种梦一般的怀旧情绪,使这一切并置的意象失去了自足性,它们存在的意义,不过是使其观照者得以向往日沉溺而已。《昨晚》中的那种自信的心态消失了,诗人也不复有从容不迫的主人感,记忆从遥远的地方浮现到前景中来,成为居室的真正主人。

不少研究者都曾指出戴望舒《我底记忆》深受他翻译的法国诗人耶麦(Francis Jammes, 1868—1938)的诗篇《膳厅》的影响:

> 有一架不很光泽的衣橱,
> 它会听见过我的姑祖母的声音,
> 它会听见过我的祖父的声音,
> 它会听见过我的父亲的声音。
> 对于这些记忆,衣橱是忠实的。
> 别人以为它只会缄默着是错了,
> 因为我和它谈着话。①

接下来耶麦还写了一个"木制的挂钟"以及一架"老旧的碗橱",它们连同"不很光泽的衣橱",共同的特征在于都挂满了往日的灰尘,记载着逝去的岁月。诗人与衣橱的对话,其实正是与过去的对话,这使耶麦的这首诗散发着一种浓郁的古旧气息。影响了戴望舒的不仅是它的意象以及结构方式,同时更是一种记忆

---

① 梁仁编:《戴望舒诗全编》,第561页,杭州:浙江文艺出版社,1989年。

的主题,一种更内在的怀旧的情绪。

居室的生活正是凭借与记忆的联系拓展了它无形的空间。在这个意义上,居室不仅是一种空间性的存在,同时也是一种时间性的存在。这似乎证明了使诗人"内在生活"获得充盈感的尚不是避开尘嚣可以栖止的一方斗室,而是这方斗室可以供诗人在独自的时候叩问记忆,掇拾起使现时态的生命存在更趋凝重的已逝的生涯。这也许是"居室"这一概念对诗人的更大的诱惑。它表达着诗人更"内在"的愿望,同时昭示了戴望舒只有在"沉想"般的心境中才能获得自我和生命价值的确证:

> 房里曾充满过清朗的笑声,
> 正如花园里充满过百合或素馨;
> 人在满积着梦的灰尘中抽烟,
> 沉想着凋残了的音乐。
>
> ——戴望舒《独自的时候》

然而,一种逆反性的情境也正隐含在这弥散着记忆的居室中。当诗人独自的时候,固然是深切地感受到自我存在的时候,但无形的寂寞感也同时如影随形地追随着诗人,并且在悄悄地逐渐瓦解诗人对于自我的确证感,销蚀诗人在居室中所可能体验的一种"内部世界"的稳定性和完整性。同样在这首《独自的时候》中,诗人还描绘了一种"像白云一样地无定"的沉郁感,虽然"光泽的木器"仍然在"幽暗的房里"闪耀,但那只独语着的烟斗却已"黯然缄默",而从外边,"寂静是悄悄地进来"。从"公共"场所缩回到室内的诗人力图固守的"内部世界"在此已经裂开了一道缝隙。

这是不是意味着一方自足的内在的居室,只是假想性的存在,只是一个心造的幻影?这使人联想起戴望舒翻译的另一首诗,法国象征派诗人波德莱尔(Baudelaire,1821—1867)的《我没有忘记》:

> 我没有忘记,离城市不多远近,
> 我们的白色家屋,虽小却恬静;
> 它石膏的果神和老旧的爱神
> 在小树丛里藏着她们的赤身;
> 还有那太阳,在傍晚,晶莹华艳,
> 在折断它的光芒的玻璃窗前,
> 仿佛在好奇的天上睁目不闪,
> 凝望着我们悠长静默的进膳,
> 把它巨蜡般美丽的反照广布
> 在朴素的台布和哔叽的帘幕。①

这出自在巴黎街头放浪张望的恶魔诗人笔下的"白色家屋",恬静以致圣洁,仿佛笼罩在上帝和爱神纯净的光芒之中:它只能存在于诗人的追忆和想象中。

落寞的古宅

而到了何其芳那里,诗人酷爱的意象则是"落寞的古老的屋子":

---

① 梁仁编:《戴望舒诗全编》,第205页,杭州:浙江文艺出版社,1989年。

> 我的思想倒不是在荒野上奔驰。有一所落寞的古老的屋子,画壁漫漶,阶石上铺着白藓,像期待着最后的脚步:当我独自时我就神往了。
>
> 真有这样一个所在,或者是在梦里吗?或者不过是两章宿昔嗜爱的诗篇的糅合,没有关联的奇异的糅合:幔子半掩,地板已扫,死者的床榻上长春藤影在爬;死者的魂灵回到他熟悉的屋子里,朋友们在聚餐、嬉笑,都说着"明天明天",无人记起"昨天"。
>
> ——何其芳《独语》

想象性已构成何其芳的文字中构建文本语境的核心因素。这座"落寞的古老的屋子",或者是在梦里,或者不过是作者从他所酷爱的诗篇中杂糅而成,而且是"没有关联的奇异的糅合",都证明了"屋子"是拟想的产物。死者的魂灵重新回到屋子里,朋友们在长春藤影中聚餐、嬉笑,这一切已经多少有些魔幻现实主义的意味了。

这是否意味着,何其芳笔下的屋子,是一种非现实的存在?尽管前面引述的《独语》中的人们都说着"明天明天",无人记起"昨天",但何其芳所摹写的人物,却大多是一些"属于过去时代"的遥远的形象,并被安置在想象中的古宅里。如果说戴望舒从现时态的居室中去发掘记忆,那么何其芳则在往昔的记忆中营造居室;戴望舒的屋子是情绪的,何其芳的古宅则是审美的。

> 那是一个巨大的古宅,在苍色的山岩的脚下。……那些锁闭着的院子,那些储藏东西的楼,和那宅后,都是很少

去的。那些有着镂成图案的窗户的屋子里又充满了阴影。而且有一次,外祖母打开了她多年不用的桌上的梳妆匣,竟发现一条小小的蛇蟠曲在那里面,使我再不敢在屋子里翻弄什么东西。我常常独自游戏在那堂屋门外的阶前。那是一个长长的阶,有着石栏杆,有着黑漆的木凳。站在那里仰起头来便望见三个高悬着的巨大的匾。在那镂空作龙形的边缘,麻雀找着了理想的家,因此间或会从半空掉下一根枯草,一匹羽毛。

——何其芳《老人》

一座趋向衰老的宅舍,正如一个趋向衰老的人,是有一种怪僻的捉摸不定的性格的。

——何其芳《哀歌》

阴森、衰败、式微、神秘,甚至散发着一种古旧的霉味。这就是古宅特有的美感,一种迟暮的美。它属于一个逝去的年代。何其芳用"落寞"这一带有鲜明体验色彩的词汇来总结古宅所具有的精神性氛围。其实,这"古老的屋子"带给何其芳的感受要复杂得多。这里面固然有心理上对童年"阴影"的拒斥,但同时也隐含着与诗人现实处境中的"落寞"感的内在契合。他发现了记忆中落寞的屋子,也就为现时态中寂寞的心灵找到了一个栖所。正像诗人自己说的那样:"我过着一种可怕的寂寞的生活。孤独使我更倾向孤独。"这或许解释了何其芳在"独自时"常常反顾和"神往"那座"落寞的古老的屋子"的更内在的心理动因。

《哀歌》中的"古宅",则是一座"石筑的寨子":

> 高踞在岩上的石筑的寨子,使人想象法兰西或者意大利的古城堡,住着衰落的贵族和有金色头发或者栗色头发的少女,时常用颤抖的升上天空的歌声,歌唱着一个古传说,充满了爱情和哀愁。远远的,教堂的高阁上飘出洪亮,深沉,仿佛从梦里惊醒了的钟声,传递过来。但我们的城堡却充满着一种声音上的荒凉。

灌注语境之中的,同样是一种衰败、落寞而荒凉的美。而那种"声音上的荒凉",与其说是诗人对小时候切身体验的记忆,不如说是由于寂寞的现实而产生的一种"现时态"的感受。回忆中的荒凉的城堡,只是诗人重新发现的一种自我参照,它不过反衬了现实中的诗人无法寻获一个安宁和稳定的心理居室的孤寂与落寞而已。

"古宅"是一个浓缩了审美和心态的双重因素的意象。它昭示了任何美感的生成都不是纯粹美学意义上的。何其芳是一个在文学趣味上有着唯美主义倾向的诗人,同时又带有一点他自己所供认的"颓废"情调,这使他所选择的意象也兼容了这两种审美和心态上的双重特征。

无论是戴望舒在独自的时候从居室中搜寻记忆,还是何其芳到记忆的碎片中去拼贴古宅,都反映了一个深刻的心理事实:居室并不是诗人可以固守的一个"内在世界"。虽然居室也许可以构成现代人维护内心城池的一个堡垒,但仍旧需要守候者有着强大而坚忍的心灵力量。他需要随时与外面的世界的喧嚣和侵扰抗争,更需要忍受心理深处的孤独和落寞。同时,他还需要把对最辽远的国土的眷恋与对最切近的居室生活的执着完美地结合起来。在某种意义上,这种心灵的力量是一代渴望漂泊也注定了漂泊命运的现代派诗人所缺少的。

这恰像里尔克笔下布里格的命运。里尔克在《马尔特·劳利兹·布里格随笔》中倾心状写的是一个憧憬诗人耶麦式的生涯,渴望也在"山里有一所寂静的房子"的青年:"是怎样一个幸福的命运,在一所祖传房子的寂静的小屋里,置身于固定安静的物件中间,外边听见嫩绿的园中有最早的山雀的试唱,远方有村钟鸣响。坐在那里,注视一道温暖的午后的阳光,知道往日少女的许多往事,作一个诗人。我想,我也会成为这样一个诗人,若是我能在某一个地方住下,在世界上某一个地方,在许多无人过问的、关闭的别墅中的一所。我也许只用一间屋(在房顶下明亮的那间)。我在那里生活,带着我的旧物,家人的肖像和书籍。我还有一把靠椅、花、狗,以及一根走石路用的坚实的手杖。此外不要别的。一册浅黄象牙色皮装、镶有花型图案的书是不可少的:我该在那书里写。我会写出许多,因为我有许多思想和许多回忆。"然而对拥有"一间屋"的憧憬毕竟只是憧憬,而属于布里格的现实却并非如此:"我的上帝,我的头上没有屋顶,雨落在我的眼里。"[①]这是一个令人怅惘的巨大反差,使人想起了里尔克的另一首绝唱:

谁这时没有房屋,就不必建筑,
谁这时孤独,就永远孤独。

——《秋日》

[①] 里尔克:《马尔特·劳利兹·布里格随笔》,《给一个青年诗人的十封信》,冯至译,第84—85页,北京:三联书店,1994年。

临窗的怅望者

这是一批习惯于凭窗远眺,有距离地瞩望大千世界的诗人,这也决定了他们无法真正安于居室生活,即使"冥坐室内",也会"远远地有所神往,仿佛天涯地角尚有一个牵系"(何其芳《梦后》)。但另一方面,这又是一批在现实世界中很难找到心理皈依,很难彻底投入和融汇到身外世界中去的梦幻者,甚至对严酷而险恶的社会生活隐隐地有一种恐惧,这又决定了他们对大千世界只能采取一种有距离的观望的姿态。

于是我们在居室与外部世界之间,捕捉到了"窗"的意象。

如果说居室是"人们在无穷无尽的空间切出一小块土地",是人类借以与外部宇宙相隔离的封闭性的"特殊单元"①,那么,"窗"则意味着这一封闭的内在空间与外界的联系。正是一扇透明的窗为居室中人展开了外部世界的一方天地,使居室的有限空间得以向更广阔的领域延伸,接纳了户外的空气与阳光,也接纳了外界的喧嚣与骚动。从人类建筑起第一座房屋、开设第一扇窗户的无法推溯的日子开始,"窗"就确立了人类生存空间的有限性和无限性之间的一道初始的界限。它所具有的人类学意义上的原型意味是极其深远的。

"窗"长久地为人们的居室的内与外提供直观的联系,但正如德国哲学家格奥尔格·齐美尔(G. Simmel,1858—1918)所阐释的那样,这种联系"是单向性的",窗的局限性表现为"它只为

---

① 齐美尔:《桥与门》,涯鸿、宇声译,第4页,上海:上海三联书店,1991年。

眼睛开路"。"窗"无法像"门"那样,具有一种"活动性和人们可以随时走出界限而进入自由天地的可能性"①,它提供的只是室中人临窗瞩望的一个视觉性的角隅。从直观的形象上看,"窗"秉有一种画框的效应,它酷似于现代人坐在电影院中所看到的电影银幕,无论银幕上演出着多么惊心动魄的人生图景,观看者也只能做一个局外人而无法投入到银幕的世界中去。影片中的故事具有自己赖以发展和行进的自足的逻辑,不管观影者怎样扼腕击节,热血沸腾,都丝毫无法影响这种内在的自足性。这正可用来比拟人们通过"窗"与外部世界之间确立的所谓"单向性"的关联。

或者走出门闯入大千人生,或者透过窗远眺身外世界,这对于居室中的人来说便是一种选择。在一般的情形中,这两类选择之间并不存在无法调和的矛盾与冲突,毋宁说两者是可以互补的。一种更为健全的人生方式或许正在于无间隔地介入生活与有距离地观照生活这两者间的互补性并存。但三十年代的现代派诗人却更为普遍地选择了后者。这种选择与其说出于一种默契,不如说反映了一代诗人带有共性倾向的心理归趋。

临窗的姿态为诗人确立的是生活的旁观者的形象。李广田便被文学史家称作"观察者与旁白者"②,这一形象在他的诗歌和散文创作中获得了多重层面的印证,但最直观的反映却是他的作品中屡屡复现的"凭窗"的意象:

我独倚在我的窗畔了。

---

① 齐美尔:《桥与门》,涯鸿、宇声译,第8页,上海:上海三联书店,1991年。
② 司马长风:《中国新文学史》(下卷),第149页,香港:昭明出版社,1978年。

我的窗前是一片深绿,从辽阔的望不清的天边,一直绿到我楼外的窗前。天边吗?还是海边呢?绿的海接连着绿的天际,正如芳草连天碧。海上平静,并无一点波浪,我的思想就凝结在那绿水上。我凝视,我沉思,我无所沉思地沉思着。忽然,我若有所失了,我的损失将永世莫赎,我后悔我不该发那么一声叹息,我的一声叹息吹皱了我的绿海,绿海上起着层层的涟漪。刹那间,我乃分辨出海上的萍、藻,海上的芰、荷,海上的芦与荻,这是海吗?这不是我家的小池塘吗?也不知是暮春还是初秋,只是一望无边的绿,绿色的风在绿色的海上游走,迈动着沉重的脚步。风从蘋末吹入我的窗户,我觉得寒冷,我有深绿色的悲哀,是那么广漠而又那么沉郁。我一个人占有这个忧愁的世界,然而我是多么爱惜我这个世界呀。①

"独倚窗畔"为诗人展开了连天的碧海,也同时展开了遐想与沉思的空间。这一辽阔的望不清天边的地域正是借助于临窗的视角获得的。但在这种获得的同时,诗人又感到"若有所失",而且这种损失将"永世莫赎",那么诗人失去的究竟是什么呢?或许这种无法救赎与补偿的损失正昭示了居室生活的有限性,诗人只能远远地凭窗眺望这个世界,却难以彻底投入和拥抱窗外的生活。正是这种旁观者的位置使诗人感到了一种广漠而沉郁的"悲哀",这使人联想到英国评论家阿瑟·西蒙斯(Arther Symens,1865—1945)对象征派诗人魏尔伦的论断:"他的面容的

---

① 李广田:《绿》,李岫编:《李广田散文》(一),第259页,北京:中国广播电视出版社,1994年。

不安,仿佛非常密切的留心事物,正因为离开事物很远往往成为了一个旁观者。"①而李广田所感受到的"寒冷",也是一种独处楼上"高处不胜寒"式的寒冷。可以说这是古往今来一切遗世独立的旁观者共通的心理体验。

更为酷爱"窗"的意象的诗人当是林庚。他的一部诗集就以《春野与窗》命名。"窗"的字样充斥于他的作品中:"谁是冥想者的过客/轻轻的若在窗外了"(《炉边梦语》),"静夜的自然生出了黄月海样的窗外"(《夏之深夜》),"窗下便开着客子心上的多梦寐的花"(《秋夜的灯》),"窗前的风雨声乃无意的吹过"(《夜》),"长长的窗外有蓝天丽日"(《严冬》)……这些诗句呈现出的是令人眼花缭乱的窗外世界。

> 秋天的清晨如熟人般来了
> 落在空的窗台上,细碎的
> 是风带着秋虫的翅膀吗
> 英雄回到故里了,蝉之尾声
> 窗外的路益辽阔了
> 但窗外的夜是很近的
>
> 夜是飘着梦之群的
> 青天的檐角星子升落吧
> 而窗下是有着风之信候的
> 美丽的升沉之一夜啊

---

① 华胥社编:《华胥社文艺论集》,第4页,上海:中华书局,1931年。

> 梦之王国的交响曲
> 夜深的行人都已止步
> 是谁有着一双修长的温柔之手臂的
> 窗外的夜乃漫长且悠远了
>
> ——林庚《窗》

同样是身居室内感受着窗外世界,但如果说李广田的心态是"忧愁"与"爱惜"的矛盾交织与错杂,林庚则始终如一地保有着一种新鲜的惊奇与会心的颖悟。他的心绪,不像李广田那般充满着焦虑与失衡,更使人想起况周颐激赏的"人静帘垂""小窗虚幌"(《蕙风词话》卷一)的词境。林庚笔下的窗,不仅"为眼睛开路",更是以心倾听的途径。砌虫的鸣叫,细碎的风声,夜的悠远与切近,都透过一扇窗户作用于诗人充满体味和感悟的心灵。或许正是这种体悟使林庚的诗中总能见出废名称许的那么一种"诗人的性灵"①,一种所谓"不窥牖,见天道"(《道德经》第四十七章)的对宇宙万物内在律动的接纳与冥合。由此室内空间不再是孤置于大千世界之外的旁观者的避风港,外部世界也不再是令室中人感到陌生与疏离的异己存在。两者借助于一扇窗牖息息相通。"窗"作为有限与无限之间的人为的界限在此趋于消泯,这使林庚能够"随便的踏出门去"(《春天的心》)。正是这一句"随便的踏出门去",构成了现代派诗歌至为难得的一个诗品,它体现的是被刘若愚视为具有哲理与审美学价值的中国古代士大夫特有的一种"闲"的境界。这大概要归因于林庚

---

① 废名、朱英诞:《新诗讲稿》,第347页,北京:北京大学出版社,2008年。

身上所秉承的古典文学修养。如果说追慕古典传统在现代派诗人中是一种普遍的诗学倾向,那么林庚所接受的传统的影响则更内化为一种性情,一种品格。

林庚的难得之处正在于内在世界与外在世界较少失衡与倾斜感。而从总体上说,现代派诗人的临窗体验之中恰恰匮乏的是平衡与自足。他们难以找到况周颐式的"据梧冥坐,湛怀息机"般的澄澈心境。临窗的生涯其实为他们在三十年代阵营化、群体化的社会潮流中提供了难得的个体性的生存境遇。但这批临窗者一旦获得了单独的机遇,所感受到的更强烈的体验,却是寂寞、孤独,有如一种蛀虫,蚕食着本来可以在沉静中冥思生存本体的心。这种对本体的冥思,只有到了四十年代,在冯至的《十四行集》和沈从文的《烛虚》之中才真正历史性地获得。而此时临窗伫立的诗人,仍大多在一种自伤自怜的情绪中,游心于寂寞。

临窗的姿态很容易成为某种心态的直观化的呈露。在这里艺术形象与心灵状态之间甚至不需要转化的中介,人们透过临窗的形象化的姿态可以直接洞察和体悟心灵的内涵。譬如李广田这首《窗》:

> 偶尔投在我的窗前的
> 是九年前的你的面影吗?
> 我的绿纱窗是褪成了苍白的,
> 九年前的却还是九年前。
>
> 随微飔和落叶的寨窣而来的
> 还是九年前的你那秋天的哀怨吗?

> 这埋在土里的旧哀怨
> 种下了今日的烦忧草,青青的。
>
> 你是正在旅行中的一只候鸟,
> 偶尔的,过访了我这座秋的园林,
> (如今,我成了一座秋的园林)
> 毫无顾惜地,你又自遥远了。
>
> 遥远了,远到不可知的天边,
> 你去寻,寻另一座春的园林吗?
> 我则独对了苍白的窗纱,而沉默,
> 怅望向窗外:一点白云和一片青天。

这又是一个临窗的怅望者的形象,尽管窗外有青天白云,有不可知的天边的"春的园林",但诗人却沉默地端坐室内,独对着苍白的窗纱。诗中寻访"春的园林"的"你"的形象与独居室内的"我"形成了对比,而遥远的天边的世界也与当下的居室的空间互为参照,这一切都衬托着临窗者孤寂与怅惘的心境。尤为值得回味的是诗中"九年"的时间概念,它把独居的诗人置于一个漫长的时光进程之中,使临窗者的怅望成为一种恒久的生存状态,仿佛诗人就这么端坐窗前已经过了许多年了。纱窗由当初的碧绿褪成了苍白,正映衬了诗人心底的苍凉。

这种苍凉感构成了临窗者的主导心态。李广田的另一首诗《秋的味》对这种心态有更形象的摹写:

> 谁曾嗅到了秋的味,

> 坐在破幔子的窗下,
> 从远方的池沼里,
> 水滨腐了的落叶的——
> 从深深的森林里,
> 枯枝上熟了的木莓的——
> 被凉风送来了
> 秋的气息?
> 这气息
> 把我的旧梦醺醒了,
> 梦是这样迷离的,
> 象此刻的秋云似——
> 从窗上望出,
> 被西风吹来,
> 又被风吹去。

"秋"作为一种自然的季候在这里与诗人的心理的季候契合了。诗人"坐在破幔子的窗下"从水滨的腐叶和枯枝的木霉中感知"秋的味",并唤起了秋云一般的迷离的旧梦,自然的秋天直接作用于诗人的心理与记忆。无论是"秋的味"还是"秋的气息"都超越了季节之秋的具体性,它只能生成于诗人主体的感知领域,构成了敏感的诗人的心灵标识。这是一种心灵意义上的秋天,它揭示了临窗者的落寞情怀,令人联想到戴望舒极其相似的一首诗《秋》:

> 再过几日秋天是要来了,
> 默坐着,抽着陶制的烟斗,

> 我已隐隐听见它的歌吹
> 从江水的船帆上。
>
> 它是在奏着管弦乐;
> 这个使我想起做过的好梦;
> 我从前认它为好友是错了,
> 因为它带了烦忧来给我。
>
> 林间的猎角声是好听的,
> 在死叶上的漫步也是乐事,
> 但是,独身汉的心地我是很清楚的,
> 今天,我没有这闲雅的兴致。
>
> 我对它没有爱也没有恐惧,
> 你知道它所带来的东西的重量,
> 我是微笑着,安坐在我的窗前,
> 当飘风带点恐吓的口气来说:
> 秋天来了,望舒先生!

同样是默坐窗前预感着秋的来临,同样是忆恋起往日的旧梦,不同的只是戴望舒力求保持着一种无爱无嗔的平和的心境,但秋天仍旧带来了"忧愁""恐吓",扰乱着心灵的自足与宁静。从表面上看,李广田抑或戴望舒抒写的是古典诗歌中常见的悲秋母题,但从根底里反映的却是一批临窗守望者相似的生活和心理处境。诗人们试图凭借室内空间抵御外界的滋扰,但秋天的气息仍透过苍白的窗纱无形中渗入他们的居室生活。"你知道它所带来的东西的重量",这份沉甸甸的"重量"之中蕴含着生活的旁观者在个体化的生存境遇中所体验到的全部历史的与心理的内容。

"窗"同时也构成了居室与外部世界的临界点,有一种临界之美。现代派诗人对这种具有临界美的意象格外表现出一种审美直觉,其中无意识地昭示了一代人徘徊于两个世界之间的悬浮心态。此岸与彼岸,现实与理想,东方与西方,乡土与都市,地狱与天堂,上帝与魔鬼……一代诗人正是在这对立的两极之间犹疑踌躇,难以取舍,昭示着在两个世界的分际的无所适从。就像有理论家谈及"桥"的意象:"它的唯一意义似乎在于它表示出一种悬空感","表现出艺术家不希望完全出世,去做一个宗教徒,但同时又希望和这个世界上的任何事物都保持距离。这座桥就是这一段距离"。[①] 现代派诗人也同样酷爱"桥"的意象,激发起诗人们的美感体验的或许是桥的形式本身固有的一种临界状态。同时它也表现出诗人"和这个世界上的任何事物都保持距离"的意愿。正是借助于这种距离,一代诗人成为卞之琳《断章》中所描绘的桥上的看风景之人。超然于世界同时又远远地瞩望着世界,是他们在拒斥选择中的一种选择。

在这个意义上,对窗的跨越,就具有一种"行动"的意味。

> 我想跨过那窗,
> 走出那园林,
> 走出那黑漆的墙门,

---

① 杰姆逊:《后现代主义与文化理论》,唐小兵译,第175页,西安:陕西师范大学出版社,1986年。

> 从冷静的长街,
> 直达那有亭翼然的桥顶。
> 我将在黑暗中,往下望,
> 用慧眼看着缄默的流水,
> 悄悄地流出了城闉,
> 　　　不言不语的暗夜的流水,
> 　　　会带着我的心以俱去。
>
> 　　　　　　　　——施蛰存《彩燕》

跨过窗,走出门,意味着习惯了象牙之塔般的生存境遇的诗人对自己封闭而狭小的天地的突破。尽管诗人穿过长街,直达"桥顶"还止于一种拟想,但桥顶的瞩望相对于凭窗的远眺来说,毕竟预示着一个更广阔的视野。从妆台前的镜像,到临窗的眺望,再到桥上的风景,现代派诗人们的视域终究在一点点地拓宽。作为一种临界的地带,"桥"给予诗人们的行动空间自是有限的,但重要的是,桥上的诗人在看风景的同时,也感受着时代的风云际会,领略着八方风雨。而更重要的事实在于,"桥"作为一种临界空间状态,是无法长久地为诗人提供栖息地的。一代诗人更像施蛰存的意象抒情组诗中的第一首《桥洞》中描写的"船中人":

> 小小的乌蓬船,
> 穿过了秋晨的薄雾,
> 要驶进古风的桥洞了。
>
> 桥洞是神秘的东西哪

经过了它,谁知道呢,
我们将看见些什么?

风波险恶的大江吗?
淳朴肃穆的小镇市吗?
还是美丽而荒芜的平原?

我们看见殷红的乌桕子了,
我们看见白雪的芦花了,
我们看见绿玉的翠鸟了,
感谢天,我们底旅程,
是在同样平静的水道中。

但是,当我们还在微笑的时候,
穿过了秋晨的薄雾,
幻异地在庞大起来的,
一个新的神秘的桥洞显现了,
于是,我们又给忧郁病侵入了。

穿越一个又一个桥洞的乌篷船之旅,象征着"我们"所代表的一代青年的人生征程。诗歌采取的是船中人的视角,为读者展示一路的水道以及沿途的美丽风景。读者也仿佛随船而行,循着船中人的视角,在秋晨的薄雾中蓦然发现了一个新的桥洞,它逐渐地逼近,幻异般地扩大起来,一时间,我们似乎听到了船中人怦然心跳的声音。这首《桥洞》给人至深印象的,是诗中流露出的这种忧喜参半的情绪。船中人一面为水道的平静而微笑祝祷,一面又为新的未知的天地的行将出现而深自忧虑。而"桥洞"正是行进中的水程与新的未知世界之间的分野。它之所以是神秘的,正是因为它即将展开的是一个未卜的不可确知的世界。"给忧郁病侵入"的船中人内心深处潜伏着的,同样有废名的长篇小说《桥》中小林伫立桥头体验到的"畏缩"感。而"桥洞"也恰像废名笔下的"桥"的意象,象征着两个世界之间的临界点。

小小的乌篷船在黎明前已经启航了。秋晨的薄雾中,一个新的神秘的桥洞出现了,随着它幻异地庞大起来,乌篷船在瞬息间就要穿越这道临界线,一个新的莫测的天地即将展开。跨越窗户走出居室的诗人们都已屏住呼吸,静静地谛听自己怦然的心跳声。

五　姿态:独语与问询

  黑色的门紧闭着:一个永远期待的灵魂死在门内,一个永远找寻的灵魂死在门外。每一个灵魂是一个世界。没有窗户。而可爱的灵魂都是倔强的独语者。

——何其芳《独语》

  是从乐园里来的呢,
  还是到乐园里去的?
  华羽的乐园鸟,
  在茫茫的青空中,
  也觉得你的路途寂寞吗?

——戴望舒《乐园鸟》

  临水、对镜、凭窗、倚栏、登楼……这一系列动作都可以同时看作文本中凝聚着某种深长意味的"姿态"。"姿态"(Gesture)颇类似于叙事作品中的"叙述调子"或者一切文本中都存在的一种"语境"(context)氛围,是很难把它归附到单纯的内容或纯粹的形式层面中去的。或许可以说,它是"有意味的形式",或者是"形式化的内容",它既诉诸感性(视觉),又暗含着可以意会的某种深沉的蕴涵。在这个意义上说,"姿态"是外形与内质

的浑然一体,正像梁宗岱评价"象征"方式时所说的那样:

> ……而深沉的意义,便随这声,色,歌,舞而俱来。这意义是不能离掉那芳馥的外形的。因为它并不是牵强附在外形底上面,像寓言式的文学一样;它是完全濡浸和溶解在形体里面。如太阳底光和热之不能分离的。它并不是间接叩我们底理解之门,而是直接地,虽然不一定清晰地,诉诸我们底感觉和想象之堂奥。①

"姿态"也正是这样,临水、对镜、独语、探问……都是直观化的姿势与动作,传递的是人类行为中极富美感积淀的审美化情态,有如一个"象征"的"芳馥的外形";但正因为它同时又维系着人类某些初始性的基本情境,蕴含了具有原型意味的体验,所以人们很难清晰地一语道破这一系列姿态背后所隐藏的"深沉的意义"。

临水的纳蕤思,这一神话中的形象,以及这一形象所特有的经典性的姿态,不是在无以计数的后代人们的遥遥瞩望中,赋予追慕者以亘古常新的体验么?

心灵的形式

当文本中出现了一个孤独的抒情主人公的时候,他的自我宣叙便带有强烈的独白的意味,这时,抒情主人公自觉或不自觉

---

① 梁宗岱:《诗与真·诗与真二集》,第19—20页,北京:外国文学出版社,1984年。

采取的,便是一种带有鲜明情感和审美色彩的"独语"姿态。

在现代派诗人走上社会走上文坛的三十年代的低气压时代,知识者往往有一种回到内心的归趋。柄谷行人在《日本现代文学的起源》中讨论明治二十年代"心理的人"的出现时指出:"当被引向政治小说及自由民权运动的性之冲动失掉其对象而内向化了的时候,'内面''风景'便出现了。"①中国的现代派诗人也表现出倾向于孤独地探索"内面"的心灵风景的意向,他们的创作也由此大多带有一种独白的调子,"独语"的姿态正是孤独感在文本中的具象化呈现。

作为这"独语"姿态的经典体现的,是何其芳的散文诗集《画梦录》中的《独语》:

> 设想独步在荒凉的夜街上,一种枯寂的声响固执地追随着你,如昏黄的灯光下的黑色影子,你不知该对它珍爱还是不能忍耐了:那是你脚步的独语。②

"脚步的独语"使人联想到何其芳处女诗作《预言》中那"夜的叹息似的渐进的足音",以及"麋鹿驰过苔径的细碎的蹄声"。可以说,从第一篇诗作开始,何其芳所自觉选择的自我形象,就是一个独语者的形象。诗中的"我"低低地唱起了"我自己的歌",而那骄傲年青的神竟"不为我的颤抖暂停"。在歌声中年青的神无语而来,又无语而去了,这使得诗中的抒情主人公那激动的

---

① 柄谷行人:《日本现代文学的起源》,赵京华译,第29页,北京:三联书店,2003年。

② 何其芳:《独语》,《何其芳文集》第二卷,第13页,北京:人民文学出版社,1982年。

歌声化为无望的吟唱,也由此转成一种独语。诗人在确立了诗中独语式的宣叙调的同时,也确立了自己的倾诉姿态。

迷恋于"独语"式的姿态的不止何其芳。戴望舒笔下有"黯然缄默"的"独语着的烟斗"(《独自的时候》)的意象,严敦易笔下出现了"梦魇缠附着影子正低低独语"(《索居》),吕亮耕写过《独唱》,南星则创作了独语式的《诉说》:

> 我将对负着白花的老树
> 或新上架的牵牛
> 或久居在我屋檐下的
> 叫过秋天和冬天的麻雀
> 或一只偶来的山鸟
> 诉说我的忧烦和欢乐

这种没有反馈、无法交流的诉说构成了另一种形式的独语。独语者的形象已衍化为三十年代现代派诗人一个具有共性特征的形象,"独语"的姿态也由此成为一代诗人特有的经典姿态。以下是何其芳所拟想的各种情境下的"独语":

> 那时我刚倾听了一位丹麦王子的独语。
> ——《扇上的烟云》

> 关于第三个姑姑我的记忆是比较悠长,但仍简单的。低头在小楼的窗前描着花样;提着一大圈锁匙在开箱子了,忧郁的微笑伴着独语。
> ——《哀歌》

> 或是昏黄的灯光下,放在你面前的是一册杰出的书,你将听见里面各个人物的独语。温柔的独语,悲哀的独语,或

者狂暴的独语。

——《独语》

从文本中,读者并没有真正听见"各个人物的独语",我们所领略的,只是每一种独语的方式和情绪:忧郁的,温柔的,悲哀的,或者狂暴的。作者并不着力记载人物独语的内容,独语者说些什么已不重要了,何其芳更醉心的,显然是"独语"的姿态本身。也许他自觉意识到类似"独语"这种隐含着丰富意蕴的姿态,比连篇累牍的描述更为直观和透彻,以至在《独语》一开篇作者摹写的竟是"固执的追随着你"的"脚步的独语"。

脚步声本身无疑是一种非语言的存在,它只是动作带来的声响。但作为"脚步的独语"在无形中已被何其芳赋予了"语言"的特征。在何其芳看来,"人在孤寂时常发出奇异的语言,或是动作。动作也是语言的一种"。可以说,它是心灵的语言,心灵的姿态。善于倾听的人能够从脚步那枯寂的声响中听到心灵的孤独的脉动。

何其芳如此执迷于"独语",取决于他的自觉的艺术观。从艺术倾向性上说,何其芳是轻视动作而注重语言的。"画梦"时期的何其芳,一段时间曾深受象征派诗人梅特林克戏剧的影响。何其芳在1936年创作的长篇小说《浮世绘》中借人物的口吻传达了他所激赏的艺术观:"现在我在想着梅特林克和他对于戏剧的见解。使我们从真真优美而伟大的悲剧里看出它的优美和伟大的不是动作而是言语。那些灵魂与灵魂的对语。或者那些独语。"①在《刻意集》自序中,何其芳再一次表达了类似的观念:"比较冗长的铺叙和描写,我感到它是更直接更紧张地表现心灵的形式。但我一开头便忽视那些动作,我只倾听那些心灵的语言。所以我最喜欢的是几本静默的,微妙的,没有为着迎合观众而设的热闹、夸张和凑巧的戏剧。"②

可以看出,更吸引何其芳的,是几本"静默的,微妙的"的剧作中表现的心灵的形式。他所真正倾听的,是"心灵的语言",正像从枯寂的脚步声中倾听到灵魂的独语一样。因此,何其芳对"独语"的执迷,在艺术本质上是对于"心灵的形式"的关注。这种关注的焦点不在于独语的内容,而在于独语的姿态透露出的是心灵的形式。姿态由此也呈现为一种语言,并且直接传达着心灵的内蕴。"独语"的姿态在这里隐藏着比内容更具有实质性的信息。

一旦何其芳为"独语"寻找到了艺术观和审美体验上的支持,"独语"的姿态便具有了形式的含义,它起到了一种生成文体的作用。"独语"不仅把诗人们所处的时代加诸身上的寂寞感受转移到具体的形象和姿态之中,同时"独语"本身也构成了一种自我宣叙的形式。何其芳的长篇小说《浮世绘》便堪称这种独语文体的典型体现。如第一章《蚁》,构成文本的主干的是主人公劳子乔的"独语":

"我们的观念,一位希腊人说,不是从经验来的,而是

---

① 何其芳:《画梦人生》,第76页,广州:花城出版社,1992年。

② 何其芳:《〈刻意集〉序》,《何其芳文集》第二卷,第122页,北京:人民文学出版社,1982年。

幽暗的蕴含在灵魂之中,不过被一些事物所唤醒而已。在神话,则说我们饮了失掉记忆的河水。我们相信哪一种说法?什么是真理呢,假若不是一些美妙的说法?一只白鸽,一片阳光,一个半开的窗户,有时会使我们十分迷惑,仿佛在刹那里窥见了完全静止的时间:没有限制的悠久,不可思议的广大。所以我们失掉了自己。所以这一切都像是前定的,躺在异乡的树林里来思索……"[①]

小说的这一章一无情节,通篇是主人公躺在异乡树林里的独白,思考的是生死、真理、爱、人与蚁以及人与神之间相对关系等诸种玄学式的命题。但读者很难清晰地梳理这些冥想的脉络,最终感染我们的,仍旧是独语的姿态以及独白文体本身。一旦何其芳把他独语的姿态以及姿态背后的心态带入他的小说创作,《浮世绘》便呈现出与《画梦录》极为相似的风格。或许可以说,小说与散文体裁上的界分在这里模糊了,一种更为内在的心灵的姿态在两种体裁中占据了主导地位。"独语"作为一种叙述调子构成了作者的一切文体所共通的特征,它是外在的语言形式与内在的心灵形式的统一。或许正是在这种姿态的意义上,文体论被超越了,我们获得了把握"独语"世界的一种更新的视角。

自我指涉的语境

如同鉴照镜子,"独语"化的文本语境也是一种自我观照式

[①] 何其芳:《何其芳全集》第一卷,第194页,石家庄:河北人民出版社,2000年。

的内敛型语境。它的最大特征是封闭性和自我指涉性。如何其芳的《独语》所说：

> 黑色的门紧闭着：一个永远期待的灵魂死在门内，一个永远找寻的灵魂死在门外。每一个灵魂是一个世界，没有窗户。而可爱的灵魂都是倔强的独语者。①

"独语"的背后，是深深闭锁着的灵魂，它恰像"黑色的门紧闭着""没有窗户"的那个黑屋子，无法窥入，无法交流，期待者与找寻者永远无法晤面。它传达的是心与心的世界绝难相通的感受。"没有窗户"象征着人与人最终是不相通的宿命，生存的个体性在这种语境中昭然若揭。

独语者的主体心灵状态也是由这种内敛型语境揭示的，"没有窗户"显示的是一种封闭而寂寥的心境。"独语"文本语境中的叙事者或抒情主人公，或者如李广田那样，是生活的"观察者与旁白者"，或者如何其芳那样，只是被挤压在政治权力和经济地位的夹缝中的边缘人和零余者，无法找到进入社会秩序和权力结构中心的道路。他们无法完全投入到生活中去，无法在群体存在中找到心灵的自足，体验的是"遗弃了人群而又感到被人群所遗弃的悲哀"②。他们仿佛是站在生活之圆的切线上，远远地瞩望着圆心，并时刻显示出沿着切线逃逸生活之圆的意向。他们或者体验着在乡土与都市之间徘徊的游离感，或者

---

① 何其芳：《独语》，《何其芳文集》第二卷，第14页，北京：人民文学出版社，1982年。

② 何其芳：《给艾青先生的一封信——谈〈画梦录〉和我的道路》，《文艺阵地》1940年第4卷第7期。

体验着严酷现实与辽远的国土间的巨大反差,或者感受着生存在巴赫金所谓从社会历史进程的时间中被剔除出去的"边沿的时间"①里的孤独和寂寞。"独语"语境正暗合着倾诉者与现实生活的距离,这是一种心理距离,它使独语者总是深怀无所附着无所依傍的感受。"我到哪儿去?旅途的尽头等着我的是什么?"(何其芳《扇上的烟云》)"我们只是被年海的波涛/挟着飘去的可怜的沉舟。"(戴望舒《夜》)"为什么有人别乡井,/又到处流转,/像风中的秋蓬,/像游魂。"(李广田《土耳其》)"我把碎裂的怀想散播在田原上/做了一个永远居无定所的人"(辛笛《寄意》)。

"独语"者与现实生活的心理距离落实到文本中便体现为文本语境与读者间的距离。封闭性的内敛语境,造成的是一种疏离感,从而拉开与读者之间的距离。叙事者的独语不是说给他者听的,他也无须顾及自己的倾诉是否有对象在倾听,独语本身已经在语境中拒斥了他者的存在,他只是诉诸自己孤寂的内心世界,并在这种反观自身的过程中获得自我存在的孤独的确证。

在"独语"文本语境中也会引入第二人称"你",譬如前面引述的何其芳《独语》中的两段文字,都出现了"你",看上去"你"似乎构成了独语的倾听对象,但不同于五四时期的闲话体小品文,也不同于书信体散文,"独语"中的"你"实际上并非叙事者交流的对象,"你"所指涉的,往往是"我"自身。独语者实际上

---

① 巴赫金:《陀思妥耶夫斯基的诗学问题》,白春仁、顾亚铃译,第241页,北京:三联书店,1988年。

把"我"分裂为二,"你"就是另外一个"我","你"只是"我"的一个影子。正像"我"在照镜子,"你"不过是"我"的镜像。这个镜像的存在构成了独语者自反式的观照,独语者把自我外化,不过是从另一个"我"的角度省察自身罢了。

并不隶属于现代派诗人行列的小说家萧乾在1934年写的文章《给自己的信》或许能够提供这种自反性观照的一个旁证。在这篇文章中,作者把自己一分为二,"理性的萧乾""我"站在一个超越的视角审视艺术生涯中的萧乾"你"。文章一开头就说"在万物中,我知你最详"[①]。这是作者对自我生命的一次内省与解剖。由于充满理性色彩的"我"与感性化激情化的"你"拉开了一段心理距离,使得萧乾的自我审视更趋理性化和客观化。但在清明的内涵层面背后,则是叙述调子中所呈露的"我"对"你"的深切的悲悯与怜惜。这是一种自我慰藉的心理和情绪。正是这种自我反馈的话语方式拒斥了与自我之外的大千世界的交流,它找到的不过是"我"与"另一个我"之间的封闭性的自足。

何其芳在《独语》的最后还是虚拟了一个倾听者:

> 于是,我的目光在窗上徘徊了。天色象一张阴晦的脸压在窗前,发出令人窒息的呼吸。这就是我抑郁的缘故吗?而又,在窗格的左角,我发现一个我的独语的窃听者了。像一个鸣蝉蜕弃的躯壳,向上蹲伏着,嚜默地。嚜默地,和着它一对长长的触须,三对屈曲的瘦腿。我记起了它是我用

[①] 萧乾:《给自己的信》,《萧乾选集》第3卷,第255页,成都:四川人民出版社,1984年。

> 自己的手描画成的一个昆虫的影子,当它迟徐地爬到我窗纸上,发出孤独的银样的鸣声,在一个过逝的有阳光的秋天里。

倾听者不过是"我"的手势描画成的昆虫的影子,它因而不构成与"我"交流的对象,而且连这昆虫的影子也在发出孤独的鸣声,一切都只是更深刻地加重"我"的抑郁感。这窗上的影子从根本上说,同样是自我的一个影像。

"独语"的内敛型语境的自我指涉性充分体现在"我"与窗上投影之间的"形影相吊"之中。又如史卫斯的《无声琴》:

> 我心独自抚着无声琴,
> 窗棂上描一个自己的影子。

再如徐迟的《年老的海盗》:

> 窗上有我的影子
> 穿着绒线衣,
> 蹀躞在窗子上
> 手演着姿势……

诗中的抒情主体是在窗上自己的影子中捕捉到"自我"的。主体似乎得到了确证,但实际上"我"看到的只是自己虚幻的投影,真实的主体在这种语境中是匮乏的。"蹀躞在窗子上/手演着姿势"的影子恰像一出皮影戏,我们从中看不到实实在在的演出者。影子的作用只在于使真实的存在变为真实的表象,它象征着一个失落的或者说缺失了的主体。从而这种自我指涉的独语式语境中对自我的确证不过是一种假想而已。

个体生命的境遇

《画梦录》所建构的独语的世界与五四时期的小品文形成了鲜明的对照。

五四时期的小品文中的经典语境是周作人在《雨天的书·自序一》中拟想的一种"闲话"的境界:

> 如在江村小屋里,靠玻璃窗,烘着白炭火钵,喝清茶,同友人谈闲话,那是颇愉快的事。

周作人赋予闲话以一种本土化的乡野气息。"江村小屋""靠玻璃窗",为"闲话"提供了稳定的居所;"烘白炭火钵""喝清茶",形成了温馨而闲适的对话环境。在这种优裕而闲适的气氛中,得二三好友,拥衾絮谈,乐而忘倦,自是"颇愉快的事"。这种率真畅怀的心态、平等自由的氛围,暗合着五四时期追求沟通、追求民主的文化环境。

如果说周作人式的"闲话"的氛围是"江村小屋"的安宁与温馨,那么《画梦录》中"独语"的背景却是孤独与空寂的:

> 晚秋的薄暮。田亩里的稻禾早已割下,枯黄的割茎在青天下说着荒凉。草虫的鸣声,野蜂的翅声都已无闻,原野被寂寥笼罩着,夕阳如一枝残忍的笔在溪边描出雪麟的影子,孤独的,瘦长的。他独语着,微笑着。他憔悴了。①

---

① 何其芳:《墓》,《何其芳文集》第二卷,第4页,北京:人民文学出版社,1982年。

"独语"世界的背景大都笼罩着类似的调子:或是在荒凉冷落的夜街上(《独语》),或是在深闭颓败的庭院中(《秋海棠》),或是在连天衰草的墓地前(《墓》),或是在夕阳残照的古道上(《弦》),或是在四壁萧然的斗室内(《梦后》)。读《画梦录》,心灵常常会笼罩在这种孤寂的情绪中,"独语"的境况常让人体味到一种"两间余一卒"(鲁迅:《题〈彷徨〉》)的旷古凄凉意味。

如果我们抽象掉这种"独语"情境背后的具体时代性因素,那么,"独语"最终呈现的是人类存在的一种处境和一种生命体验形式。和"对话"相反,如果说对话昭示了人类的群体属性,那么独语则是人类的个体性呈露。在对话中,作者的自我是在与他者的交流,获得他者的认同中确立的,而且隐藏着古老的人类心理症结,即与他人交流,得到他人认同的内容才是真实可靠的,才具有真理性。在"对话"的情境中隐含了一个更高的主体,那就是交流的双方或者多方渴望共同认知和占有一个整一的世界的心理感受本身。"独语"深处则是孤独的个体独自面对世界的心理体验。它拉开了与生存世界之间的距离,并在这种距离中确立了个体的生命存在。就像伽达默尔所说的那样,"单独"是人类个体存在的基本方式之一。"所谓的寻求单独,真正寻求的并不是单独,而是想长时间地思考某些问题而不受其他人的干扰。""单独对于人的灵魂有一种魅力,它几乎能唤醒一种醉意,这种醉意使人避开一切可能干扰这种亲近状况的事物。对单独的寻求其含义总是想固执于某种东西。"①

---

① 伽达默尔:《赞美理论》,夏镇平译,第124页,上海:上海三联书店,1988年。

这使人联想到了林语堂在三十年代所描绘的一种"孤游"的意境：

> 在大荒中孤游的人，也有特种意味，似乎是近于孤傲，但也不一定。我想只是性喜孤游，乐此不疲罢了。其佳趣在于我走我的路，一日或二三里或百里，无人干涉，不用计较，莫须商量。或是观草虫，察秋毫，或是看鸟迹，观天象，都听我自由。我行吾素，其中自有乐趣。而且在这种寂寞的孤游中，是容易认识自己及认识宇宙与人生的，有时一人的转变就是在寂寞中思索出来，或患大病，或中途中暑，三日不省人事，或赴荒野，耶稣、保罗、卢梭……前例俱在。①

林语堂想象的大荒中孤游的境遇也正是现代派诗人们在"独语"中所体验的世界。这是一种独自面对世界的体验，其中包含着一种寂寞的美感。尽管诗人们从中常常感到一种"不能忍耐"的大寂寞，但也更经常地咀嚼这种寂寞，或者像何其芳《独语》中所说的那样，有一种"珍爱"之中的对寂寞处境的审美化体验。正因如此，何其芳激赏歌德笔下"决绝的离开了绿蒂"，独步在阳光与垂柳的堤岸上的少年维特，并为维特"那寂寞的一挥手"油然而生一种感动，他也激赏"驱车独游，到车辙不通之处就痛哭而返"的阮籍，并渴望绝顶登高以"悲慨的一长啸"填满宇宙的寥阔；他更向往出游的印度王子的"一树菩提

---

① 林语堂：《〈大荒集〉序》，《林语堂文集》第十卷，第 386 页，北京：作家出版社，1996 年。

之荫",能够供自己在树下思索(《独语》)……正像李白诗中说的那样,"古来圣贤皆寂寞",何其芳凭借对往昔的文本中或遥远的历史上的人物的激赏,也使自己进入了"寂寞者"的行列。

戴望舒也是一个对寂寞有着切肤体验的独语者,在寂寥时低微而琐碎地絮语着"记忆"(《我的记忆》),在"独自的时候"谛听寂静的天籁,构成了戴望舒惯常的体验。如这首《寂寞》:

园中野草渐离离,
托根于我旧时的脚印,
给他们披青春的彩衣:
星下的盘桓从兹消隐。

日子过去,寂寞永存,
寄魂于离离的野草,
像那些可怜的灵魂,
长得如我一般高。

我今不复到园中去,
寂寞已如我一般高:
我夜坐听风,昼眠听雨,
悟得月如何缺,天如何老。

永存的寂寞已寄魂于野草,如影随形地伴随着诗人。正是在这无所不在的一种大寂寞的心态中,诗人试图领悟自然与宇宙的沧桑恒变,体验一种地老天荒的亘古之感。这寄魂于野草中的

"寂寞"是一种苍凉的寂寞,唯其无名无形,才愈发显得广袤与深沉。无论是"星下的盘桓",还是"夜坐听风,昼眠听雨",诗人都能够从中领悟自然的天籁与韵律,都能够体验到心灵与宇宙间的内在交响。

唯有诗人感到自己是独自一人面对广袤的宇宙与时空的时候,这种亘古的寂寞感才会如此沉重。"寂寞永存",它是一种挥之不去、弃之复来的感受。世俗的欢乐或许可以暂时压抑住这种寂寞感,但当诗人独自盘桓园中星下,或者独自听风听雨的时候,它便又悄悄潜上心头。《寂寞》昭示的是生命的个体性,连同"独语"以及"大荒中孤游",这种个体生命的生存境遇在这里已具有一种原型的意味了。在何其芳看来,无论是面壁十载的达摩老祖,还是深居简出的康德博士,无论是穷途痛哭的西晋阮籍,还是那个追问过"To be or not to be"的丹麦王子,都曾在这个世界上领略过深深的孤独和寂寞。也许人类的某些体验和感悟只能靠单枪匹马去获得,也许只有当一个人独自面对纷扰而荒凉的世界时,才能真正沉潜到生命的本质深处,去思考人的存在和人的处境,才能发现一个本真的自我。

"独语"的世界留给人至深印象的,正是这种生命的个体存在意识以及在寂寞中追索的冥想氛围。也许从诗人们的独语中概括出生命哲学内涵来根本是徒劳的,因为令人动心的不是其中的意蕴,而是年青的心灵对于抽象人生之域的那种探究的意向本身。这意向为读者提供了一种哲理空间和思索氛围,我们的心灵会因之隐隐地悸动,从而使我们的沉思默想也上升到一个神秘而抽象的世界里去,去想象一些"辽远的东西"。

"写不完的问号"

三十年代的现代派诗歌已失却了五四时代"我把全宇宙来吞了"那种郭沫若式的狂飙突进的扩张性和自信心。相反,在异乡跋涉的寂寞长旅中,时时袭上诗人们心头的是深深的迷茫感,诗歌文本中也由此常常流露出困惑、犹疑与思虑。表现在形式上,则是大量的设问句式。问询,构成了一代独语者另一种经典的姿态。

这是一批对人生以及大千世界充满各种各样思索与追问的青年人,而确切的答案往往是阙如的。人们的思索由此往往以设问的方式表现。于是,"独语"导致了"问询",而"问询"这种自我求索的方式也是诗人们在困惑之域无法解脱的必然结果。诗人们只能对未知人生提出自己的深深的思虑:

> 我觉得我是在单恋着,
> 但是我不知道是恋着谁:
> 是一个在迷茫的烟水中的国土吗,
> 是一支在静默中零落的花吗,
> 是一位我记不起的陌路丽人吗?
> 我不知道。
> 我知道的是我的胸膨胀着,
> 而我的心悸动着,像在初恋中。
>
> ——戴望舒《单恋者》

"随你到世界的边缘。"

> 但哪儿算世界的边缘呢？
>
> ——李广田《那座城》
>
> 欢乐是怎样来的？从什么地方？
> 萤火虫一样飞在朦胧的树荫？
> 香气一样散自蔷薇的花瓣上？
> 它来时脚上响不响着铃声？
>
> ——何其芳《欢乐》

或许没有一个别的时代像三十年代这样，青年诗人充满了怀疑与追索，并且在这种激烈的逼问中深怀一颗热切憧憬理想世界的心灵。这使得现代派的诗"包括了我们这个脆弱而又激烈，不安而且苦恼的世纪"，一个"有着许多历来未有的怀疑、否定、苦恼"的世纪。时代的苦闷形象地反映在诗人们"问询"的生动姿态里。

对这种"问询"的姿态更为自觉的大概是现代派诗人玲君。在诗集《绿》的前记中，玲君把自己的诗篇视作"一封封对于世界，人生及其所生活的人的问询"：

> 我写诗是"问讯"，我是"写着写不完带问话号的书信"，与我的客人，我的向导者：

> 到乐园的途径，
> 该从哪里走呢？[①]

[①] 玲君：《〈绿〉前记》，白以群等编：《玲君诗集——〈绿〉及其研究》，第4页，哈尔滨：黑龙江人民出版社，2006年。

"问询"不仅是玲君诗中一种贯穿性的话语姿态,更构成了诗人对诗歌本质的一种理解:它是追问世界、人生与一切生活着的人们的方式,它是探索乐园的途径,诗的价值与问询的姿态就是这样统一在一起。由此我们很容易理解玲君诗中为什么会充斥着"写不完"的"问号":

> 这黄金之林
> 会告了我藏着遗失了恋歌的宝地吗?
> ——《二月的NOCTURNE》

> 夏天不在彼岸吗,
> 还凄楚着什么哩,我的单恋女?
> ——《寂寞的生物》

> 多少个窗前装饰一盏明灯,
> 多少盏明灯并成一幅画中的真?
> ——《星》

尽管诗人对黄金世界、对彼岸、对光明的眷顾与期盼的情怀给上述诗句灌注了一种生机,可是一旦我们在频繁出现的设问句中捕捉到了问询的姿态本身,诗中内容性的部分就很可能一下子退隐在背景之中,而屡屡复现的问询的姿态更多地吸引了我们的视线。这些问询的姿态一次次地作用于我们的艺术感受,最终升华为一个具有原型意味的形象,与临水、对镜、凭窗、独语等一系列姿态叠加在一起,丰富着我们对一代诗人特有的精神特征的感知。尽管一个个具体的追问也许如诗人自己说的那样,

"有不少属于孩童的幼稚的问题"①,但其中总有令人怦然心动的东西。也许那正是虔诚的追索与问询的姿态本身更令人难以忘怀的。

这种姿态构成的是形式对内容的超越,这种姿态的形式感尤其体现在何其芳的问询中:"我能忘掉忧郁如忘掉欢乐一样容易吗?"(《黄昏》)"何以我又太息:'去者日以疏,生者日以亲?'是慨叹着我被人忘记了,还是我忘记了人呢?""谁曾在自己的网里顾盼,跳跃,感到因冥冥之丝不足一割遂甘愿受缚的怅怃吗?"(《独语》)读者一时间很难理清这些设问的脉络,只能意识到作者在问询的姿态本身。这些有点绕来绕去的问题或许只是何其芳的一种策略,证明他仅仅在思辨与逼问而已,至于这些问题能否得到解答,是不重要的,同时也是他所不关心的。其实,何其芳压根儿就无意于提供关于人生经验的具体答案,独语式的问询也不奢求一个倾听者的解答。尽管何其芳在当年有些反感他自己主攻的专业——哲学,但他选择的却无疑是最为明智的哲学家的方式。真正的哲学家永远只提出问题,或者像维特根斯坦那样"对于不可说的东西,必须沉默"②。

在何其芳的叩问中,透露着一种"青春的焦虑",或者像他自己说的那样,有一种"青春的骄矜,或者夸张"③。相比之下,

---

① 玲君:《〈绿〉前记》,白以群等编:《玲君诗集——〈绿〉及其研究》,第6页,哈尔滨:黑龙江人民出版社,2006年。

② 维特根斯坦:《名理论(逻辑哲学论)》,张申府译,第88页,北京:北京大学出版社,1988年。

③ 何其芳:《弦》,《何其芳文集》第二卷,第51页,北京:人民文学出版社,1982年。

南星的"问询"则显得宁静而平和,在探问的表情中流露出对世间万象的发自内心的同情与共感:

> 谁是主人呢?我询问着,
> 且细听有谁来解答。
>
> ——《遗忘》

> 然后我向它问询,
> 如果有风吹它的细枝落地,
> 如果它的尖叶子偶然地
> 受了一个行人的摧折,
> 如果它的旧巢倾颓了,
> 如果它从山中带来了
> 往昔的或近日的消息,
> 让它殷勤地对我讲述,
> 用对一个友人说话的声调。
>
> ——《诉说》

后一首诗《诉说》中诗人问询的对象,分别是负着白花的老树、新上架的牵牛、屋檐下的麻雀以及偶来的山鸟。问询的内容也尽是无关宏旨的琐细的小事情,在天真和单纯之中有着几分孩子气。南星更像一个对大千世界充满好奇与惊异的孩子,他以童心询问世界,因而也更容易从外部事物中获得更深层的契合。"我并不惊异坟园与我之契合,/我更愿对过路人/喃喃地讲述落枝声与黄昏鸟语。"(《守墓人》)"只去私听巷里行人的歌吟/或已成自然之音乐的木屐声,/我觉得自己和小巷契合,/是它们的老住客或老行客了。"(《巡游人》)南星在询问世界的同时也就使自我了无痕迹地融汇到世界中去。这种融汇对于大多数或者沉溺于镜像的自恋或者渴想辽远的国土的现代派诗人而言,多少是有些陌生的。

六　乡土与都市

> 我在晶耀的众美中患了孤冷的怀乡病,
> 我问:故乡,你新了多少,年青了多少?
> 因为梭发的我是年青的呵,
> 而我的心,原是田和桑树林。
>
> ——徐迟《故乡》

> 中国的一切城市,不管因它本身所处的地位关系,方在繁盛或业已衰落,你总能将它们归入两类:一种是它居民的老家;另外一种——一个大旅馆。
>
> ——师陀《〈马兰〉小引》

　　生存在乡土与都市的夹缝中的现代派诗人获得的是观照这两个地域的双重心态以及双重视角。他们一方面从都市中领悟的现代体验出发重新审视乡土生活形态,另一方面又以乡土作为背景和参照去反思都市现代文明。这种双向的审视和反思使他们无论对都市还是对乡土都建构起一种超越的视角。这种超越的视角是毕生固守乡土终老田园的人们无法企及的,同时也是缺乏乡土阅历的纯粹的都市产儿——譬如三十年代的一部分新感觉派作家——不曾获得的。

从某种意义上说,中国现代文学所讲述的故事,是关于乡土和都市的故事。乡土和都市的主题在古老的农业文明向现代转型的过程中占据着相对核心的位置。现代文学三十年中的浩繁文本,或多或少都关涉着这两个主题。这种情形在中国殖民化加剧、都市化迅速发展的三十年代的文学实践中显得尤为突出,而现代派诗人们由于乡土和都市的双重阅历,得以更加深切地感受两种文明方式的对峙,并把这种文明的对峙内化为心灵世界的错综复杂的体验。进入现代派诗歌的具体文本世界,读者所领略的,正是这种从文明到心灵的丰富景观。

荒废的园子

如果说,《圣经》中的伊甸园与弥尔顿笔下的"乐园"意象,意指着某种与俗世相对立的天上的世界,那么中国文化传统中的"园子""小园""后花园"一类的意象则相对匮乏这种宗教色彩。它们维系的不是天上,而更意味着一种"家园"的存在,有较强烈的"家"的色彩。在"园子"的意象中浓缩着的,往往是农业文明和宗法社会中家族文化的背景,从鲁迅笔下的"百草园"、师陀《果园城记》中的"果园",到萧红《呼兰河传》的"后花园"以及巴金的"憩园","园"的字眼儿中散发着一种浓郁的乡土气息,透露着一种天伦和亲情的乐趣,令远方的游子魂牵梦绕。如戴望舒的这首《小病》:

> 从竹帘里漏进来的泥土的香,
> 在浅春的风里它几乎凝住了;

小病的人嘴里感到了莴苣的脆嫩，
于是遂有了家乡小园的神往。

小园里阳光是常在芸苔的花上吧，
细风是常在细腰蜂的翅上吧，
病人吃的菜蕻的叶子许被虫蛀了，
而雨后的韭菜却许已有甜味的嫩芽了。

现在，我是害怕那使我脱发的饕餮了，
就是那滑腻的海鳗般美味的小食也得斋戒，
因为小病的身子在浅春的风里是软弱的，
况且我又神往于家园阳光下的莴苣。

小病中的诗人对家乡小园的神往是与具体的回忆联系在一起的。莴苣的脆嫩，芸苔花上的阳光，细腰蜂翅上的细风，雨后韭菜的嫩芽，充满着泥土和阳光的气息，使人可以捕捉到病中人思念中那绵软的柔情。

然而，现代派诗人所成长的三十年代，是老中国传统的宗法社会和家族制度在现代工业文明冲击下开始瓦解的时代。与此同时，一代年青人也纷纷走出了家园，告别了乡土，于是一个更有普泛性和时代性的意象出现了，那就是一系列"废园""荒园"与"深闭的园子"的意象。

五月的园子
已花繁叶满了，
浓荫里却静无鸟喧。

> 小径已铺满苔藓,
> 而篱门的锁也锈了——
> 主人却在迢遥的太阳下。
>
> ——戴望舒《深闭的园子》

迢遥的太阳下的主人已离开家园很久了。铺满苔藓的小径与锁已锈了的篱门都暗示着这是一个渐趋荒芜的园子。

林庚也写过一首《秋深的乐园》,诗中的抒情主人公是一个"断了线的纸鸢/于青得太高的天空上/飘荡"的形象,童年的乐园已成为"昔日之憧憬",于是诗人追问道:"秋深的乐园/如今荒芜到怎样了呢?"这使人想起戴望舒在《乐园鸟》里相似的问询:"那天上的花园已荒芜到怎样了?"诗人其实已被天上与乡土的两个花园分别放逐,成为两间悬浮的飘萍。

荒芜的花园所蕴含的不仅是乡土之梦的破灭,而且浓缩着诗人们对一个荒凉的时代的总体觉识。如顾雪茬发表在《现代》杂志上的《荒园》所传达的那样:

> 只剩了一片荒烟和芜草,
> 青春的遗骸已憔悴苍老,
> 呼吸着世纪陈腐的气味。
>
> 落叶背上驮来了秋的忧郁,
> 几株衰柳默默地惆怅着以往,
> 清丽的笑在记忆里消失了。
>
> 过去的荣华变成了荒落,

> 华丽的亭榭,玲珑的假石,……
> 如今都沉淀在蔓草和苍苔间了。
>
> 凄凉地又好像一个年老的病人,
> 身体已经干枯,面色已经黄瘦,
> 在秋风中吐着低微的喘息。

蔓草和苍苔间荒废的园子被诗人比喻成已憔悴苍老的"青春的遗骸",一个"年老的病人"。这种苟延残喘般的苍老,已经超越了对荒园本身的判断而指向对老态龙钟的乡土中国的总体性把握。而"世纪陈腐的气味"则显示出诗人高屋建瓴的视角,这是对一个衰落的时代的概括。在这个意义上,《荒园》这首诗暗合着 T. S. 艾略特在 1922 年写的长诗《荒原》中所凝聚的对第一次世界大战之后整个人类文明的总体反思①。尽管"荒园"的意象没有艾略特笔下的"荒原"那种宏大的气魄,但它却更贴近乡土中国的文明现状,更能凸显曾经辉煌过的华夏农业文明在新的世纪式微的历史命运。

"我带着岁月、烦忧和尘土回到那充满了绿荫的园子里去。我乃找到了一片荒凉。"②何其芳的笔下,也充斥着荒废的园子的意象。在《弦》中,何其芳写的是他的"庭园之思",当诗人在想象中重归乡土时,"宅后那座精致的花园已在一种长期的忽

---

① 参见孙玉石:《中国现代主义诗潮史论》第六章"现代派诗人群系的心态观照"中关于"荒原"意识的剖析,北京:北京大学出版社,1999 年。

② 何其芳:《〈燕泥集〉后话》,《何其芳文集》第二卷,第 60 页,北京:人民文学出版社,1982 年。

略中荒废了"。断井颓垣中沉埋了儿时的"无数的足迹,和欢笑,和幻想"。①何其芳的《迟暮的花》则书写了"我"从废弛的园子中体验到一种生命的衰老:"现在我在荒废的园子里的一块石头上坐着,沐浴着蓝色的雾,渐渐的感到了老年的沉重。"②何其芳在"画梦"期那生命的"荒凉的季节"里常去的一个地方正是这"荒凉的园子"③,荒凉的园子构成的是诗人感到苍老的心灵的对应物,荒废的氛围与主人公迟暮的内心感受之间是契合的。从这个角度上说,原初乡土意义上的荒园已经生成为何其芳心灵的一种恒常的背景,一种无法摆脱的格调,故乡的乐园的失落已经内化为诗人看待世界的一种荒凉的总体感受。

因而在何其芳这里,荒废的园子已不完全是一种乡土中现实的存在,它已经衍化为诗人一种特殊的思维的空间和氛围。它意味着一种阴郁的思想习惯,正像何其芳在《岩》中写的那样,"暮色竟涂上了我思想的领域"。再看《迟暮的花》中这段文字的语境氛围:

> 于是薄暮。于是我忧郁的又平静的享受着许多薄暮在臂椅里,在街上,或者在荒废的园子里。是的,现在我在荒废的园子里的一块石头上坐着,沐浴着蓝色的雾,渐渐的感

---

① 何其芳:《弦》,《何其芳文集》第二卷,第50页,北京:人民文学出版社,1982年。

② 何其芳:《迟暮的花》,《文季月刊》1936年第1卷第3期。

③ 何其芳:《树荫下的默想》,《何其芳文集》第二卷,第135页,北京:人民文学出版社,1982年。

到了老年的沉重。这是一个没有月色的初夜。没有游人。衰草里也没有蟋蟀的长吟。我有点儿记不清我怎么会走入这样一个境界里了。……我的思想从无边际的幽暗的飘散里聚集起来追问着自己。我到底在想着一些什么呵？记起一个失去了的往昔的园子吗？还是在替这荒凉的地方虚构出一些过去的繁荣，象一位神话里的人物用莱琊琴声驱使冥顽的石头自己跳跃起来建筑载比城？

可以看出，"我"到底在想着一些什么并不是重要的，更重要的是荒废的园子提供了一个以荒凉、幽暗为特征，可以使"我"展开联想的特定空间。诗人看重的是"荒园"固有的一种迟暮的联想氛围，可以直接移植到诗人的文本语境之中。荒园吻合的，是诗人的联想习惯，从而显示了一个现实世界中乡土意义上的存在物是如何深刻地渗入了诗人的心灵领域和思维领域。

这里形成的近乎一个阐释的循环。我们有些弄不清到底是乡土乐园的失落感决定了诗人荒凉的心理世界，还是内心荒凉的时代感受使诗人更倾向于认同"荒废的园子"的乡土情境。也许，这是一个没有太大区别的二而一的问题。

"荒废的园子"是诗人乡土之梦普遍破灭的一个表征。从此，真正的故乡的乐园只在想象和梦里。这就是故园之恋的永恒悲剧。故乡的乐园的失落加剧了三十年代青年人中普遍的迷茫感和幻灭感，这是一个动荡的年代里所不可避免的历史命运。沈从文这样概括这种时代特征："时代的演变，国内混战的继续，维持在旧有生产关系下而存的使人憧憬的世界，皆在为新的日子所磨灭。农村所保持的和平静穆，在天灾人祸贫穷变乱中，慢慢的也全毁去了。"①这与二十年代的鲁迅在小说《故乡》中更早传递的信息遥相呼应:"苍黄的天底下,远近横着几个萧索的荒村,没有一些活气。我的心禁不住悲凉起来了。"乡土的失落使二十世纪相当一部分中国文人失落了心灵的故乡,从而成为瞿秋白所概括的"薄海民"②。在瞿秋白眼里,中国城市里迅速积聚着各种"薄海民",文人以郭沫若为代表,他们由于丧失了与农村和土地的联系,也就丧失了生命的栖息地。而在乡土世界中,则留下大量"荒废的园子","荒废的园子"不过是这种变乱时代的一个缩影罢了。

几年后的抗战时期,萧红为这一代现代派诗人的故园之梦唱出了最后的挽歌:

> 从前那后花园的主人,而今不见了。老主人死了,小主人逃荒去了。
>
> 那园里的蝴蝶,蚂蚱,蜻蜓,也许还是年年仍旧,也许现在完全荒凉了。
>
> 小黄瓜,大倭瓜,也许还是年年地种着,也许现在根本没有了。
>
> 那早晨的露珠是不是还落在花盆架上,那午间的太阳是不是还照着那大向日葵,那黄昏时候的红霞是不是还会一会工夫会变出来一匹马来,一会工夫变出来一匹狗来,那

---

① 沈从文:《论冯文炳》,《沈从文文集》第 10 卷,第 101 页,广州:花城出版社,1984 年。

② 何凝(瞿秋白)编:《鲁迅杂感选集》序言,上海青光书局 1933 年 7 月版。"薄海民"(Bohemian),意指"小资产阶级的流浪人的智识青年"。

么变着。

这一些不能想象了。

——《呼兰河传》

古　城

在古老的乡土和现代的都会之间,"古城"获得的是介乎于"中间态"的时空定位。

从时间上看,它是农业文明向工业文明转型的边缘期;从空间上看,它是乡土向都市拓展的过渡带。这一切决定了"古城"之中蕴含了繁复的文化语义。

小说家师陀曾经说:"中国的一切城市,不管因它本身所处的地位关系,方在繁盛或业已衰落,你总能将它们归入两类:一种是它居民的老家;另外一种—— 一个大旅馆。"①当代的研究者发挥了这一见解:"人们在其中生活过的城市可分两类,一类犹如乡土,一类如同旅馆。"②从这一分类上说,古城是靠近乡土的,在古城中蕴含着乡土的广延性特征。

对相当一部分现代派诗人来说,"古城"是他们生存的真正的日常空间,古城的生活构成了他们常态化的生存处境。因此,现代派诗人笔下每每出现"古城"的意象。但令人多少有些惊

---

① 师陀:《〈马兰〉小引》,刘增杰编:《师陀研究资料》,第75页,北京:北京出版社,1984年。

② 赵园:《属于我的北大》,《精神的魅力》,第223页,北京:北京大学出版社,1988年。

讶的是,诗人们描写的古城的格调是极其相似的。这是一种衰落、凝滞的死水般的景象:

但长城拦不住胡沙
和着塞外的大漠风
吹来这古城中,
吹湖水成冰,树木摇落,
摇落浪游人的心。

邯郸逆旅的枕头上
一个幽暗的短梦
使我尝尽了一生的哀乐。
听惊怯的梦的门户远闭,
留下长长的冷夜凝结在地壳上。
地壳早已僵死了,
仅存几条微颤的动脉,
间或,远远的铁轨的震动。

逃呵,逃到更荒凉的城中,
黄昏上废圮的城堞远望,
更加局促于这北方的天地。
说是平地里一声雷响,
泰山:缠上云雾间的十八盘
也象是绝望的姿势,绝望的叫喊。
(受了谁的诅咒,谁的魔法!)
望不见落日里黄河的船帆,

望不见海上的三神山……

悲世界如此狭小又逃回
这古城。风又吹湖冰成水。
长夏里古柏树下
又有人围着桌子喝茶。

——何其芳《古城》

在何其芳的心目中,这座北方的旧都是荒凉的,它有着寒冷的气候和沙漠似的干涸,有着夕阳里闪耀着凋残的华丽的城阙和重门锁闭的废宫。它是诗人无法逃逸的地方,在"湖水成冰"以及"湖冰成水"的自然轮回中,古城一如死水般凝滞。这种荒凉与凝滞,正是乡土的核心特征之一种。又如李广田的《那座城》:

那座城——
那座城可还记得吗?
恐怕你只会说"不",
象夜风
轻轻地吹上破窗幕,
也许你真已忘去了
好象忘去
一个远行的旧相识,
忘去些远年的事物。
而我呢,我是个历史家,
总爱翻

厚重的旧书页,
去寻觅
并指点出一些陈迹,
于是,我重又寻到了——
当木叶尽脱,木叶
飘零时,
我重又寻到了
那座城:
城头上几点烟,
象梦中几朵云,
石壁上染青苔,
曾说是
一碧沧州雨。
城是古老的了,
古老的,又狭小的,
年久失修的城楼,倾颓了,
正好让
鸱枭作巢,
并点缀暮秋的残照。

无论是何其芳,还是李广田,都在北方古城的空间性存在中体验到一种古老而凝滞的时间感。染着青苔的石壁,年久失修的倾颓的城楼,都昭示了久远的时间流程,"暮秋的残照"使人想到了李白的词句"咸阳古道音尘绝","西风残照,汉家陵阙"。仿佛一切景象在遥远的汉代就开始沿承了。卞之琳的诗《西长安街》捕捉的则是"晚照里"长长的影子。"长"是诗中核心的视觉形象:"长的是斜斜的淡淡的影子,/枯树的,树下走着的老人的/和老人撑着的手杖的影子,/都在墙上,晚照里的红墙上,/红墙也很长,墙外的蓝天,/北方的蓝天也很长,很长。/啊!老人,这道儿你一定/觉得是长的,这冬天的日子/也觉得长吧?是的,我相信。/看,我也走近来了,真不妨/一路谈谈话儿,谈谈话儿呢。/可是我们却一声不响,/只是跟着各人的影子/走着,走着……/走了多少年了,/这些影子,这些长影子?"意味深长的是这段诗的结尾,空间性的存在一下子转化为时间性的存在,在"多少年"中,不变的仍是长长的影子。它浓缩的,其实是漫长的时间和空间,"长影子"所昭示的,正是一种亘古般的漫长感受。

"漫长"的体验中,传达了一种乡土生涯的广延性:既是空间的,又是时间的。它使人们在空间的范畴中不由自主地产生一种时间上的回溯感。如这首《古镇》:

  古世纪的建筑,古世纪的情调,
  旷原衬着一片谐和。
  狭狭的街道,稀稀的几家,
  悠长而冷落。

  徒追忆昔日的繁荣,
  衰草,颓垣,怅视着默默地想:
  三次兵燹,又两次的抢荒,
  在在呈现着凄凉。

  黄昏梦也似的披上,

> 人们做着古世纪的梦,
> 从梦里寻温柔与笑,
> 好刻上明晨回忆的甜蜜。
>
> 没有犬吠,
> 梆子响,寂寞。
> (尼庵里念佛婆敲着木鱼,
> 暮年人幽幽地叹息)

现时态中的古镇是寂寥而冷落的,同样是满目的衰草、颓垣,同样是悠长而荒凉。诗歌呈示着一幅静态的画面,"没有犬吠,/梆子响,寂寂"。只有结尾的两句似乎打破了古镇的沉寂,诗人似乎感觉到这两句与整首诗语境的不和谐,故而以加括号的方式处理。但事实上,正是尼姑庵里的木鱼声和老年人幽幽的叹息反衬了古镇亘古般的寂寥和荒凉。人们似乎只能在古世纪的梦里空忆昔日的繁荣,获得一种虚幻的心理慰藉。"古世纪的情调"提示着文本语境的追溯式意向,使人有一种生活在过去时代的感受。"古世纪的梦"正说明了这种向久远的世纪回溯的意向性。

卞之琳也写过《古镇的梦》:"小镇上有两种声音/一样的寂寥:/白天是算命锣,/夜里是梆子。"如同前一首《古镇》中尼庵里的木鱼和暮年人的叹息,这里的算命锣和梆子声同样是以动衬静,越发烘托出"古镇的梦"的寂寥。这种寂寥与其说是现时态的古镇给人的感受,不如说唤起的是一种久远的世纪意识,一种恒久不变的空寂感,一种乡土生活所固有的静止与凝滞。

"古镇"的意象可以说是"古城"的延伸,它们都是切近乡土的。凝滞与寂寥标志了它们恒定的一面,但同时也象征着"老家"的稳定感。如果说,"旅馆"一类的大都会是过客和浪子在人生长旅中小驻和歇脚的寓所,客居和动荡感是其固有的特征,那么作为"居民的老家"的古城和古镇则意味着永久性的居处,象征着恒久与安定的乡土。在古城中客居的诗人们从中获得的,是一种家一般熟谙的感受。它保持着乡土固有的为那些从乡土中走出来的诗人们所熟识的一切含义。你尽可以对它的死水般静止的生活厌倦、不满,也尽可以感叹它的衰落与颓败,但它往往比旅馆式的都会更能令你无法割舍,更容易使你产生无形的牵系。师陀曾这样谈论旧都北平:"凡在那里住过的人,不管他怎样厌倦了北平人同他们灰土很深的街道,不管他日后离开它多远,他总觉得他们中间有根细绳维系着,隔的时间愈久,它愈明显。甚至有一天,他会感到有这种必要,在临死之前,必须找机会再去一趟,否则他要不能安心合上眼了。"[1]正像叶落归根,游子都想死在故乡一样,这种与老北京的无形的维系之中,体现的也多半是对乡土般的依恋感。

> 但我却总想到
> 那座城,
> 城上的晴天
> 和雨天,
> 雨天的泥途上,

---

[1] 师陀:《〈马兰〉小引》,《师陀全集》第 2 卷(上),第 279 页,开封:河南大学出版社,2004 年。

> 两个人同打的
> 油纸伞，
> 更有那城下的松林，
> 林荫下的絮语和笑声。
> 那里的小溪，溪畔的草，
> 受惊的，草间的鸣虫……

在这首《那座城》的结尾，李广田追问："几时再回到那座城去呢？／几时再回到那座城去呢？"这重复的追问意味着诗人常常回旋在心底的正是回到古城的意念。这种回返的愿望中包含着十分复杂的情怀。诗人们从古城中体验到的，是一种弃绝与依恋相互交织着的感觉。这种感受在何其芳《古城》欲走还留，"逃到更荒凉的城中""又逃回这古城"的循环与犹疑中也同样得到充分的验证。这种复杂的体验标志着现代中国告别古老的乡土社会的过程必然是一个艰难的过程。"古城"在浓缩着民族式微的历史命运的同时，也象征着老中国所遗存的固有的富于人情味的传统。它是一个存活着的标本，在它的地层深处沉埋着古世纪的记忆中荣耀的历史，而在它的地表则负载着历史转型期一代漂泊在乡土与都市间的知识者艰难的心迹。

老 人

"老人"是现代派诗人笔下一个多少有些特殊的意象。它代表着诗人们与乡土世界割不断的精神维系，也透露出诗人们自身的某种心灵特征。

李广田与何其芳都堪称状写乡间老人的圣手。当他们离开故乡回溯自己在乡土度过的童年生涯的时候,经常浮现在记忆里的形象,正是乡间老人的形象。

于是,在李广田的笔下,出现了在嗡嗡作响的纺车声中说故事、唱村歌的老祖母(《悲哀的玩具》),喜欢一个人徘徊在荒道上、墓田间,寻找着野生花草的舅爷(《花鸟舅爷》),有着琐碎的昔日的记忆,永不会忘情于过去的好年月的"两个老头子"(《上马石》),还有那瞌睡似地俯在横琴上,慢慢地拨弄琴弦,发出如苍蝇的营营声的外祖父(《回声》)……

于是,在何其芳的笔下,出现了有着满脸的皱纹和发亮的白胡须的长乐老爹(《炉边夜话》),坚忍地过着衰微日子的算命老人(《弦》),在一个静静的日午向少女讲述自己年轻时的故事的柏老太太(《静静的日午》),被岁月压弯了背,老得不喜欢走动说话的发蒙先生(《私塾师》),还有那虔诚地在所有神龛前的香炉中插上一炷香,然后敲响圆圆的碗型钟磬的老仆人(《老人》)……

老人是乡土的真正的标识,在他们身上凝聚着乡土社会的文化记忆,代表着老中国千百年来恒定而不变的部分,同时也意味着使沉浸在回忆中的漂泊游子们在经历了动荡和陌生的都市体验后感到安定和熟识的心理依托,正像四十年代初客居香港的萧红在对长眠于故乡呼兰河的祖父的缅怀过程中才暂时超越了战时的现实处境一样。在现代派诗人关于自己故乡童年生涯的记忆中,最为熟悉的也许莫过于这些老人的形象,老人们不仅仅构成了诗人们笔下雕塑般的形象长廊,而且还潜移默化地塑造着一代青年人的主体心灵世界。

文学艺术创作中常常有这样的情形:当一个艺术家执迷

于某种创作对象的时候,他自己也往往自觉或非自觉地携带上这一对象的某些特征。现代派诗人在屡屡状写"老人"形象的同时,也就获得了与"老人"固有的某种精神属性的认同。这是一个对象与主体互为呈示的过程。因而,诗人们的笔端屡次复现"老人"的意象,还不仅仅因为老人身上积淀着诗人关于乡土的记忆,也不仅仅因为老人是他们更为熟悉的人物形象,而更取决于老人形象之中凝聚着诗人试图揭示的自身的心灵征象。

譬如戴望舒,他为自己确立的一个自画像便是"年轻的老人":

是呵,年轻是有点靠不住,
说我是有一点老了吧!
你只看我拿手杖的姿态,
它会告诉你一切,而我的眼睛亦然。

老实说,我是一个年轻的老人了:
对于秋草秋风是太年轻了,
而对于春月春花却又太老。

——《过时》

一般说来,老人拥有的是人生的阅历和经验,年轻人禀赋的是青春的朝气和激情,那么,一个"年轻的老人"似乎应该两者兼而有之了,然而在戴望舒这里,"年轻的老人"意味着双重的缺失与匮乏:"对于秋草秋风是太年轻了,/而对于春月春花却又太老。"这无疑是令诗人感到悲哀的形象,既丧失了青春期的浪漫

与激情,又不具备老人的沧桑与阅历。这一双重匮乏的形象由此构成了戴望舒对于自我的一种写照:

> 假若把我自己描画出来,
> 那是一幅单纯的静物写生。
>
> 我是青春和衰老的集合体,
> 我有健康的身体和病的心。
>
> ——《我的素描》

> 寒风已吹老了树叶,
> 更吹老少年的华鬘。
>
> ——《寒风中闻雀声》

> 是簪花的老人呢,
> 灰暗的篱笆披着茑萝;
>
> 结客寻欢都成了后悔,
> 还要学少年的行躁吗?
>
> ——《少年行》

正像纳蕤思临鉴于溪水,终至枯萎憔悴一样,年青的诗人也终于发现他的镜中影像在渐渐地衰老,不觉之中已生出华鬘。在前引的戴望舒的《过时》中,诗人从姿态到目光都呈现出一种老态。这种老态自然有夸大其词的成分,但更重要的是它暗示了一种精神上的衰老,一种心理体验上的衰老。诚如诗人陈江帆写的那样:"我遂有暗然的恋了,/载着十年的心和老的心。"(《百合桥》)这里的"老的心"连同戴望舒的"病的心",都标志着一种衰老的心态,这种心态甚至可以泛化到诗人对外界事物的观照之中:"乌鸦作老者之音,/人失落了岁月的青春。"(禾金《一意象》)诗人从乌鸦的叫声里听出了"老者之音",其实是丧失了青春岁月的心理感受在对象上的投射。这"老者之音"中,沉积了对诗人们来说太过于沉重的生命体验,尽管年青的诗人以老自况多少有点像何其芳说的那样,体现出"青春的骄矜,或者夸张"①,但仍然是一代诗人真实心迹的表露。

在何其芳那里,"老人"意指一种令诗人倾心向往的人生境界:

> 最后我看见自己是一个老人了,孤独地,平静地,象一棵冬天的树隐遁在乡间。我研究着植物学或者园艺学。我和那些谦卑的菜蔬,那些高大的果树,那些开着美丽的花的草木一块儿生活着。我和它们一样顺从着自然的季候。常在我手中的是锄头,借着它我亲密地接近泥土。或者我还要在有阳光的檐下养一桶蜜蜂。人生太苦了,让我们在茶里放一点糖吧。在睡眠减少的长长的夜里,在荧荧的油灯下,我迟缓地,详细地回忆着而且写着我自己的一生的故事……②

——《老人》

这种想象中的老人的生活,是顺从自然,接近泥土的乡间隐遁生

---

① 何其芳:《弦》,《何其芳文集》第二卷,第51页,北京:人民文学出版社1982年。

② 何其芳:《老人》,《何其芳文集》第二卷,第118页,北京:人民文学出版社,1982年。

活,具有老人的境界与乡土的生涯的双重诱惑,距离诗人的现实生存已跨越了一段青春到中年的生命历程。想象中的老人的境界,意味着一切都已逝去,一切都已有了着落。这种对自己老年阶段的过早的想象,其实是诗人逃避现实渴望乐土的心态的反映。

对于大多数刚过弱冠之年、涉世未深的青年人来说,老人的形象的自认,隐含着对自己病态的心灵和性格的反省。它揭示的是一代诗人耽于想象、拙于行动的本性以及无力直面惨淡人生的软弱的性格特征。这里不乏遭逢乱世以及漂泊际遇所形成的忧郁而颓废的时代情绪对于诗人个体感受的濡染。而从更深的文化传统的意义上说,老人的体验背后浓缩着汉民族趋向衰老的农业文明的深刻背景。相对于所谓"正常的儿童"的希腊文化,华夏文明是一种早熟的文明,当它经过数千年的发展和积淀,在面对西方现代文明强烈冲击的二十世纪无疑已显得有些老态龙钟了。现代派诗人笔下的老人的形象,正是乡土中国濒临衰老的历史状态在诗人个体身上的表现。"老人"固然意味着经验与成熟,但更意味着衰弱与惰性。而一代青年频频回首老人的形象,则标志着他们在心态上仍未真正走出古老的乡土文明,他们毕竟是"老中国"塑造的儿女。老人的形象,最终昭示着乡土世界的广延性在现代派诗人心灵深处的反映。

陌生的都市

《现代》杂志曾这样界定它所刊载的"现代的诗"以及"现代生活":

《现代》中的诗是诗。而且是纯然的现代的诗。它们是现代人在现代生活中所感受的现代的情绪,用现代的词藻排列成的现代的诗形。

　　所谓现代生活,这里面包含着各式各样独特的形态:汇集着大船舶的港湾,轰响着噪音的工场,深入地下的矿坑,奏着Jazz乐的舞场,摩天楼的百货店,飞机的空中战,广大的竞马场……甚至连自然景物也与前代的不同了。这种生活所给与我们的诗人的感情,难道会与上代诗人们从他们的生活中所得到的感情相同的吗?①

现代派诗人所面对的都市现代生活形态和"前代"以及乡土相对照,的确是迥然不同的。这是一种典型的现代工业和现代都市的生活图景。它必然要影响到诗人们的感情方式以及诗歌中的表现方式。"现代人在现代生活中所感受的现代的情绪,用现代的词藻排列成""现代的诗形",正是现代派诗歌从情感体验到艺术形式都力图适应于现代都市生活的具体体现。

　　但艺术发展的自身规律往往会表现出主观追求与客观实践的某种背反。前面引述的《现代》杂志的诗歌宣言代表了相当一部分都市青年诗人的主观趋向,或者说代表了他们在诗歌观念领域所自觉意识到的内容。但有意味的是,这种反映都市现代生活的所谓"现代"的诗歌,在现代派的创作实践中却并没有构成主体部分。1935年孙作云从总体上考察并估价了现代派诗歌潮流,他认为,"现代派诗中,我们很难找出描写都市,描写

---

①　施蛰存:《又关于本刊中的诗》,《现代》1933年第4卷第1期。

机械文明的作品",相反,现代派诗中更明显的倾向是"多写自然之美及田园之趣","如许多诗人写牧歌,写田园诗",因此,"骨子里仍是传统的意境"。① 孙作云的这种论断是大致符合现代派诗歌的历史原貌的。稍早一些时候,蒲风在《五四到现在的中国诗坛鸟瞰》一文中也以一种嘲讽的口吻得出与孙作云类似的判断:"现代"派诗在内容上,"因为他们中不少世家子弟,也不少农村里的或业已走到都市上的地主少爷,所以特多早年的美丽的酸的回忆,并且不时出现一些避世的虚无的隐士的山林的思想,什么黄昏呀,寂寞呀,故都呀:……凡封建诗人所常用的字眼,都常是他们的唯一的材料"。② 这里的"唯一的材料"等语未免失之片面,但至少证明在蒲风眼里根本看不到《现代》杂志所倡言的"现代的词藻"。尽管孙作云或者蒲风可能忽略了现代派诗中的都市题材,可是他们的观察的确反映了青年诗人的创作实际。可以说,在现代派诗中占据主导性地位的仍是故园的眷恋与乡土的追怀,诗歌的主导风格也是一种田园牧歌式的感伤抒情。

客观地说,现代派诗中仍有相当一部分是以现代都市社会作为抒怀写意的题材的。而考察这一部分诗作对于我们剖析诗人们对待都市的态度有着重要的心灵史价值。一个相当明显的倾向是:尽管诗人们对都市生活不乏倾心与投入,但更多的却表现出一种疏离、陌生甚至拒斥。譬如宗植的这首《初到都市》:

---

① 孙作云:《论"现代派"诗》,《清华周刊》1935年第43卷第1期。
② 蒲风:《五四到现在的中国诗坛鸟瞰》,杨匡汉、刘福春编:《中国现代诗论》,第217页,广州:花城出版社,1985年。

> 比漠野的沙风更无实感的，
> 都市底大厦下的烟雾哟：
>
> 低压着生活之流动的烟雾，
> 也免不了梦的泡沫之气息；
>
> 也会遇见熟识的眼吗？
> 街灯之行列，
> 沉落在淆乱空间观念的，
> 纵的与横的综错里了。
>
> 落叶也该有其萧瑟的，
> 然而行道树之秋，
> 谢绝了浪游者的寄情。
>
> 嚣骚，嚣骚，嚣骚，
> 嚣骚里的生疏的寂寞哟。

诗人是一个都市中的"浪游者"的形象，他眼中的都市，是一个"无实感"的存在，泛着梦的泡沫的气息。"空间"的淆乱与综错也转化为"观念"的综错，这意味着都市的空间场景在诗人主观意识领域的投射，带给诗人的是一种难以适应的错杂感受。"无实感"的都市体验昭示了诗人在都市的"生活之流动"中无法把握到实实在在的给予生命以具体确证的东西，连萧瑟的落叶也"谢绝了浪游者的寄情"，初到都市的诗人只能在喧嚣声中感到"生疏的寂寞"。

现代派诗人大多是这种都市中的陌生人,他们从眼花缭乱的都市的表象中最初获得的是"震惊"的体验。强烈地刺激他们的诸种感官的,是爵士乐的"颤栗的旋律","年红灯"的扑朔迷离,舞厅中女人的"肉味的檀色",以及绅士们的烟斗和"黑色的晚服"(子铨《都市的夜》)。诗人们应接不暇的,正是这视与听的感官印象,借助这些感官印象,诗人得以合成都市的外在表征。而内心深处,则是无法投入的疏离感。这使诗人宛若波德莱尔笔下的巴黎街头的张看者,以一双冷眼有距离地睇视琳琅满目的都市世界,思绪却从纷纭的都市表象中游离到不可知的远方。也正是这种心态上的游离,为这些都市诗人提供了更为超然的视角,从而使他们穿透都市的外表获得了那些沉迷于灯红酒绿的作为消费阶层的中产阶级无法意识到的关于都市文明的更本质的东西。正如本雅明说的那样,"大城市并不在那些由它造就的人群中的人身上得到表现,相反,却是在那些穿过城市,迷失在自己的思绪中的人那里被揭示出来"①。

徐迟正是这种"迷失在自己的思绪中的人",他有一首《春烂了时》:

> 街上起伏的爵士音乐,
> 操纵着蚂蚁,蚂蚁们。
>
> 乡间,我是小野花:
> 时常微笑的;

---

① 本雅明:《发达资本主义时代的抒情诗人》,张旭东等译,第6页,北京:三联书店,1989年。

随便什么颜色都适合的;
幸福的。

您不轻易地撒下了饵来。
钻进玩笑的网
从,广阔的田野
就搬到蚂蚁的群中了。

把忧郁溶化在都市中,
太多的蚂蚁,
死了一个,也不足惜吧。

这贪心的蚂蚁,
他还在希冀您的剩余的温情哩,
在失却的心情中,冀求着。

街上,厚脸的失业者伸着帽子。
"布施些;布施些。"

爵士音乐奏的是:春烂了。
春烂了时,
野花想起了广阔的田野。

诗人自喻为乡间的小野花,在田野中感到一种幸福和自足。但这朵"小野花"却从"广阔的田野"钻进都市"玩笑的网",成为爵士音乐所操纵的"蚁族"中的一员。诗中的"您"不妨可以看作张开"玩笑的网"的一个女郎,她的"玩笑"般游戏爱情的态度令诗人深感"忧郁",但他仍旧在"失却的心情"中冀求着女郎"剩余的温情",就像街头祈求布施的"厚脸的失业者"。这首诗在自伤自怜之外还同时体现出一种自嘲的心态,这使诗人得以游离出都市人群来审视"太多的蚂蚁"中的自己,体悟到自己原来不过是狂舞着的蚂蚁中微不足惜的"一个"。而"厚脸的失业者"的形象也同样可以说构成了诗人对自己在都市中扮演的尴尬角色的深刻体认。应该指出的是,这首诗在艺术上也许并不十分成功,思绪的错杂大概是都市中骚动的感受在诗行中的具体印证。但诗作却有一种心态上的认识价值。诗中表现出的是身居都市遥想乡土的姿态,诗人与其说已经"把忧郁溶化在都市里",不如说只有沉浸在对"乡间"的缅想的时候,才找到了心灵的真正慰藉。因而"野花想起了广阔的田野"构成了与街头爵士乐的旋律并行的另一种心灵的主调,这一调子在诗行中屡次复现,昭示了使诗人"迷失"其中的更内在的思绪。诗人对都市的讽喻和疏离感正是在与乡土的对照中强化的。

在现代派诗人描写大都会上海的诗中,林庚的《沪之雨夜》被废名誉为"一篇神品,也写得最完全"①。这是一首只有八行的诗:

> 来在沪上的雨夜里
> 听街上汽车逝过
> 檐间的雨漏乃如高山流水

---

① 废名、朱英诞:《新诗讲稿》,第348页,北京:北京大学出版社,2008年。

> 打着柄杭州的油伞出去吧
>
> 雨水湿了一片柏油路
> 巷中楼上有人拉南胡
> 是一曲似不关心的幽怨
> 孟姜女寻夫到长城

这首诗的奇特处或许在于诗人感受都市的方式。大概因为是在雨夜,诗人并没有呈现十里洋场光怪陆离的视觉性表象,而是以听觉去感知。诗人听街上汽车驶过,并从檐间的雨滴的声响中获得近乎知音般的会心和启悟,于是打着柄杭州的油伞出去了。读到这里,读者也许期望到了街上的诗人该使我们"看"一些什么,然而诗人的感受焦点仍集中在听觉上,抓住他注意力的是南胡的曲子,他从中联想到孟姜女寻夫到长城的传说。

值得深入挖掘的是诗中表现出的一种"诗性关注"。废名解释说:"上海街上的汽车对于沙漠上的来客一点也不显得它的现代势力了,只仿佛是夜里想象的急驰的声音,故高山流水乃在檐间的雨滴,那么'打着柄杭州的油伞出去吧'也无异于到了杭州,西湖的雨景必已给诗人的想象撑开了。"①这堪称一个独特的品评。在林庚的描写中,上海作为现代大都会的色彩已经被他淡化了,或者说诗人关注的本就不在"现代势力"这一层面。尤其在后半首诗中,"诗性关注"的焦点竟是一首他人也许并不关心留意的南胡曲,并从中把联想延伸到遥远的北方抑或

---

① 废名、朱英诞:《新诗讲稿》,第348页,北京:北京大学出版社,2008年。

遥远的古代。如果我们不是看到"沪上"的字眼,很难相信这首诗写的是作为大都会代表的上海。

诗人感受的方式本身标志了一种选择性。林庚之所以选择了檐间的雨滴、杭州的油伞以及一首幽怨的南胡曲,说明诗人更感兴趣的正是这些事物。这种"诗性关注"的重心所在尤其能够提示诗人的感受习惯甚至审美习惯。夸张一点说,隐藏在这种感受和审美习惯背后的,是一种文化心理。在《沪之雨夜》的意象层面深处,我们可以隐约捕捉到林庚对上海代表的"现代势力"的某种文化态度。

在废名看来,林庚的《沪之雨夜》虽然写在上海,写的是上海的雨夜,但却"目中无现代的上海"。"高山流水"的感怀与孟姜女寻夫到长城的本事都使这首诗超越了现代都市的时空而向古典文学世界的纵深里回溯。这种倾向不仅《沪之雨夜》独然,废名认为"林庚到江南去的诗都是'满天空阔照着古人的心'的诗"。似乎可以说,林庚是以一颗古人的心去感受现代都会的。这使他一方面很难在心理上融入大都市的生活形态,另一方面却也获得了一种超脱感和历史感,从而以历史的兴衰际遇为镜子,在现实中鉴照出更深沉的历史感兴。不妨再看林庚的另一首也写在江南的《风狂的春夜》:

> 风狂的春夜
> 记得一件什么最醉人的事
> 只好独抽一支烟卷了
> 窗外的佛手香
> 与南方特有的竹子香
> 才想起自己是新来自远方的

> 无限的惊异
> 北地的胭脂
> 流入长江的碧涛中了
> 风狂而且十分寂静的
> 拿什么来换悲哀呢
> 惊醒了广漠的荒凉梦

在南方特有的竹子香中,诗人突然又起"北地"之思。在"北地的胭脂"一句之后,诗人自己加了一个小注:"《匈奴歌》:'失我焉支山,令我妇女无颜色;失我祁连山,使我六畜不蕃息。'焉支即胭脂,原产北方,故有'南朝金粉,北地胭脂'之语。这时北平已如边塞那样荒凉,而到了南京上海一带却还犹如南朝的繁华;这局面又能维持多久呢!"[①]昔日"金粉"与"胭脂"的并置,到如今已衍化为繁华与荒凉的对比。林庚以南朝的繁华来比拟现代南方都会,在锦衣玉食、歌舞升平的表象背后,是一种难以为继的隐忧。在这首诗中,"古人之心"的感受方式同样给林庚带来了冷静而警醒的观照姿态。这或许正是作为大都市局外人的视角对现代都会的一种更为清醒的揭示。

两种时间

乡土生活的古老和凝滞,也同样充分地体现在诗人们对时间性的感受中。现代派诗人对时间主题的表达,也由此上升为

---

① 林庚:《林庚诗集》,第127页,北京:清华大学出版社,2014年。

一种艺术母题。

> 日光在蓖麻树上的大叶上。
> 七里蜂巢栖在土地祠里。
> 我这与影竞走者
> 逐巨大的圆环归来,
> 始知时间静止。
>
> ——何其芳《柏林》

何其芳自封为追日的夸父,离开家乡追着太阳,就像追逐梦中的幻影,当诗人拖着满怀疲惫重返乡土时,感受到的是时间在乡土空间中仿佛停住了。"时间静止"的感受一方面来自于诗人经历了一个离乡又重新归来的"圆环"般的过程,发现自己又走到了最初离开时的起点上,另一方面则由于乡土的生活仍像自己儿时那般凝滞:

> 我们十分惊异那些树林,小溪,道路没有变更。我们已走到家宅的门前。门发出衰老的呻吟。已走到小厅里了,那些磨损的漆木椅还是排在条桌的两侧,桌上还是立着一个碎胆瓶,瓶里还是什么也没有插。使我们十分迷惑:是闯入了时间的"过去",还是那里的一切存在于时间之外。①

这种"一切存在于时间之外"的感觉再恰当不过地概括了乡土中国的凝滞和惰性。何其芳用了三个"还是",突出的是时间的

---

① 何其芳:《哀歌》,《何其芳文集》第二卷,第38页,北京:人民文学出版社,1982年。

一种"过去"性,它标志着乡土的生活有一种"超时间"的难以变更的特征。这种"超时间"的感受在何其芳《画梦录》一篇题为《静静的日午》的散文诗中可以得到更具体的印证。

《静静的日午》描写的是游子归乡之前的一个中午,柏老太太絮絮地向一个女孩子讲述她少女时代的故事:

> "我从前住在一个北方城市里,"柏老太太说。
>
> 垂手听着的女孩子笑了。这位老太太说她的从前总是这样开始的。
>
> "我现在记起了那个城市,"柏老太太坐下一把臂椅。"它是几条铁路的中心。我住的地方白天很清静,到了晚上,常有一声长长的汽笛和一阵铁轨的震动,使我想着很多很多的事情。后来我读了一位法国太太写的一本小书,一个修道院的女孩子在日记写道:车呵,你到过些甚么样的地方?那儿有些甚么样的面孔?带着多么欢欣又忧愁的口气。我觉得我就是那个年青的苍白的修道女。那时我读着很多很多的书,读得我的脸有点儿苍白了。"①

整篇故事就在这平淡而芜杂的不知多少次重复过的讲述中结束了。它讲述的是老人和少女的故事。无论老人和那个"垂手听着的女孩子"在年龄上有多大差异,她们的故事都永远在想象和书本里。就像柏老太太所追述的"年青的苍白的修道女",只有在对呼啸而逝的列车的垂询中寄托对世界的惊异和渴望一

---

① 何其芳:《静静的日午》,《何其芳文集》第二卷,第52—53页,北京:人民文学出版社,1982年。

样。而最终,一切都被何其芳精心选择的题目"静静的日午"这一个时间范畴凝固住了:"'我觉得时间静得可怕。你听,甚么声音也没有。'""是的,树叶子没有声音,开着的窗子也没有声音。全乡村都仿佛入睡了,在这静静的日午。"静静的日午构成的仿佛是一个漫长的影片中的一个同样漫长的定格。于是静止的时间的主题又重现了。于是柏老太太的讲述便有一种白头宫女寂寂述说汉宫秋月的历史沧桑意味。而总有那么一天,年少的宫女也会鬓发如霜遥对汉家陵阙向同样年少的宫女讲述玄宗或她自己的故事。少女是老人的过去,而老人则是少女的未来。"静静的日午"便象征着这种命定的恒常。"日午"所标识的瞬间却展示出时空的凝滞性。一切都像在故事中被讲述一千年了。

可以想象,当一代青年从凝滞的乡土来到大都市之后,最深刻的观念变革之一就是时间观以及时间感受的改变。大都会快速的生活节奏转化为时间节奏,一下一下地敲击着诗人们已适应了乡土时间的心灵。而时间感受是怎样转化为文学主题的呢?你会发现不少诗人都写到大上海的"海关钟"的意象。

> 当太阳爬过子午线,
> 海关钟是有一切人的疲倦的;
> 它沉长的声音向空中喷吐,
> 而入港的小汽船为它按奏拍节。
>
> ——陈江帆《海关钟》

海关钟的钟摆应和着入港的小汽船的节奏,尽管诗人试图传达的是都会中人的"疲倦"感,但是海关钟依然隐含着某种都市的内在节律、节奏或者说节拍。人们很容易从"子午线""海关钟"和"按奏拍节"的"小汽船"这一系列都市意象中感受到一种与乡土时空相异质的时间与空间。

上海海关钟楼落成于1927年12月,曾是上海外滩最高的标志性建筑物。钟楼上的海关钟则位列亚洲第一,世界第三,仅次于英国伦敦钟楼大本钟(Big Ben)和俄罗斯莫斯科钟楼大钟。英国现代女作家伍尔夫的小说《达罗威夫人》一开始的场景就写到了大本钟的音响:"听!钟声隆隆地响了。开始是预报,音调悦耳;随即报时,千准万确;沉重的音波在空中渐次消逝。"①在伦敦听这座建于1859年的大钟的报时已经成为伦敦人日常生活中不可或缺的一部分。而在中国的现代派诗人这里,外滩的海关钟则与文学中的现代时间感受和都市体验紧密相联。外滩的海关钟与位于伦敦威斯敏斯特广场国会大厦顶上的大本钟出自同一家工厂,结构也一模一样,在某种意义上也是上海追慕西方都市进程的一个缩影。它也具象化了现代派诗人的都市感受,不仅仅是都市代表性景观,而且把无形无踪的时间视觉化了、节奏化了,变成一个似乎可以把捉住的有形的东西。试看徐迟笔下的海关钟:

> 写着罗马字的
> I II III IV V VI VII VIII IX X XI XII
> 代表的十二个星;
> 绕着一圈齿轮。

---

① 伍尔夫:《达洛卫夫人到灯塔去》,孙梁、苏美、瞿世镜译,第4页,上海:上海译文出版社,1997年。

夜夜的满月，立体的平面的机件。
贴在摩天楼的塔上的满月。
另一座摩天楼低俯下的都会的满月。

短针一样的人，
长针一样的影子，
偶或望一望都会的满月的表面。

知道了都会的满月的浮载的哲理，
知道了时刻之分，
明月与灯与钟的兼有了。

——徐迟《都会的满月》

诗人把海关钟比喻为"贴在摩天楼的塔上的满月"，这"夜夜的满月，立体的平面的机件"，使抽象的时间变得具体可感了。同时它建立了时间与视觉性、空间性的联系，这就是"明月与灯与钟的兼有"的复合型景观，从而使空间与时间在海关钟上得到统一。乡土生活空间那种"存在于时间之外"的感受在这里不复存在了，因为都市生活总会提醒你时间的存在，海关钟就是时间存在的具体表征。因此，在有的诗人眼里海关钟是一种现代文明的奇迹。比如刘振典的《表》，写海关钟的"铁手在宇宙的哑弦上/弹出了没有声音的声音"。时间本来是没有声音的，但海关钟的指针仿若铁手，替宇宙发出关于时间的声音。在这首《表》中，刘振典进而表达了对海关钟的"惊奇"，这种"惊奇"——

> 想我们的远祖怕也未曾梦见,
> 沉默的时间会发出声音,语言,
> 且还可辨出它的脚迹跫然。

沉默而无形的时间由于钟表的发明可以在视觉甚至听觉上得以直观"辨出",但诗人可能没有想到,一旦人类在空寂的宇宙间创造出了具有声音和动感的时间,使时间留下可以辨出的跫然的"脚迹",这种机械的节奏便会不依赖于人的意志而自动地嘀嗒下去,那由"立体的平面的机件"所构造的机械的存在,也会异化为人类的一种机械的秩序和铁律。

再看辛笛的《对照》:

> 罗马字的指针不曾静止
> 螺旋旋不尽刻板的轮回
> 昨夜卖夜报的街头
> 休息了的马达仍须响破这晨爽
> 在时间的跳板上
> 灵魂战栗了

最后一句中"灵魂"的意象值得注意。"灵魂"为什么会"战栗"?它感受着不曾静止的指针刻板的轮回,领受着震破清晨的马达声,最终感受到的,是时间本身的"声响"。都市时间是不曾静止的,不像乡土时间给人以止水一般的安宁,而是带给你一种战栗感。诗人表达的"灵魂的战栗"富于启示性,说明外在于人类的时间以及自在的时空是不存在的,时间和空间只存在于人的感受之中。这使人联想起徐迟的《都会的满月》中那两个富于奇思异想的比喻:"短针一样的人,/长针一样的影子,/

偶或望一望都会的满月的表面。"这一比喻在时间的流程之中引入了人类的形象本身。人们从机械的"满月的表面"不仅"知道了时刻之分",也知道了它所"浮载的哲理",知道了机械的具体存在。从中至少可以令人联想到卓别林的电影《摩登时代》的经典镜头:在机床上快速操作的双手与时钟的指针叠加在一起,隐喻着一个机械时代的来临。这就是所谓的现代时间。墨西哥诗人帕斯认为恰恰是这种现代时间,已经使我们成了流浪者,无休止地被驱逐出自身。① 时间意味着动荡和漂泊,意味着一切不安定因素的根源。这种不安定感是随着"现代"的字眼同时出现的,或者说,正是"现代"使时间的意识空前强化。所以西方哲学家说"'有时间性'是现代人的视界,一如'永恒'是中世纪人的视界一样"②。而海关钟的指针,这时间的铁手,正是现代性和都市体验的具象化表征。

与海关钟相类似的一个意象是"夜明表"。在《钥匙》一诗中,诗人刘振典想象困顿于风涛的渔人追逐一把失落的钥匙所象征的希望的闪光,继而把这一闪光喻为夜明表的光亮:

> 我睁眼见了渔夫所追的闪光
> 正落于自己枕边的夜明表上:
> 夜明表成了时间的说谎人,
> 烦怨地絮语着永恒的灵魂。

---

① 帕斯:《批评的激情》,赵振江译,第253页,昆明:云南人民出版社,1995年。
② 威廉·巴雷特:《非理性的人》,段德智译,第55页,上海:上海译文出版社,1992年。

令人费解的是为什么夜明表成了"时间的说谎人"？夜明表似乎述说的是关于灵魂的"永恒"，但其实它的秒针的每一下轻响都诉诸瞬间性，所以永恒只是一种幻觉，有如一粒沙中见天国一样。表的存在只昭示了时间的相对性和时间的流逝性本身。从本质上说，时间并不是人的拯救者，它更多的是使人产生一种失去的悲哀，甚至是现代人焦虑的根源。因此卞之琳有诗云：

　　别上什么钟表店
　　听你的青春被蚕食

　　　　　　　　　　——《圆宝盒》

钟表店里无数的表在流逝着无数的时间，好像人的青春生命也被一点点地蚕食。诗人以拒斥的方式表达着钟表意象所蕴含的深刻的现代寓意。而"表"的意象，更为卞之琳所酷爱。对执着于时间的"久暂之辨"和空间的"相对之辨"的卞之琳来说，"表"的意象本身就具象化地负载着时空意识，成为表达诗人奇思妙想的最好的载体。如他的《航海》：

　　轮船向东方直航了一夜，
　　大摇大摆的拖着一条尾巴，
　　骄傲的请旅客对一对表——
　　"时间落后了，差一刻。"
　　说话的茶房大约是好胜的，
　　他也许还记得童心的失望——
　　从前院到后院和月亮赛跑。
　　这时候睡眼蒙眬的多思者

> 想起在家乡认一夜的长途
> 于窗槛上一段蜗牛的银迹——
> "可是这一夜却有二百浬?"

诗人拟设的是航海中可能发生的情境。骄傲而好胜的茶房懂得关于航海的时差知识,知晓一夜航行的空间距离中已蕴含了时间上一刻钟的误差,因而骄傲地让旅客对表,这一行为多少有点可笑,其中不无些许炫耀,但航海生涯毕竟给他带来了严格的时间感。这种对于时差的认知在茶房从前院跑到后院和月亮赛跑的童年时代是不可想象的。同样唤起了故乡记忆的是轮船上的"多思者",在睡眼蒙眬中,"多思者"意识到轮船在一夜之间已航行了二百海里,而同是一夜的长度,在自己的家乡,蜗牛却只在窗槛上留下短短的一段银迹。这里昭示的是航海与乡土两种可堪对照的时间和空间。《航海》由此试图表达的正是一种时空的相对性。

"多思者"这个人物身上,多少投射了诗人卞之琳自己的影像,而"多思者"从一段蜗牛爬过的痕迹上去"认一夜的长途",则使人联想起卞之琳在《还乡》一诗里写到的祖父:

> 好孩子,
> 抱起你的小猫来,
> 让我瞧瞧他的眼睛吧——
> 是什么时候了?

这种从猫的瞳孔在一天里的变化分辨时间,构成了乡土时间意识的忠实写照,波德莱尔在《巴黎的忧郁》的《钟表》篇里开头即说"中国人从猫的眼睛里看时间"①,也间接透露出波德莱尔把这一乡土习惯指认为中国人带有普遍性的民族特征。我们透过《航海》中"多思者"对家乡的想象最终捕捉到的是都会与乡土两种时间观念的对比。而在时间意识背后,则是两种生活形态的对比。再如卞之琳的《寂寞》:

> 乡下小孩子怕寂寞,
> 枕头边养一只蝈蝈;
> 长大了在城里操劳,
> 他买了一个夜明表。

> 小时候他常常羡艳
> 墓草做蝈蝈的家园;
> 如今他死了三小时,
> 夜明表还不曾休止。

小时候养的蝈蝈和长大后买的夜明表,形象地反映了两种文明方式。这首诗特出的地方尚不在于对时间、空间抑或城市文明和乡土文明的反思,而在于卞之琳借助于"夜明表"引起的联想,使两种时空并置在一起,形成了一种对比性。其中诗人的价值观上的倾向性已经不重要了,重要的是这种对比本身。而中国在从古老的乡土文明向新世纪的工业文明转型期的丰富而驳

---

① 波德莱尔:《巴黎的忧郁》,亚丁译,第51页,桂林:漓江出版社,1982年。卞之琳把这一句翻译成"中国人从猫眼里看时辰。"卞之琳译:《紫罗兰姑娘》,《中国翻译名家自选集·卞之琳卷》,第2页,北京:中国工人出版社,1995年。

杂的图景,在《航海》和《寂寞》两首诗对时间的辩证思考中,获得了一种具体而微的呈现。

现代派诗人笔下的时间主题因此成为透视二十世纪中国都市和乡土之间彼此参照和互相依存关系的最具有典型性的主题形式。

七 有意味的形式

于是我很珍惜着我的梦。并且想把它们细细地描画出来。

——何其芳《扇上的烟云》

我喜欢一些唐人的绝句,那譬如一微笑,一挥手,纵然表达着意思但我欣赏的却是姿态。

——何其芳《梦中道路》

学界通常把何其芳的《画梦录》和鲁迅的《野草》等写作体式称为"散文诗"。从文体学的角度看,中外的现代散文诗传统与法国象征派诗人波德莱尔《巴黎的忧郁》有极深的渊源。《巴黎的忧郁》又称"小散文诗",它为散文诗这一文体赋予了新的活力。此后,法国作家罗特里阿蒙(Lautreament)的《玛尔佗萝之歌》、兰波(Rimbaud)的《地狱中的一季》和《灵感》、马拉美(Mallarmé)的《呓语》等都受到波德莱尔的影响,进一步发展了现代西方文学中的散文诗传统①,也正是波德莱尔,为散文诗这一体式奠定了特殊的题材领域。日籍英国评论家小泉八云(Lafcadio Hearn)曾这样评价波德莱尔：

> (波德莱尔)坚信诗化的散文也可以使用于某些特殊的题材而取得良好的效果——这些题材例如梦幻,遐想,人在孤独寂寞中,没有外界的活动干扰他的冥想时的思绪,等等。他的随笔、小品全是这些遐想、梦想和幻想。②

有中国现代评论家也认为："波德莱尔的散文诗,就只有在叙述简短的梦幻时最为适宜。"③这些观点都试图说明"散文诗"与冥想和梦幻之间具有某种对应性。

中外现代散文诗创作都表明了散文诗这一体式与"梦"之间深缔的因缘。鲁迅的《野草》有大半篇幅都写了梦,其中有七篇直接以"我梦见"开头。唐弢的散文诗集《落帆集》中第一篇即为《寻梦人》,整部《落帆集》也堪称作者的梦幻之旅。何其芳在《画梦录》代序中说："我很珍惜着我的梦,并且想把它们细细地描画出来。"这就是《画梦录》题目之所由来。

在何其芳这里,更值得分析的是他如何画梦。在《梦后》中何其芳这样写道：

> 孩提时看绘画小说,画梦者是这样一套笔墨:头倚枕

---

① 参见普实克著,李欧梵编：《抒情与史诗》,郭建玲译,第54页,上海：上海三联书店,2010年。

② 小泉八云：《波德莱尔》,《小泉八云散文选》,第238页,天津：百花文艺出版社,1994年。

③ 卜束：《散文与诗》,《青年界》1947年第3卷第5号。

上,从之引出两股缭绕的线,象轻烟,渐渐向上开展成另外一幅景色。叫我现在来画梦,怕也别无手法。不过论理,那两股烟应该缭绕入枕内去开展而已。①

传统绘画小说对何其芳画梦的方式起了很大的影响。他自己的小小的革新("那两股烟应该缭绕入枕内去开展")也使人想到《枕中记》和"游仙枕"的古典传奇故事。

而"梦"所禀赋的形式感是令何其芳着迷的一个重要原因,正像他在《画梦录》中改写唐传奇《南柯太守传》,改写后的《淳于棼》更关注于做梦本身而把《南柯太守传》的主体部分——淳于棼的梦中情节———一笔掠过一样。在这里"做梦"甚至比梦的内容更重要,也更有意味。现实中的淳于棼只睡了短短的半个下午,但梦中却倏忽间历尽了一生。这正是梦的形式本身固有的特征和魅力。"梦"因此是英国美学家克莱夫·贝尔(Clive Bell)所谓的一种"有意味的形式"②。

梦

何其芳对梦的"形式意味"本身的关注,有着对艺术的形式与灵氛③的自觉,这种自觉有时甚至超越了对内容的重视。正像何其芳在《梦中道路》一文中所夫子自道的那样:"渐渐地在

---

① 何其芳:《梦后》,《画梦录》,第25页,广州:广东人民出版社,1981年。

② 参见克莱夫·贝尔:《艺术》,周金环等译,北京:中国文联出版公司,1984年。

③ 或译"灵韵"——借用本雅明的一个术语。

那些情节和人物之外我能欣赏文字本身的优美了……我惊讶，玩味，而且沉迷于文字的彩色，图案，典故的组织，含意的幽深和丰富。""我喜欢一些唐人的绝句，那譬如一微笑，一挥手，纵然表达着意思但我欣赏的却是姿态。"①也正像影响了何其芳的小说家废名说过的那样："人生的意义本来不在它的故事，在于渲染这故事的手法。"②而"梦"恰恰是"故事"与"手法"的浑然一体，是一种内含了内容的"形式"。梦由于它固有的形式特征而备受中外艺术家青睐，由此成为一个在诸多文本中得以微观化、形式化以及具体化的诗学范畴。

　　对中国古典文学传统的态度和选择构成了中国现代文学三十年中持续面对的问题线索。五四激进的反传统主义姿态尽管极大地影响了中国现代作家对文学传统的判断与评价，但依然有相当一部分作家对古典文学几千年的璀璨光影频频回眸。到了三十年代，对传统文学的吸纳与借镜成为与现代性、左翼政治、新都市文化兴起同样值得重视的一个文学思潮。在诗歌领域，一同就读于北京大学的"汉园三诗人"卞之琳、李广田、何其芳对古典中的幻异与含蓄美学的反顾尤为引人注目。其中何其芳在散文诗《画梦录》中对中国古代志异文本的改写最具文学审美姿态的征候性，从中可以探讨现代作家为何选择古典文本、古典文本怎样进入现代语境以及传统经由何种路径被现代化等一些堪称重大的文学史议题。

　　1912年生于四川的何其芳，童年时代的传统教育奠定了他

---

① 何其芳：《梦中道路》，《刻意集》，上海：文化生活出版社，1938年。
② 王风编：《废名集》第一卷，第569页，北京：北京大学出版社，2009年。

与古典文学的渊源。何其芳回忆说,在他12岁到15岁的私塾教育中,"教会我读书的","是那些绣像绘画的白话旧小说以至于文言的《聊斋志异》"。①虽然何其芳后来被看作三十年代现代派诗人群体的一员,但他与诗友卞之琳一样,追求在诗歌的现代意绪中同时深藏古典文学的旨趣。何其芳名噪一时的散文诗集《画梦录》更是深刻地浸润了中国古典文学的氛围,其渊深的古典情趣、梦幻般的迷离语境都令人联想到中国古代志异传统。其中一篇与书名同题的散文诗《画梦录》包括三个独立的故事——《丁令威》《淳于棼》以及《白莲教某》,正是对三篇中国古代志异故事的改写。《丁令威》取材于《搜神后记》;《白莲教某》取材于蒲松龄的《聊斋志异》;直接处理"梦"的题材的《淳于棼》取材于唐传奇《南柯太守传》,是《画梦录》三章中写得最出色的一篇。

从何其芳改写后的《淳于棼》可以看出,他把《南柯太守传》中淳于棼梦里的大段内容都省掉了。淳于棼在梦中从蚁穴进入槐安国,尚了公主,出守南柯郡,等等,这些梦中情节是原来故事的主体部分,却被何其芳几句话带过。这种大幅度的删减或许出于何其芳对李公佐的《南柯太守传》这部小说最有魅力或者说最具想象力的部分之体认。《南柯太守传》中淳于棼梦中的情节固然精彩,但小说最有独创性的尚不是梦中故事,而是结尾淳于棼梦醒之后从蚁穴中穷究根源的部分。鲁迅在《中国小说史略》中称这一部分"假实证幻,余韵悠然"(《中国小说史略·

---

① 何其芳:《我们的城堡》,《何其芳文集》第二卷,第105页,北京:人民文学出版社,1982年。

唐之传奇文(下)》),而何其芳最感兴趣的也恰恰是这一部分。改写后的文本侧重的正是淳于棼梦醒后对梦的回顾与自省,是淳于棼"浮生若梦"的心理体验和感悟:

> "在那梦里的国土我竟生了贪恋之心呢。逸言的流布使我郁郁不乐,最后当国王劝我归家时我竟记不起除了那国土我还有乡里,直到他说我本在人间,我憮然想了一会才明白了。"

何其芳在省略了原著中大量梦中情节的同时,突出的正是这种亦真亦幻、庄生梦蝶般的体验本身,堪称对李公佐原著精神的精准提炼和把握。

中国古典小说中的叙事时间一般都遵循线性时间,即按照故事发生的前后顺序从头到尾来讲故事。时间有如一条没有中断的直线。《南柯太守传》的叙事时间正是如此。而何其芳的《淳于棼》则打破了原来故事的时间。改写之后的文本被何其芳用空行的方式分为五个部分,如果按原小说的时间顺序排列,应该是《淳于棼》的第四部分("淳于棼大醉在宴席上")排在最前面,这是原小说的线性叙事中最先发生的事件。按这种原小说从先到后的线性时间重新排列《淳于棼》,顺序如下:

第四部分(淳于棼大醉在宴席上)

第二部分(淳于棼惊醒在东厢房的木榻上)

第一部分(淳于棼弯着腰在槐树下)

第三部分(淳于棼蹲着在槐树下)

第五部分(淳于棼徘徊在槐树下)

如果我们不熟悉李公佐原来的故事,会很难弄清何其芳改写之后"故事时间"上的先后顺序。但这种打乱时间顺序的写法显然是何其芳的有意为之。何其芳既然是在"画梦",那么对线性时间的打破显然更符合于梦的逻辑。梦中的时间往往是"非线性"的,是无序的。在何其芳这里,线性时间的打破不仅是讲故事方式的改变,也是故事背后的时空意识的重塑。线性时间是历时性的,遵从逻辑因果律,把事件看成是有内在因果关系的连续体,既有前因,就有后果,从而是从发生到发展再到结局的有规律的过程。人们往往就是借助于因果律来把握事件的内在规律性。而何其芳表现出来的是一种共时性的时间观,是时间结构的空间化。作家可以在"叙事时间"中自由出入,就像进入了一个大厅,大厅四周有无数的小房间,他可以任意进出于其中的任何一个,完全不必考虑顺序。何其芳也正是这样重新组合了故事的时间段,使时间遵循于梦的逻辑,从而具有了一种心理性质,成为一种文本中的想象性的存在。

如果说在《丁令威》中何其芳凸显了原著中的一种具有相对性的时间观,那么在《淳于梦》的改写中也同样突出了原小说中具有思辨性的相对主义哲学意识,即《淳于梦》中所概括的"大小之辨"和"久暂之辨":

> 淳于梦的想象里蠕动着的是一匹蚁,细足瘦腰,弱得不可以风吹,若是爬行在个龟裂的树皮间看来多么可哀呵。然而以这匹蚁与他相比,淳于梦觉得自己还要渺小,他忘了大小之辨,忘了时间的久暂之辨,这酒醉后的今天下午实在不像倏忽之间的事。

在淳于梦忘了"大小之辨"与"久暂之辨"的同时,何其芳却体悟到一种源于庄子的深刻的相对主义时空意识。这种时空相对性的理念正是《南柯太守传》所内含的哲学主题。李公佐笔下的"梦中倏忽,若度一世矣"即反映了这种久暂之辨。《丁令威》中仙界时间与尘世时间的对比也透露出这种时间之维的相对性。而大小之辨的主题则浓缩在蚁穴王国的惊人想象中。梦中的槐安国实际上是由蚁穴所构成,这种蚁穴中的王国,使人联想到庄子笔下蜗牛角上为争夺领土而战的两个国家。在《淳于棼》中,主人公觉得自己比一只蚂蚁还要渺小,作者何其芳也正是借助人物的这种心理感受强化大小之辨的哲理体验。《画梦录》的第三篇《白莲教某》所本之蒲松龄《白莲教》中亦反映了这种大小之辨:

> 堂中置一盆,又一盆覆之,嘱门人坐守,戒勿启视。去后门人启之,见盆贮清水,水上编草为舟,帆樯具焉。异而拨以指,随手倾侧;急扶如故,仍覆之。俄而师来,怒责曰:"何违吾命?"门人立白其无。师曰:"适海中舟覆,何得欺我?"①

如果把何其芳《画梦录》中的三篇看成一个整体,那么其中具有贯穿性的文学母题正是这种相对主义的哲理意识。

"相对主义"也是卞之琳在与何其芳《画梦录》同期的创作中集中处理的诗歌主题,如《白螺壳》:"空灵的白螺壳/孔眼里不留纤尘,/漏到了我的手里/却有一千种感情:/掌心里波涛汹

---

① 卞之琳在其诗《距离的组织》中也援用了蒲松龄《白莲教》中的"盆舟"细节:"好累啊!我的盆舟没有人戏弄吗?/友人带来了雪意和五点钟。"

涌……"白螺壳的纤尘不染的"空灵",却内含着波涛汹涌的"一千种感情"。又如可以看作卞之琳的情诗的《无题五》:"我在散步中感谢/襟眼是有用的,/因为是空的,/因为可以簪一朵小花。//我在簪花中恍然/世界是空的,/因为是有用的,/因为它容了你的款步。"卞之琳曾经给诗中"因为是空的"一句加过注释:"古人有云:'无之以为用'。"在诗人眼里,"世界"之"空"是为了"容你的款步",这才是"世界"真正之大用所在。再如《圆宝盒》:

> 我幻想在哪儿(天河里?)
> 捞到了一只圆宝盒,
> 装的是几颗珍珠:
> 一颗晶莹的水银
> 掩有全世界的色相,
> 一颗金黄的灯火
> 笼罩有一场华宴,
> 一颗新鲜的雨点
> 含有你昨夜的叹气……

圆宝盒里所装的珍珠,让人联想起了阿根廷小说家博尔赫斯的小说《阿莱夫》。"阿莱夫"是博尔赫斯小说中最奇幻的事物之一,它是直径仅有两三厘米的一个明亮的圆球,"然而宇宙的空间却在其中,一点没有缩小它的体积",它是汇合了世上所有地方的地方:

> 我看到了稠密的海洋;看到了黎明和黄昏;看到了亚美利加洲的人群;看到了黑色金字塔中心的一个银丝蜘蛛网;

看到了一个损毁的迷宫(那就是伦敦);看到了就近不计其数的眼睛在细察着我,仿佛镜子里那样……看到了葡萄串、雪花、烟草、金属的矿脉、水的蒸汽;看到了赤道的中央鼓起的沙漠,以及沙漠里的每一粒沙子……它就是:不可思议的宇宙。①

相比于小说家,卞之琳的诗性想象更是玄学的,无论是"掩有全世界的色相"的晶莹的水银,"笼罩有一场华宴"的金黄的灯火,还是"含有你昨夜的叹气"的新鲜的雨点,都堪称把"一沙一世界,一花一天堂"②的经典诗句发挥到极致。如前所述,按卞之琳自己的说法,他的《断章》:"你站在桥上看风景,/看风景人在楼上看你。//明月装饰了你的窗子,/你装饰了别人的梦。"也同样是反映相对主义理念的诗作。

何其芳改写的《画梦录》三篇中的"梦"同时还具有一种双重性。它一方面是何其芳的梦,另一方面也是中国古人的梦,堪称叠合在一起的梦中梦。三篇古代原型作品的共同特征是奇特的想象力所赋予文本的幻想性,因而才为何其芳组织进他的"画梦"系列提供了艺术前提。这种想象力表现出古典文学具有一种穿越历史时空的超然力,在千百年之后仍然诱惑着中国现代作家。如果说何其芳选择散文诗的形式是受了法国象征派作家"梦幻"传统的影响,那么他对中国古典梦境的移植,则是沉迷于古代志异故事的神异色彩和幻想的超然力之中。

---

① 博尔赫斯:《博尔赫斯短篇小说集》,王央乐译,第236—237页,上海:上海译文出版社,1983年。

② 语出英国诗人布莱克的《天真的预言》。

心理学家荣格把"梦"看成是承载种族集体无意识的重要原型,他认为"梦"中深藏着一个民族长久积淀的心理内容。那么同样可以说,中国作家一旦进入梦的世界,民族集体无意识的成分就浮出水面。"梦"构成了一个堪称承载着中国古代作家集体无意识的美学范畴和艺术母题。庄周梦蝶,黄粱一梦,楚襄王梦遇神女,苏轼的"人生如梦",汤显祖的"游园惊梦"……不一而足,更不用说曹雪芹《红楼梦》的集梦之大成。中国文学中"梦"的范畴已然成为一个具有丰富性的研究课题。

建基于这一艺术母题之上,何其芳的《画梦录》传达的也正是典型的中国式古典美学趣味,体现了本土文化悠远的背景和潜在的制约力。其中的时间意识,相对主义倾向,浮生若梦的情怀,学仙成道的观念,齐谐志怪的神异,都显示了古典传统的深层集体无意识内容。借助于画古人的梦,何其芳得以生活在一个遥远的历史时空之中,他进入了中国古典文学由想象力构成的世界,也就使自己进入了传统的集体无意识的深处。①

幻象的逻辑

作为一种诗学范畴,"梦"所体现出的核心的诗性功能是它的幻象性。"梦"在三十年代现代派诗中,也表现为一种幻象性的存在,它是按照不同于普通生活的另一些逻辑组织起来的,譬

---

① 如果从审美的意义上比照,则似乎难以判断古典文本和何其芳改写的现代文本孰优孰劣。这种审美判断的得出最终要求从语言学的角度进行对比,从中才可以看出现代汉语自身特有的审美机制和功能。

如想象和幻象的逻辑。这使得现代派诗歌文本中,充溢着一种奇丽的幻想色彩。

譬如何其芳的《梦歌》:

> 梦呵,用你的樱唇吹起深邃的箫声,
> 那仙音将展开一条兰花的幽路,
> 满径散着红颜的蔷薇的落英,
> 青草间缀着碎圆的细语的珠露。

如果说曹葆华在诗集《无题草》中状写的梦基本上是噩梦,那么何其芳的梦则大都是幻美的梦。诗人把梦拟人化了,梦的"樱唇"吹起的箫声中,展开的是类似于所谓通感的"音画"世界:仙音中的兰花幽路,青草间细语的珠露,声音与视觉融为一体,使这一梦的场景带有繁复而绮丽的美感。何其芳最初收入《汉园集》里的《关山月》也是一首写梦的诗作:

> 今宵准有银色的梦了,
> 如白鸽展开着沐浴的双翅,
> 如素莲在水影里坠下的花片,
> 如从琉璃似的梧桐叶流到
> 积霜似的鸳瓦上的秋声。
> 但渔阳也有这银色的月波吗?
> 即有,怕也凝成玲珑的冰了,
> 梦纵如一只满帆顺风的船,
> 能驶到冻结的夜里去吗?

诗人并没有描绘他的梦的具体内容,只是竭力渲染梦的幻美色彩,烘托一种"银色"的朦胧气氛。排喻的运用,把银色的梦牵引到一个宁静和空幻的世界。每一个意象都是具体可感的,但组合在一起则叠印成一个空灵而超感的幻象空间。这正是何其芳刻意营造的诸多梦幻文本所共通的特征。散文诗《画梦录》《梦后》《秋海棠》,诗歌《夏夜》《休洗红》《圆月夜》《梦后》……一系列文本把读者引入的,都是"迷离"的"梦中道路"。这些梦境,并不以它们具体的场景描绘取胜,事实上,何其芳也很少刻画逼真而直观的梦境。有如他所热衷传达的"姿态"与"动作",在这些梦境中,他执迷的也是一种氛围和情调,是梦能够把他引向一种幻美世界的功能本身。正如捷克学者马立安·高利克评价的那样:

> (何其芳)对仅仅作为夜间的一种现象的梦不感兴趣。他感兴趣的是自己醒时的梦幻,或其他人的文学之梦。而通向它们的道路无非是出色的意象和艺术作品,此外并无其他的实际目标。
>
> 他对"梦中道路的迷离"的爱一度主要是对一种他周围世界中和他内在的自我中美妙、迷人的现象的形式的喜爱,而表现在纤弱的文学作品中。①

可以说,使何其芳沉醉其中的,与其说是梦的内容,不如说是梦的形式。这是一种承载幻象的最有效的形式,对梦中道路的求索,因此也正是把幻象世界作为一种艺术的乃至生命的存在方式来刻意追求的。

---

① 马立安·高利克:《中西文学关系的里程碑》,伍晓明、张文定译,第198—200页,北京:北京大学出版社,1990年。

"梦"作为一个幻象世界的自足性还体现在它具有自身固有的逻辑。正如保罗·瓦雷里说的那样："幻想,如果它巩固自己而支持一些时候,它便替自己造出器官,原则,法则,形式,等等;延续自己的,固定自己的方法。"①这证明了所谓的幻想和想象并不是漫无边际的遐想和空想,它自身也要求并生成一种法则和形式,具有自己的幻象的逻辑。一方面,这种幻象的逻辑应成为构筑诗歌想象界的作为"语言整体的原则";另一方面,这种原则又必须具体化地落实到每一幻象文本中去。

雅克·拉康认为,所谓的幻想界不过是人们依照幻想的逻辑所认同的"意象领域"。这个论点其实指出了幻想世界所凭借的媒介和载体正是诗人们编织的意象网络。这种幻想世界的意象性再一次证明了诗人与其想象之物之间的镜像关系。一方面诗人必须捕捉可感的直观意象编入诗歌的能指网络,另一方面又需要把这些具体可感的意象推至一个遥远的非现实的地方,正像一个镜前的事物同时又获得它镜中的影像一样。这一方面印证了萨特的主张："通过想象可以创造出一个变形的,非现实的,幻想的,飘渺的世界,一个一旦同现实存在中的荒诞和恐惧相接触就会被粉碎的世界"②,恰如纳蕤思一旦接触水面,自己的水中幻影就会破碎一样;另一方面,想象同时也是"在世界中行动的一种方式,当我们想象的时候,我们仍然是在存在的

---

① 瓦雷里:《文学》(二),戴望舒译,王文彬、金石主编:《戴望舒全集》(散文卷),第564页,北京:中国青年出版社,1999年。

② 转引自韦勒克:《批评的诸种概念》,丁泓、余徵译,第345页,成都:四川文艺出版社,1988年。

世界里行动。萨特的存在主义认为,和我有关的一切,都是属于这个世界的行动,因为我们不幸被抛进这个世界,我们的一举一动都属于这个世界"①,这就是想象和幻象的某种本质特征,一端连着缥缈的乌托邦乐土,另一端却维系着存在的现实世界。而所谓的幻想界最终仍不过是现实世界的一种假想性折射而已。

然而,尽管意象领域的意义在于使梦幻的虚无缥缈的存在获得了负载者,从而使乌托邦境界实体化,但幻象的逻辑还体现为一种超感的特征。一般而言,具象化的事物往往是诉诸感官世界的,一个可感的意象通常可以在视觉、听觉、味觉或触觉诸感官层面加以确证,它首先是一种感性的存在。但幻象却强烈地要求指向无限,指向神秘域,因此它同时又是超越感性的。在此意义上,一个虽然隶属于现实世界的具体可感的意象同时构成了某一深层现实的象征。这种深层现实,纪德谓之"观念",兰波称为"未知",波德莱尔叫作"幽昧而深邃的统一体"②……它们无论具有什么样的名称,都恰恰是幻象所处理的疆域。在一定程度上,幻象的这种具有超越性的逻辑要求诗人像临水的纳蕤思那样,对缥缈的幻影采取非功利的静观态度,一种保持距离的沉思与冥想。这有如张若名在评论纪德的象征主义美学时所指出的:"一旦摆脱了感官世界的束缚,诗人的精神就会自由起来;一种具体清晰的幻想,像幻觉一样,会占据他的思想,这样

---

① 杰姆逊:《后现代主义与文化理论》,唐小兵译,第213页,西安:陕西师范大学出版社,1986年。

② 张若名:《纪德的态度》,第53页,北京:三联书店,1994年。

幻想支配着诗人,并被他结晶成美:诗就这样悲剧般地诞生了。诗人只有通过幻觉才能把握住超感官的世界,揭示象征派诗人追求的那种无限美的秘密。"①

表象的世界

卞之琳当年为何其芳、李广田以及他自己的诗歌合集《汉园集》写过一个题记,其中有一段话耐人寻味:

> 我们一块儿读书的地方叫"汉花园"。记得自己在南方的时候,在这个名字上着实做过一些梦,哪知道日后来此一访,有名无园,独上高楼,不胜惆怅。可是我们始终对于这个名字有好感,又觉得书名字取得老气横秋一点倒也好玩,于是乎《汉园集》。②

诗集得名于"汉花园",但它是个有名无实的地方。如果说诗人当初"在南方时候,在这个名字上着实做过一些梦",那时着迷的或许是名字下面一个实体的"园"的存在,那么,当知道了有名无园,却依旧"始终对于这个名字有好感",以至于移用为书名,可以说执着的只能是表象的存在本身了。

这使人想起一句为莎士比亚酷爱的拉丁谚语:"昔日的玫瑰存在于它的名字之中,我们有的只是这个名字。"往日的玫瑰

---

① 张若名:《纪德的态度》,第57页,北京:三联书店,1994年。
② 卞之琳:《〈李广田诗选〉序》,《人与诗:忆旧说新》(增订本),第213页,合肥:安徽教育出版社,2007年。

凋零了，后来者已经无法拥有它的实体，无法再领略它的芳香和色泽，只能拥有作为符号的玫瑰。

"汉花园"也恰似昔日的玫瑰留下的名字。而卞之琳的这段题记无意识中其实提示了现代派诗歌的一个艺术特质：诗人们拥有的不过是一个想象性的王国。他们无法占有甚至无法反映客观世界本身，所能把握住的，只能是一个关于世界的表象，或者说一个表象的世界。

从那句"昔日的玫瑰"的古谚中，我们多少能感受到一种命定般的无奈和怅惘，正像卞之琳发现"有名无园"所感到的"不胜惆怅"一样。从这种惆怅出发，诗人构筑的表象世界或许不失为对已经失却的玫瑰或者并不存在的花园的一种想象性补偿。而想象的逻辑在于，一旦一个诗人全身心地沉溺于幻想域，他就会替幻想制造出一个纯粹的具有自足性的表象王国，它悬浮在真实的世界之上并且完全可能取代真实世界的存在。从此，诗人的喜怒哀乐就可能维系在这文字符号组成的表象世界中，恰如何其芳说的那样："我倾听着一些飘忽的心灵的语言。我捕捉着一些在刹那间闪出金光的意象。我最大的快乐或酸辛在于一个崭新的文字建筑的完成或失败。""我从陈旧的诗文里选择着一些可以重新燃烧的字。使用着一些可以引起新的联想的典故。一个小小苦工的完成是我仅有的愉快。"①

何其芳这段自白也透露了他选择表象的一种尺度，即从陈旧的诗文里选择"可以重新燃烧的字"，或"可以引起新的联想

---

① 何其芳：《梦中道路》，《何其芳文集》第二卷，第62、66页，北京：人民文学出版社，1982年。

的典故"。古典诗文中的意象成为选择的重心所在。或许因为封存在古典文本中的意象有一种古旧的美。正像"昔日的玫瑰"意谓一个可以用想象填补的已逝的时空一样,卞之琳选择了"汉园"的书名原因之一也正在于它的"老气横秋",从中诗人大概联想到和遥远的汉代相关的一切诗文和典故。诗人史卫斯也曾独对秦淮河陷入沉思:"我爱秦淮河桃叶渡的名字甚于其景色。"这种对名字的情有独钟或者因为"桃叶渡"有一种作者所说的"古旧的憧憬",使诗人忆起了诸如晋代王羲之题赠心上人的"桃叶诗":"桃叶复桃叶,桃树连桃根。"抑或宋代吴文英的词句"记当时、短楫桃根渡"。"桃叶渡"在其名字的表象之中蕴藏的其实是久远的历史人物和故事。

废名的长篇小说《桥》也可以被看成是一个诗人所构筑的表象的世界。《桥》的意义在于它不仅是一个十足的幻美世界,同时它自身也呈现着营造一种表象世界应有的诗学法则。如《桥》的"黄昏"一章:

> "有多少地方,多少人物,与我同存在,而首先消灭于我?不,在我他们根本上就没有存在过。然而,倘若是我的相识,哪怕画图上的相识,我的梦灵也会牵进他来组成一个世界。这个世界——梦——可以只是一棵树。"
>
> 是的,谁能指出这棵树的分际呢?①

在废名的观念领域中存在两个世界,一是由"多少地方,多少人

---

① 王风编:《废名集》第一卷,第489—490页,北京:北京大学出版社,2009年。

物"组成的现实存在的客观世界,一是由他的梦灵组成的梦的想象世界。废名显然对实存着的现实世界甚感困惑,他倾向于认为他们"首先消灭于我",甚而断言"他们根本上就没有存在过"。这也许并不能上升到什么唯心论的世界观层面来判断废名的思想,更准确地说,废名真正关注的是经过他的梦灵所变形的世界,即一个表象化的世界,这个世界,废名又称之为"梦",而他拟想的"一棵树"则是呈现这个梦的世界的表象形式。

的确,"谁能指出这棵树的分际呢"?它并不是客观世界里的一棵实实在在的树,而只是废名梦的世界中的一个抽象化了的符号;但它又不是对梦的世界的如实模拟,无法代表梦的全部,只是它的一个标志或表象,我们只能通过这棵梦中之树去依稀感受废名多少有些玄学色彩的梦的世界,正像布莱克试图通过一朵花窥见天堂,通过一粒沙洞穿世界一样。如果把废名的全部梦境笼统地视为一个所指,那么这棵树则是它的能指化的表征。对废名来说,他真正能把握到的,只是这一能指的表象形式,比如说"一棵树"。而他的小说以及诗歌世界,总体上也呈现为一个由能指的延宕所生成的无数能指编织的网络。再以他的《十二月十九夜》为例:

> 深夜一枝灯,
> 若高山流水,
> 有身外之海。
> 星之空是鸟林,
> 是花,是鱼,
> 是天上的梦,

> 海是夜的镜子。
> 思想是一个美人，
> 是家，
> 是日，
> 是月，
> 是灯，
> 是炉火，
> 炉火是墙上的树影，
> 是冬夜的声音。

诗人的思绪由"灯"的意象延伸开去，继而想到"星之空"，接下来便为"星之空"接连拟想了四个比喻："鸟林""花""鱼""天上的梦"。然后诗人又联想到"海"与"思想"，下面的一连串比喻都可以视为诗人为"思想"构筑的表象世界。整首诗便是以联想方式串织的一系列"能指"，它们都是具象的，是可以在现实世界中找到对应的美好的事物，然而被诗人并置在一起，总体上却给人以一种非现实化的虚幻感。可以说诗人把这些事物表象化了，它们表达的，只是诗人的一种观念，一个思想的闪念，或是一个梦灵牵动的世界。一系列美好的现实意象最终指向的却并非实在界，而是一个想象界，这就是废名笔下现实与表象两个世界之间的诗学法则。

"能指"的角度对于把握现代派诗人的核心诗学特征是有决定性意义的。一代耽于想象世界的诗人在对大千世界的幻想和憧憬中最终把握到的只是能指化的符号，而占有能指只意味着占有表象世界，至于表象背后构成意义支撑的现实世界，诗人们还远未能触及。正如废名在《十二月十九夜》这首诗中所昭示的,诗人似乎已把宇宙中一切美好事物——灯、海、星空、鸟林、花、鱼、镜子、美人、家、日、月——都纳入怀抱,但诗人所拥有的,仍只是"玫瑰的名字"而已。或许可以说,现代派诗人正是一代"玫瑰之名"的迷恋者,这和纳蕤思沉溺于水中的影像具有同一性。这不仅表明了现代派诗人总体上的艺术趣味和美学倾向,而且还昭示了他们与客观现实世界之间的深层关系。这是一代难以介入现实难以融入社会的诗人,他们只能在对想象世界的占有中感到一种封闭的自足性。他们以表象世界与现实世界相抗衡,表象世界不再是真实世界的如实反映,它只是梦的世界的具象,是指向乐园和乌托邦的。只有相信自己拥有世界,自己是社会和历史的主人时,诗人们才会幼稚地相信自己创造的艺术品能够忠实地反映世界并同时能动地改造世界。而现代派诗人的艺术天地则是对现实的一种逃逸的方式,它们是自我封闭的以自身为目的的表象世界。正像希腊学者阿弗叶利斯评价象征主义与神秘主义的艺术手段时所说:

> 这种封闭式的表现手段说明了诗人与其周围环境之间存在着巨大的隔阂,以及他们对社会上庸俗的艺术情趣和低下的文化水准的鄙夷。神秘主义的表现手段是对现实社会的反叛,它使诗人找到了完全摆脱迂腐和邪恶的自我天地。迄今为止,几乎所有封闭式的表现手段都出自这种心态。[①]

[①] M.阿弗叶利斯:《一个废墟的研究者——评塞弗里斯的诗》,《现代世界诗坛》第二辑,第59页,长沙:湖南人民出版社,1989年。

现代派诗歌的封闭性也同样出自与社会隔膜的心态。这使诗人更趋向于在想象的天地中编就一些幻美的表象,一些"玫瑰的名字",一些"镜花水月"。

> 床巾上的图案花
> 为什么不结果子啊!

——戴望舒《妾薄命》

问题显得有些天真,但却是意味深长的。

拟喻性的语言

从本质上说,现代派诗人执着的乐园是一个精神性的王国,是一个幻想的乌托邦的存在。没有人真正到过那儿,也没有人能逼真地复现它的形状。它只是诗人们想象中一种拟喻性的存在,是"在人类的地图上找不出名字的国土"。当一个"辽远的国土"无法在现实世界中找到对应的范型,从而无法具体地进行描述的时候,诗人们只能采取一种幻想性与比喻性的方式来呈现。这时的诗歌在语言维度上就无法脱离譬喻和象征。从这个意义上说,现代派诗歌的语言是一种隐喻和象征化的语言。

批评家瑞恰慈认为:"所有的语言终极都具隐喻的性质。"[①]如果说,这是从终极的意义上界定语言的隐喻性质,那么,现代派诗歌则是在实践性和具体性层面印证着语言的隐喻性。现代

[①] 转引自刘若愚:《中国诗学》,第155页,郑州:河南人民出版社,1990年。

派诗歌总体上构成的是波德莱尔式的"象征的森林"①,这象征的森林是由一系列的隐喻性意象编织而成的,并最终指向一个"理想国"意义上的幻境的生成。"辽远的国土"无形中统摄着这些隐喻的最终指向,并使现代派诗人笔下的意象世界超脱于日常语言而获得一种独立性。

捷克汉学家普实克曾这样评价鲁迅散文诗《野草》创作上的"明显的特征":

> 第一个是隐喻的独立发展,这些隐喻同促成它们的最初动机相分离,开始具有自己独立生命,只受艺术想象模式的美学原则支配。在这里也体现着现代欧洲诗歌以及其他艺术形式的原则。②

可以说,隐喻是具有独立的生命的自足体。它具有自我生成的美学机制,即一种类比联想,从而建立起从意象到意象之间更内在的维系。普实克对鲁迅《野草》中所呈现的隐喻特征的归纳用来分析现代派诗歌,也是同样有效的。在现代派诗人开始拟想出第一个比喻之后,就如同一只上了发条的表,自己没法停下来,只能按比喻的逻辑自行发展,或者像普实克说的那样,"只受艺术想象模式的美学原则支配",从而构筑起一个具有独立生命的比喻世界。

---

① 语出波德莱尔诗集《恶之花》中《应和》一诗:"自然是座庙宇,那里活的柱子/有时说出了模模糊糊的话音;/人从那里过,穿越象征的森林,/森林用熟识的目光将他注视。"(郭宏安译)

② 转引自张杰:《鲁迅:域外的接近与接受》,第306页,福州:福建教育出版社,2001年。

这是戴望舒的《眼》：

> 在你的眼睛的微光下，
> 迢遥的潮汐升涨：
> 玉的珠贝，
> 青铜的海藻……
> 千万尾飞鱼的翅，
> 剪碎分而复合的
> 顽强的渊深的水。
>
> 无渚崖的水，
> 暗青色的水！
> 在什么经纬度上的海中，
> 我投身又沉溺在
> 以太阳之灵照射的诸太阳间，
> 以月亮之灵映光的诸月亮间，
> 以星辰之灵闪烁的诸星辰间？
> 于是我是彗星，
> 有我的手，
> 有我的眼，
> 并尤其有我的心。

这是一个令人为之目眩的隐喻的世界。诗人把"你的眼睛"拟喻为潮汐涨落的"海"，从而建立了一个最核心的比喻，一个连锁的排喻的基点，以下的文本意象的衍生，便从这一"海"的比喻出发，按喻体——"海"——自身固有的逻辑和特质而铺排开来。"玉的珠贝""青铜的海藻""飞鱼的翅"组成了一个瑰丽的海的世界,而飞鱼的"翅""剪碎分而复合的水"则是一个潜喻,诗人由翅膀联想到剪刀,从而才有"剪碎"的奇想。这里诗人省掉了联想的桥梁,但读者仍可以把握住这一由"翅"出发的潜喻的内在脉络。接下来诗人继续想象自己沉溺在由诸太阳、月亮和星辰组成的一个宇宙间,"我是彗星"的明喻便顺理成章地升腾出来。这一连串拟喻的衍生过程,也是一个自足的意象网络的组织过程,一个读者(甚至是作者)迷失在色彩斑斓的比喻世界之中而忘掉诗人最初的写作动机的过程。或许每一个读罢这首《眼》的读者都难以一时间领悟到诗人的主导动机,而更震惊于诗人富于奇想的拟喻。这大概称得上一个手段对目的的超越过程,从而使某种拟喻的艺术想象模式上升为文本的客观目的性。

戴望舒堪称营造比喻王国的艺术大师。他的《寻梦者》《我底记忆》《我思想》《秋蝇》《灯》《古神祠前》……都是自足的拟喻空间,标志着现代诗人的想象翅膀所能飞抵的限度。另一个现代派诗人卞之琳也有拟喻的佳构,如《鱼化石》《白螺壳》《圆宝盒》等。这是《圆宝盒》的拟喻世界:

> 我幻想在哪儿(天河里?)
> 捞到了一只圆宝盒,
> 装的是几颗珍珠:
> 一颗晶莹的水银
> 掩有全世界的色相,
> 一颗金黄的灯火
> 笼罩有一场华宴,

>　一颗新鲜的雨点
>　含有你昨夜的叹气……

相对于戴望舒的《眼》,这首《圆宝盒》的拟喻的脉络是清晰可辨的。诗人从"圆宝盒"的意象出发,展开三个并置的比喻——水银、灯火、雨点,从而使幻想之物"圆宝盒"的世界丰富起来,在联想的空间获得具形。这首诗在语义层面并无晦涩可言,值得我们深究的是它的幻象性。无论是戴望舒的《眼》中那"迢遥的潮汐升涨"的"海",还是卞之琳幻想从天河里捞到的"宝盒",都给人以一种遥远的感受,一种幻想中不可企及的"天上"之感。它们最终维系的是"辽远的国土"这一总体上的乐园的譬喻。如果说任何时代的文学史都称得上是在语言维度和文本领域重建一种作家主体与世界之间的比喻关系和象征关系的历史,那么现代派诗人则重建了一个具有幻美性的譬喻世界,一个想象中的世界图景,一个语言的乌托邦。我们说现代派诗歌的语言是隐喻和象征的,这不仅仅取决于对英美意象派以及法国象征派艺术的借鉴,也不仅仅取决于他们技巧上的自觉,而更决定于他们试图以拟喻的方式使自己梦想中的乐园赋形,并遵循隐喻自身固有的艺术逻辑赋予这个天上的乐园以具体的秩序。

1936 年底,曾以画梦以及拟想辽远的"人类地图上找不出名字的国土"名噪一时的何其芳写下了《送葬》:"形容词和隐喻和人工纸花/只能在炉火中发一次光。"隐喻如同人工纸花一般,只是人为的和技巧的结晶,尽管它也能在炉火中闪烁炫目的光芒,但终究是拟想中的幻象。《送葬》标志着诗人何其芳已经意识到他的"扇上的烟云"的虚幻和缥缈。决定埋葬自己"忧郁的苍白的少年期,一个幼稚的季节"的何其芳,在这一时期已经倾向于认为文学的"根株必须深深地植在人间",这使他首先必须诀别的是隐喻中的幻想王国。

这一代诗人真的会忘怀他们精心建构的拟喻中的辽远的国土吗?这必定是很难的,就像人生的初恋不可能被完全遗忘一样。只要世界上存在现实和理想两个国度,只要这两个国度存在着无法弥合的裂隙,只要人类还没有进入自由王国,只要人类还存在着想象的本能,那么在人类的语言,尤其是诗人的语言中,拟喻的方式就将永远存在下去。当二十世纪三十年代之后的中国文学史很难再重现现代派诗人在天马行空的想象中呈示的具有纯美色彩的辽远的国土时,当我们读到下面这样的拟喻诗章,我们的心灵很难不为之隐隐悸动:

> 古神祠前逝去的
> 暗暗的水上,
> 印着我多少的
> 思量底轻轻的脚迹,
> 比长脚的水蜘蛛,
> 更轻更快的脚迹。
>
> 从苍翠的槐树叶上,
> 它轻轻地跃到
> 饱和了古愁的钟声的水上
> 它掠过涟漪,踏过荇藻,
> 跨着小小的,小小的
> 轻快的步子走。
> 然后,踌躇着,

生出了翼翅……

它飞上去了,
这小小的蜉蝣,
不,是蝴蝶,它翩翩飞舞,
在芦苇间,在红蓼花上;
它高升上去了,
化作一只云雀,
把清音撒到地上……
现在它是鹏鸟了。
在浮动的白云间,
在苍茫的青天上,
它展开翼翅慢慢地,
作九万里的翱翔,
前生和来世的逍遥游。

——戴望舒《古神祠前》

八　镜

灯前的窗玻璃是一面镜子，
莫掀帏望远吧，如不想自鉴。
可是远窗是更深的镜子：
一星灯火里看是谁的愁眼？

——卞之琳的《旧元夜遐思》

每日清晨醒来
照着镜
颜色憔悴的人
那长夜的疲倦，像旅愁
需要点凭藉了

——朱英诞《镜晓》

与纳蕤思临水的姿态具有内在同构性的，是现代派诗人笔下更习见的"临镜"的意象。这种同构性在纳蕤思神话中仍可以找到原型。在梁宗岱所复述的纳蕤思的本事中即曾着意强调当纳蕤思诞生时，"神人尝预告其父母曰：'毋使自鉴，违则不寿也。'因尽藏家中镜，使弗能自照"，但镜子可以藏匿，却无法把水面也藏起来,而纳蕤思正是从水中发现了自己的面影。因此,纳蕤思的临水自鉴透露出水面与镜子所具有的相似的映鉴功能①。而从自我认同的镜像机制上看,"临镜"与"临水"则有更大的相似性,因此,拉康所发明的镜像阶段的心理分析理论,其渊源可以追溯到纳蕤思的临水自鉴。早在1914年,弗洛伊德就发表了《论那喀索斯主义》,把纳蕤思的自恋情结推衍为人类普泛的心理机制。这无疑对拉康后来的镜像理论具有启迪的意义,只不过临鉴的对象从水面置换为拉康的镜子而已。② 当然,如果更细致分辨,镜子与水面的差异也是显而易见的,"镜子——'象征的母体'(matrice de symbolique),随着人类对于认同的需求而产生"③,它是人类在物质生产史中发明的器物,而人们提到"水面"往往更强调的是其"自然"④属性。两者背后的人类学内涵、文化史语义以及隐含的美学效果尚需另文仔细分疏⑤。

---

① "镜花水月"这一中国传统的诗学范畴也同样透露出"镜"与"水"这两者的类同。

② 参见方汉文:《后现代主义文化心理:拉康研究》,第28—29页,上海:上海三联书店,2000年。

③ Sabine Melchior-Bonnet:《镜子》,余淑娟译,第22页,台北:蓝鲸出版有限公司,2002年。

④ 尽管从后现代主义的今天看来这个"自然"也许是需要打上引号的。

⑤ 从这一点上看,张爱玲小说《桂花蒸 阿小悲秋》中的一个细节颇值得分析:阿小"揭开水缸的盖,用铁匙子舀水……战时自来水限制,家家有这样一个缸,酱黄大水缸上面描出淡黄龙。女人在那水里照见自己的影子,总像是古美人,可是阿小是个都市女性,她宁可在门边绿粉墙上粘贴着的一只缺了角的小粉镜(本来是个皮包的附属品)里面照了一照"。从实用性的角度来讲,(转下页)

"镜"的意象,也同样引我们进入现代派诗人具体化的艺术世界以及心理世界。我们试图探讨的,正是以"镜"为代表的,具现在个体诗人身上同时又具有普泛性特征的艺术母题内容。

三十年代现代派诗人笔下"临镜"的形象,可以看成是纳蕤思临水的原型形象的延伸。这使得一代诗人的"对镜"姿态也获得了一种艺术母题的意义。这同样是一种颇具形式感的姿态,一种"有意味的形式"。诗人们在频频对镜的过程中获得的是一种自反式的观照形式,在对镜的自我与其镜像之间互为循环的结构关系中体现着一种自我指涉的封闭性审美心态。镜中的镜像,是诗人的另一个自我,是"对镜者"自我的如实或者变形化的投射。

"付一枝镜花,收一轮水月"

隐含在对镜的姿态背后的,是一种个体生命的哲学。徐迟在《我①及其他》一诗中,借助这倒置的"我"的形象传达了"'我'一字的哲学":

> 这"我"一字的哲学啊。
> 桃色的灯下是桃色的我。

(接上页)有镜子(尽管缺了角)可照的阿小,不会向大水缸里面顾影。而在"都市女性"与"古美人"的对举背后,既隐含着张爱玲关于都市与乡土、现代与传统差异性的文化判断,也隐约渗透着审美感受的对比。

① 原诗中这一"我"字倒置。

　　　　向了镜中瞟瞟了时，
　　　　奇异的我①，
　　　　忠实地爬上了琉璃别墅的窗子。

镜中出现的这倒置的以及反转过来的"我"的字形，乍看上去近乎一种文字游戏，实际上诗中试图表达的是"我"的哲学。反转的"我"是诗人的"我"在镜中的投射，它再形象不过地营造了一个自我与镜像之间的自反式的观照情境。无论是"我"的倒置，还是"我"的反转，都不过是"我"的变形化的反映。"'我'一字的哲学"，实际上是自我指涉的哲学，言说的是自我与镜像的差异性与同一性，言说的是自我对象化和他者化的过程。而自我正是在这种对象化和他者化中获得了个体生命的确证。正如有的研究者所阐释的那样："在镜中看见自己，发现自己，需要一种主体将自己客体化、能够分辨什么是外、什么是内的心理操作。如果主体能认出镜像与自己相似，还能说：'我是对方的对方。'这种操作过程就算成功。自我和自我的关系，以及熟悉自我，是无法直接建立的，它仍旧受限于看与被看的相互作用。"②在这个意义上，对自我的影像的着迷与执着，与镜子中的自己的映像的对峙与对望，都隐含着主体化过程中的某些无意识心理动机。

　　废名的《点灯》思索的也是自我与影像的关系：

---

　　① 原诗中这一"我"字水平旋转180度，呈"我"字在镜子中的映像。
　　② Sabine Melchior-Bonnet:《镜子》，余淑娟译，第23页，台北：蓝鲸出版有限公司，2002年。

> 病中我起来点灯，
> 仿佛起来挂镜子，
> 像挂画似的。
> 我想我画一枝一叶之何花？
> 我看见墙上我的影子。

"灯"是废名酷爱的意象，它使人想起诗人的另一首佳构《十二月十九夜》中的诗句："深夜一枝灯，／若高山流水"，"灯"隐喻着一种高山流水遇知音般的心理慰藉。而《点灯》中的灯也同样暗示着一种温暖的慰藉感，对于病中的"我"就更其如此。与灯相类的则是在废名诗中更加频繁出现的"镜子"的意象，《点灯》中的"点灯"与挂镜子由此形成了一种同构的情形，诗人的联想脉络也由"点灯"转喻到"挂镜子"。我们可以想象到诗人在这面虚拟的镜子中鉴照他病中的倦容。尽管这个鉴照的过程不过是一种虚拟，我们仍然在诗的最后一句领略了"我"与镜像的指涉关系——"我看见墙上我的影子"，一种形影相吊的凄清感透过看似平白如话的文字表层滋生了出来，诗人所获得的最终仍旧不过是孤独的慰藉。

对于大多数深深濡染着一种时代病的忧郁症和孤独感的三十年代现代派诗人来说，"对镜"的自反式观照姿态印证的是一种孤独的个体生命存在状态。封闭性的审美形式是与孤独的心灵状态合而为一的，因此，这种对镜的鉴照不唯带给诗人一种自足的审美体验，更多的时候则是强化了孤独与寂寞的情怀。卞之琳的《旧元夜遐思》就传达了一种对镜子的逃避心理：

> 灯前的窗玻璃是一面镜子，

> 莫掀帏望远吧,如不想自鉴。
> 可是远窗是更深的镜子:
> 一星灯火里看是谁的愁眼?

诗人并不想自鉴于窗玻璃,然而远窗却是更深的镜子,它映现的是诗人内心更深的孤独。这种临鉴正是一种自反式的观照,镜子中反馈回来的形象是诗人自己。在这种情形中,诗人的主体形象便以内敛性的方式重新回归自身,能够确定诗人的自我存在的,只是他自己的镜像。从镜像中,自我所获得的,不如说是对寂寞感本身的确证,正如牧丁在一首《无题》中写的那样:"有人想澄明自鉴,把自己交给了/寂寞。"陈敬容1936年的一首诗也传达了同样的寂寞感:

> 幻想里涌起
> 一片大海如镜,
> 在透明的清波里
> 谛听自己寂寞的足音。

因此,有诗人甚至害怕临镜自鉴便可以理解了,如石民的《影》:"心是一池塘,/尘缘溷浊,/模糊了我的影。/但我怕认识我自己,如纳西塞斯(Narcissus),将憔悴而死。"①这首诗反用纳蕤思的形象,体现的是对自我认知的逃避。

　　三十年代的现代派诗人们营造的这种"镜式"文本在一定意义上印证了拉康的镜像阶段(le stade du miroir)尤其是想象界(l'imaginaire)的理论。拉康根据他对幼儿心理成长历程的研

---

① 石民:《影》,《文艺月刊》1932年第3卷第5、6期。

究指出,刚出世的婴儿是一个未分化的"非主体"的存在。这一非主体的存在对自我的最初的认识,是通过照镜子实现的。当婴儿首次从镜子中认出自己时,便进入了主体自我认知的镜像阶段。婴儿最初对自我存在的确证是借助于镜像完成的。婴儿一旦对镜像开始迷恋,在镜子面前流连忘返,便进入了拉康所谓的想象界(l'imaginaire),从而建立起一个虚幻的自我,但此时的自我并未形成真正的主体,它带有一种想象和幻象的特征,婴儿所认同的不过是自己镜中的影像。尽管这是一个堪称完美的镜像,但仍是一个幻觉中的主体。①

想象界的基本特征之一,是临镜的自我与其镜像的一种自恋性关系。未成形的主体所关怀的只是他镜中的形象,并在这种镜像的迷恋中体验到一种自我的整一性。但这种整一性毕竟是幻象的存在,是一种镜花水月般的真实。一旦自我触摸到镜像发现它并不是真实的存在,这种幻想性的同一便被打碎了。作为幻影的镜像并不能真正构成主体的确证和支持。三十年代的现代派诗人们在临镜的想象中最终体验的正是这样一个过程。对现实的规避使他们耽于自我的镜像,迷恋于自己的影子,就像临水的纳蕤思终日沉迷于自己水中的倒影一样。这种自我指涉性的观照方式隐喻的是一个孤芳自赏型的孤独的个体。如果说具有原型性特征的文本模式往往意味着某种普泛性的秩序,而在现代派诗人营造的"镜式"文本中,自反性的观照形式则意味着自我与镜像间的封闭的循环,意味着一种个体生命的

---

① 参见拉康:《助成"我"的功能形成的镜子阶段》,《拉康选集》,第89—96页,上海:上海三联书店,2001年。

孤独秩序，意味着自我与影像的自恋性的关系中其实缺乏一个使自我获得支撑和确证的更强有力的真实主体。

朱英诞的《镜晓》正反映了这种诗人的"自我"匮乏依凭和附着的心理状态：

> 每日清晨醒来
> 照着镜
> 颜色憔悴的人
> 那长夜的疲倦，像旅愁
> 需要点凭藉了
> 谁想着天末
> 一个不可知而又熟悉的地方
> 是谁来点缀呢
> 山中白云沉默得可怕啊
> 小鸟是岩石的眼睛
> 青松是巢住着春风

清晨醒来对着镜子的"颜色憔悴"的人，自然而然使人想到憔悴的水仙之神。而"每日"这一时间性的修饰，则表明了对镜行为的惯常性特征，几成一种日常的功课。诗中"憔悴"的，不仅是对镜者的容色，更是一种心理和情绪。这是一种低回与无所附着的心态，"沉默得可怕"的，与其说是"山中白云"，不如说是对镜者的心境和主观体验，因而，诗人迫切地感到需要一种凭借和点缀了，正像小鸟是岩石的点缀，春风是青松的寄托一样。这种凭借和点缀是对镜者与镜像的互为指涉之外对于诗中抒情主体的更高的支撑，是使诗人憔悴而疲惫的对镜生涯获得生动与活力的更为超越的因素。但由谁来点缀呢？是天末那个遥不可及的地方？是对一个辽远的国土的向往？似乎诗人也无法确定。"小鸟是岩石的眼睛/青松是巢住着春风"，这两句收束愈发反衬出对镜者主体的匮乏感。这种感受在朱英诞另一首诗《海》中获得了更直接的具现：

　　多年的水银黯了
　　自叹不是鲛人
　　海水于我如镜子
　　没有了主人。

这首诗套用了鲛人泣珠的神异故事。诗人自叹不是鲛人，而传说中鲛人遗下的珠泪已经像水银般黯淡了。面对海水这面镜子，诗人领悟到的，是一种人去楼空般的感受。"没有了主人"在文字表层正暗示着一个鲛人式的临镜者的匮乏，而更深层的含义则象征着一个更高的真正的主体的缺失。

　　"镜像"的隐喻意义正在这里。它给临镜者一种虚假的主体的确证感，而本质上不过是一个影子。因此废名的这首费解的诗《亚当》便大体可以理解了：

　　亚当惊见人的影子，
　　　　于是他悲哀了。
　　人之母道：
　　　　"这还不是人类，
　　　　是你自己的影子。"

亚当之所以"悲哀"，在于他误把自己的影子看成了他的传人，亦即"人类"，而亚当的"惊见"也多少有些像鲁迅小说《补天》

中的女娲诧异地发现她所创造的人类变成了她两腿之间"古衣冠的小丈夫"。从这个意义上说，诗中"人之母"的解释当会构成亚当的些许安慰：他所看到的仅仅是自己的影像，尚不是"人类"本身。如果把"人之母"的解释加以引申，或许可以说，影像的存在是无法确立作为人类的实存的，而确证"人"的主体存在的，只能是他自己。

对于沉溺镜像本身的三十年代现代派诗人来说，主体的匮乏更具体的含义在于他们面对世界所体验到的一种失落感。这是一批无法进入社会的权力体制以及话语结构的中心，也无法彻底融入社会的边缘人边缘心态的如实反映。但诗中体现出的主体的失落感并不意味着诗人们无法构建一个完美的艺术世界；恰恰相反，自我与镜像互为指涉的世界本身就有一种艺术的自足性和完美性。"这种完美的对应和等同正表明了幻想的思维方式——一种无穷往复的自我指涉和主体与对象间的循环。"①这个完美对应而又封闭循环的艺术世界满足的是临镜者自恋性的心态以及超凡脱俗的想象力，并使诗人们在自我指涉的对镜过程中体验到一种封闭性的安全感和慰藉感。正如阿弗叶利斯所说："这种封闭式的表现手段说明了诗人与其周围环境之间存在着巨大的隔阂"，"迄今为止，几乎所有封闭式的表现手段都出自这种心态"。在中国现代派诗人这里，这种"自我天地"便是他们构建的镜式文本，文本世界依据的是自我与镜像间互为指涉的想象逻辑。它超离现实人生与世界，最终收获

---

① 张旭东：《幻想的秩序——作为批评理论的拉康主义》，《批评的踪迹》，第35页，北京：三联书店，2003年。

的是一个语言和幻想的乌托邦。正像卞之琳在一首《无题》中写的那样:"付一枝镜花,收一轮水月……"支撑这一批诗人的,正是一种镜花水月般幻美的艺术图式。

何其芳的《扇》即有一种烟云般的幻美:

> 设若少女妆台间没有镜子,
> 成天凝望着悬在壁上的宫扇,
> 扇上的楼阁如水中倒影,
> 染着剩粉残泪如烟云,
> 叹华年流过绢面,
> 迷途的仙源不可往寻,
> 如寒冷的月里有了生物,
> 每夜凝望这苹果形的地球,
> 猜在它的山谷的浓淡阴影下,
> 居住着的是多么幸福……

"镜子"在妆台中的重要性是不言而喻的,而这首诗却假设了一个匮缺"镜子"的情境,少女的自恋与自怜则无从凭依。镜子恰恰在匮缺中昭示了它的重要性,因此它堪称一个"缺席的在场"①。在诗中,"宫扇"是作为"镜子"的一个替代物而出现的,

―――――――

① 本章所分析的基本上是男性诗人对镜过程中建构的男性主体形象。当何其芳在《扇》中拟想了一个少女形象时,妆台上却又没有镜子。我们因此无从把握少女临镜的姿容。于是,本文辨析的临镜的自我,仅仅是一部男性主体的精神成长史,而女性对镜的自我形象以及主体历程尚付阙如。这也被某些学者视为拉康理论的内在盲区(如戴锦华即把拉康的镜像理论描述为只有一个人物和一个道具的"漫长的独幕剧":"人物是一个最终被称之为主体[事实(转下页)

也的确表现出了与镜子类似的某些属性,"扇上的楼阁如水中倒影,/染着剩粉残泪如烟云",一方面透露出少女的泪水人生,另一方面也凸现了宫扇迷离虚幻的特征,有一种水中倒影般的朦胧与缥缈,汇入了现代派诗人的镜像美学和幻美诗艺。

"我"与"你"

现代派诗人笔下的镜花水月般的艺术世界隐含着一个对镜者所面临的悖论式的境况:镜中的影像意味着真实的主体的匮乏,而主体的匮乏反过来又强化了诗人们对自我确证的追寻。

频频对镜的诗人们,由此从镜子中捕捉到了"你"的形象。

"你"的形象,在相当一部分诗境中可以看作临镜者"我"的一种镜像。作为镜像的"你",同样隐喻了现代派诗人对自我的一种确认。在这自我确认的过程中,"你"的存在,蕴含着可以多重引申的寓意:"你"或者指喻着诗人自我的对象化,即外化为镜像的另一个自我;或者象征着一个"他者"的存在。而"我"的主体性从深层心理机制上说,正是凭借这另一个自我或他者来确证的。或者说,主体的存在只有借助于他者的形象才能得

(接上页)上是男性主体]的个人,道具则是一面镜。全部'剧情'便发生在一个人和一面镜之间。"在这出"独幕剧"中,女性主体显然是阙如的。参见戴锦华:《电影批评》,第154页,北京:北京大学出版社,2004年)。这种盲区自然还可以追溯到弗洛伊德精神分析理论。男女两性间的性别差异也是后拉康时代女性主义者关注的话题。参阅伊丽莎白·赖特(Elizabeth Wright):《拉康与后女性主义》,北京:北京大学出版社,2005年。

以赋形。在诗人们对镜的姿态中隐含着的,正是这种主体与他者的关系,用诗人们的表述来说,即"我"与"你"的关系。如有的学者指出的那样:"在精神分析理论中,'我'这一代词与其说联系着自我,不如说联系着主体幻觉。那是自我的确认,同时是自我对象化的过程。至此,一个'我'中有'他'、'他'中有'我'的主体得以确立。"①

如卞之琳的《鱼化石(一条鱼或一个女子说:)》:

> 我要有你的怀抱的形状,
> 我往往溶化于水的线条。
> 你真象镜子一样的爱我呢,
> 你我都远了乃有了鱼化石。

这首诗的独特处乃括号中的副标题。诗人借此拟设了双重的语义轴,使文本构成了一条鱼或一个女子的倾诉。诗中的"我"的身份既可以是鱼,也可以是女子。但无论是作为一条鱼的"我"还是作为一个女子的"我","你的怀抱的形状"与"水的线条"都是使"我"的形象得以呈现的形式,正像一面镜子如实地映现"我"的容颜一样。同样,无论是代表化石的"你",还是代表女子的"他"的"你",都被纳入了诗人所建构的"我"与"你"互为契合、相互印证的关系之中。如果我们不囿于从男女相悦的情感层面来理解这首诗,那么《鱼化石》更深的意蕴在于揭示了主体和客体之间互为确证和互为升华的关系。正如卞之琳在为《鱼化石》所做的注释中说的那样:"鱼成化石的时候,鱼非原来

---

① 戴锦华:《电影批评》,第157页,北京:北京大学出版社,2004年。

的鱼,石也非原来的石了。这也是'生生之谓易'。"可以说,"我"与"你"在一种"生生之谓易"的过程中都超越了孤独个体的存在方式而达到了一种无间的契合境界。

《鱼化石》在短短的四行诗中昭示的是一种人类情感和心理领域原型般的生命体验,用德国宗教哲学家马丁·布伯(Martin Buber,1878—1965)的话来说,即一种"原初词'我——你'之世界"[①]。它可以唤起读者关于"人我"相悦相契的联觉。卞之琳在《鱼化石后记》中便是这般联想的:"我想起爱吕亚(P. Eluard)的'她有我的手掌的形状,她有我眸子的颜色'。我们有司马迁的'女为悦己者容'。"这种无间的契合乃是人类个体灵魂持久憧憬与渴望的心理体验,对于现代派诗人这一批"单恋者"[②]与独自"暗夜行路"的人来说,这种憧憬和渴望尤其具有典型性。

由此可以理解一代临镜者为什么纷纷拟构"我"与"你"的文本世界。譬如金克木的诗作:

> 你的像片做了我的镜子,
> 我俩的面容在那儿合成一个。
>
> ——《肖像》
>
> 你的眼睛是我的镜子,
> 我的眼泪却掩不住你的羞涩。
>
> ——《邻女》

---

① 马丁·布伯:《我与你》,陈维钢译,第21页,北京:三联书店,1986年。
② "单恋者"的意象出自戴望舒的《单恋者》:"真的,我是一个寂寞的夜行人,/而且又是一个可怜的单恋者。"

"像片""眼睛"都构成了"镜子"的象喻,如同卞之琳说的那样:"自我表现少不了对方的瞳子",金克木笔下的"肖像"与"眼睛"的意象同样是"我"的形象的见证。"我"的"自我表现"借此获得了实现感,无论是欢悦还是忧伤都在"你"的分享之中具有了更深沉的意义。这印证了巴赫金在《陀思妥耶夫斯基诗学问题》中的一段论述:"一个人如果落得孤寂一身,即使在自己精神生活的最深邃最隐秘之处,也是难以应付裕如的,也是离不开别人的意识的。一个人永远也不可能仅仅在自身中就找到自己完全的体现。"①这种孤寂一身的个体境遇所传达的,正是所谓的"纳蕤思式的痛苦",即找不到镜子的纳蕤思无法通过一种客观的介质表达他心灵的焦灼与渴望的痛苦。在这个意义上,纳蕤思所俯临的水面正象征着心灵的媒介,恰如金克木在"你的像片"中找到了"自我表现"的镜子一样。但这仅仅是问题的一个方面,另一方面则在于,当"我俩的面容在那儿合成一个"的同时,单纯个体性的"自我表现"的愿望已退居次要地位了,两情相悦的无间境地构成了对自我表现的超越,也就是说,"我—你"之世界生成了一个更高的主体,一个物我无间的不可分割的主体,它有可能超越个体性的生命存在并促使"我"与"你"共同体验到一种单纯的个体无法体验的全新生命境界。可以说,这正是"主体间性"(inter-subjectivity)对生命的个体性的超越。

这种"我"与"你"共同塑造的和谐而融洽的境界自然具有

---

① 巴赫金:《陀思妥耶夫斯基诗学问题》,白春仁、顾亚铃译,第247—248页,北京:三联书店,1988年。

很大程度的拟想性。与其说它在现代派诗人对镜的体验中已获得具体的实现,不如说更是一种憧憬和向往。也许更可以肯定的是,从卞之琳的《鱼化石》到金克木的《肖像》,"我"与"你"之世界主要体现在诗人们描绘的爱情体验中。具体说来,诗人从镜子中捕捉到的"你",在多数的情境中是恋人的形象;与镜像合一的诗人,其实是沐浴在爱河中的自我。

卞之琳的"无题"系列以及同时期的一些诗作集中表现的便是爱情体验中的"我"与"你"。如《淘气》:

淘气的孩子,有办法:
叫游鱼啮你的素足,
叫黄鹂啄你的指甲,
野蔷薇牵你的衣角……

白蝴蝶最懂色香味,
寻访你午睡的口脂。
我窥候你渴饮泉水,
取笑你吻了你自己。

我这八阵图好不好?
你笑笑,可有点不妙,
我知道你还有花样!

哈哈!到底算谁胜利?
你在我对面的墙上
写下了"我真是淘气"。

这首诗状写的是现代派诗歌中少见的没有丝毫感伤阴影的恋情，有一种"淘气的孩子"般的单纯与率真，构成的是一个"我"与"你"的狂欢般的情境，有一种强烈的游戏意味。尤其值得留意的是"我窥候你渴饮泉水，/取笑你吻了你自己"以及"你在我对面的墙上/写下了'我真是淘气'"这两个特定的情境。前者使人联想到临水的纳蕤思原型，后者则是一种自反式的镜式情境，两者都昭示着这一时期卞之琳诗性思维中一个带有模式化特征的母题。又如这首《无题二》：

> 窗子在等待嵌你的凭倚。
> 穿衣镜也怅望，何以安慰？
> 一室的沉默痴念着点金指，
> 门上一声响，你来得正对！

诗人把对恋人"你"的痴念外化到窗子和穿衣镜的意象上面，怅望着的穿衣镜尤其表现出"我"的焦灼的期盼。镜中当下所匮乏的镜像，正是使"我"获得"安慰"的恋人的形象。在另一首《无题一》中，与这面"穿衣镜"有着相似的诗性功能的，则是"山中的一道小水"：

> 三日前山中的一道小水，
> 掠过你一丝笑影而去的，
> 今朝你重见了，揉揉眼睛看
> 屋前屋后好一片春潮。

掠过"你"的笑影的，与其说是一道小水，不如说是"我"心灵中的镜子。而泛起的春潮，则是陷入爱河的"我"与"你"的情感体验。卞之琳的特出之处正在于把爱情中男女的两情相悦通过镜子以及溪水的意象媒介间接地传达出来。"镜"与"水"由此生成为一种心灵的隐喻,指喻着"我"与"你"契合无间的情感状态。"镜式"的意象由此构成的是心灵与艺术的双重媒介。

而恰恰是这种"我"与"你"镜像般的契合无间昭示了现代派诗人自我反思性文本的匮乏,也显露出诗人所建构的镜像世界的单一性。有研究者指出,一个真正对自己的主体有着省思意识的对镜者,通常在镜像中会"意识到一个与生俱来的他者,了解自己是不安和疏离的。因此,镜子所强调的,是任何自画像朦胧、倒置、有意扭曲的本质","这就是映像的暧昧和丰富,它既同于原物也异于原物……人经常是既同又异的,既似又别的,人有数不清的面孔"。① 而自我与镜像的趋同性心理妨碍了中国现代派诗人对自我与他者的复杂关系的思索,也妨碍了对自我的深层本质与复杂的主体建构过程的体认,尤其是无法看清主体往往是以矛盾和分裂的形态而存在的。埃内斯脱·拉克劳(Ernesto Laclau)在为斯洛文尼亚哲学家斯拉沃热·齐泽克(Slavoj Zizek)《意识形态的崇高客体》所作的序言中说:"主体的位置恰恰就是它在结构的中心进行分裂时的位置。"②这意味着,实体化的主体位置是无法确切找到的。同时,自我也永远无法与"他者"达到彻底的同一,恰恰相反,自我往往是在异己、疏

---

① Sabine Melchior-Bonnet:《镜子》,余淑娟译,第25页,台北:蓝鲸出版有限公司,2002年。

② 斯拉沃热·齐泽克:《意识形态的崇高客体》,季广茂译,第9页,北京:中央编译出版社,2002年。

离和分裂中体验同一性,正像纳蕤思只有与自己水中的影像保持疏离的状态才能看清自我一样。"纳西斯因为无法探触自我而死,因为同源的东西无法理解自己。思想的反省或意识的分裂——它们是同一的变体,便渴望造出一个虚构的异己,以便明确有力地表达它们的种种对立。"①自我的镜像在这里起着拉康所谓的"他者"的作用,而"虚构的异己"之所以被造出,正是为了表达自我与主体的分裂状态,这一切都是因为"同源的东西无法理解自己"。中国的现代派诗人则往往回避正视主体的这种异己性和分裂性,追求的是虚假的自我同一性,表达的是与影像无间契合的渴望,缺乏的是四十年代穆旦诗歌所表现出的那种自我分裂式的挣扎的主体。因此,现代派诗歌呈现出一种如镜子表面一般光滑而幻美的诗学形态,其中的得与失是一言难尽的。

相对说来更为复杂化一些的"我"—"你"之情境是戴望舒《眼》中的世界。在现代派诗人笔下的"镜式"隐喻中,最华美壮丽的文本也莫过于戴望舒的这首《眼》:

> 我晞曝于你的眼睛的
> 苍茫朦胧的微光中,
> 并在你上面,
> 在你的太空的镜子中
> 鉴照我自己的
> 透明而畏寒的
> 火的影子,

---

① Sabine Melchior-Bonnet:《镜子》,余淑娟译,第313页,台北:蓝鲸出版有限公司,2002年。

八　镜　247

死去或冰冻的火的影子。

我伸长,我转着,
我永恒地转着
在你永恒的周围
并在你之中……

我是从天上奔流到海,
从海奔流到天上的江河,
我是你每一条动脉,
每一条静脉,
每一个微血管中的血液,
我是你的睫毛
(它们也同样在你的
眼睛的镜子里顾影)
是的,你的睫毛,你的睫毛,

而我是你,
因而我是我。

诗人把"我"拟设为一个彗星,在宇宙的"眼睛的镜子"里顾影。因此,这首《眼》思考的是宇宙中个体与超越于个体之上的"类"的存在之间的关系。"我"首先是个体的存在,但只有在更庞大的"你"的镜子中才能获得影像。这种顾影的过程也是使个体的自我融化在"你"之中的过程,同时也是使"我"获得证明的过程。"你"构成了"我"最终极的归属,正如竹内好在《何谓近代》一文中阐述的那样:"我即是我亦非我。如果我只是单纯的我,那么,我是我这件事亦不能成立。为了我之为我,我必须成为我之外者,而这一改变的时机一定是有的吧。这大概是旧的东西变为新的东西的时机。"①《眼》的收束句"而我是你,/因而我是我"提示的正是"旧的东西变为新的东西的时机"。"而我是你,/因而我是我"因此便升华为一个哲学式的命题,从而囊括了诸如主体和客体、个人和群体、人类与宇宙等等一系列"我"与"你"的关系。对于一代孤独的纳蕤思来说,这种个体之"我"向类属之"你"的投入,或许有一种历史的必然性,由此,戴望舒的《眼》也超越了现代派诗人对爱河的沉溺而具有了更丰富的历史况味。从中我们看到一代顾影自怜的纳蕤思似乎已不再满足于小儿女互鉴的妆台上的镜子而试图寻找一面囊括天地甚至宇宙的更大的镜子。

这正是三十年代的历史进程留给现代派诗人的一个必须正视的课题。或许沐浴爱河中的"我"与"你"的情感契合并没有完全使诗人们孤独的自我获得实现与升华。在一定意义上说,两情相悦的契合体验只是自我确证的一种替代性满足,爱情的文本只不过更真实地反映了诗人们渴望认同与交流的意向性。即使是精心营造了"我"与"你"的爱情世界的卞之琳,《无题》系列中主导情调仍是"在喜悦里还包含惆怅、无可奈何的命定感、'色空观念'"②。一代诗人的情诗中真正的底色可以说并不

---

① 竹内好:《近代的超克》,李冬木等译,第212页,北京:三联书店,2005年。
② 卞之琳:《雕虫纪历·自序》,《雕虫纪历》,第7页,北京:人民文学出版社,1984年。

是纯然忘我的契合与融洽,而恰恰是一种忧郁、怅惘和感伤。"我再不歌唱爱情/像夏天的蝉歌唱太阳。"1936年11月,与戴望舒创作《眼》同时期,何其芳在《送葬》中写下上面的两句诗,正式与预言中"年轻的神"的形象告别了,同时也告别了他爱情中的泪水人生,并从此寻找到了另一种"我"与"你"的世界,一种个体的"我"向群体的"你"投入的世界。

然而,戴望舒笔下的那个个体的"我",那个"透明而畏寒的/火的影子,/死去或冰冻的火的影子"一旦真正汇入"你"的"每一条静脉,/每一个微血管中的血液",是否意味着"我"的消亡呢?当"我是你"的同时,如何保持"我依然是我"呢?这恐怕是作为思想者的纳蕤思们一时尚无法逆料的问题。正如齐泽克在阐释拉康的镜像理论时所说:"只有通过被反映在另一个人身上,即只有另一个人为其提供了整体性的意象,自我才能实现自我认同;认同与异化因而是严格地密切相关的。"①巴赫金的观点也印证了齐泽克的说法:"在镜中的形象里,自己和他人是幼稚的融合。我没有从外部看自己的视点,我没有办法接近自己内心的形象。是他人的眼睛透过我的眼睛来观察。"②他人的眼睛恰似拉康所谓的"大他者",是使自我异化的最终根源。在这种情境下,当"我是你"时是很难维持自我的完整的。因此,当现代派诗人在他者那里寻找自我确证时,其中已经隐含了我

---

① 斯拉沃热·齐泽克:《意识形态的崇高客体》,季广茂译,第33页,北京:中央编译出版社,2002年。

② 巴赫金:《文本对话与人文》,白春仁等译,第86页,石家庄:河北教育出版社,1998年。

们理解诗人们在抗战之后走向一个更大的群体性他者的精神分析学的解释依据。

从这个意义上看,卞之琳的一句诗显示出了它内在的隐喻性——"我完成我以完成你"(《妆台》),其中隐含了在缔造主体的道途中,自我与他者深刻的内在关系。

主体的真理

从美学资源的意义上看,现代派诗人所营造的临水的纳蕤思的形象,表现为西方话语越界东方的旅行过程。诗人们的自恋心态首先是在西方语境中获得指认和具象的,从而西方艺术的话语和"自我"的话语进入到现代派诗人"艺术的真理"与"主体的真理"的建构机制之中。这就是中国现代艺术主体的他者化过程,主体的获得既是诗人艺术本体自觉的过程,也是西方他者介入的过程。其次,现代派诗人重建纳蕤思母题的历程,也是向中国传统寻求审美资源的过程。在这个过程中,中国的东方传统借助于西方的视角得以再发现,并进而构成了现代派诗人的另一个文化和美学镜像。

卞之琳曾经指出戴望舒代表的现代派诗歌"倾向于把侧重西方诗风的吸收倒过来为侧重中国旧诗风的继承"[①]。应该说,这种"倒过来"的提法有些夸大其词,在某种程度上说,现代派诗人对西方诗艺的汲取仍表现为主导方面;但卞之琳称诗人们

---

① 卞之琳:《〈戴望舒诗集〉序》,《地图在动》,第302页,珠海:珠海出版社,1997年。

同时"侧重中国旧诗风的继承"则是准确的。这是中国诗歌史上绝无仅有的在"化古"和"化欧"两个方面都取得了可观的实绩的时期。对于具体描述这种西方和传统在现代文学中的双重越界现象,临水的纳蕤思母题是一个不可多得的实例。与西方文学中的纳蕤思临水自鉴的原型构成对应的,是中国古典诗学中所习用的"镜花水月"的表述。"镜花水月"的概念中无疑蕴含了更多中国传统的美感因素,水中月、镜中花也是中国古典诗人经常处理的意象。钱锺书即称:"按看水中山影,诗家常语,如张子野《题西溪无相院》:'浮萍破处见山影',或翁灵舒《野望》:'闲上山来看野水,忽于水底见青山。'遗山拈出'更佳'(按,指钱锺书前引《泛舟大明湖》:'看山水底山更佳,一堆苍烟收不起。')则道破人人意中所有矣。《老残游记》第二回所谓:'千佛山的倒影映在大明湖里,比上头的千佛山还要好看。'达文奇尝识其事:'镜中所映画图,似较镜外所见为佳,何以故?'"①看来对镜花水月的领悟的确是沟通中西的审美体验。

但与西方式的纳蕤思临水自恋情怀或有不同的是,中国古典诗人临水之际更多的是冯至所谓的"明心见性"。他这样阐释贾岛的"独行潭底影,数息树边身":"这个独行人把影子映在明澈的潭水里,绝不像是对着死板板的镜子端详自己的面貌,而是在活泼泼的水中看见自己的心性。"②钱锺书也发表过类似的

---

① 钱锺书:《谈艺录》,第483页,北京:中华书局,1984年。
② 冯至:《山水》,第19页,石家庄:河北教育出版社,1994年。镜子在西方文化史语境中,恐不能用冯至所谓的"死板板"来形容。至少在西方研究者眼里,镜子建构的是一个"错综复杂的空间","镜子斡旋于梦和现实之间,(转下页)

说法:"常建之'潭影空人心',少陵之'水流心不竞',太白之'水与心俱闲',均现心境于物态之中,即目有契,著语无多,可资'理趣'之例。"①对理趣的追求或许是东方临水境界中的一个比较鲜明的因素。同是"现心境于物态之中",在瓦雷里和纪德所阐释的纳蕤思母题中更多主体的自觉和彰显,而无论是"潭影空人心""水流心不竞",还是"水与心俱闲",都更接近王国维的"无我之境"。②而随着三十年代中国现代派诗人自我以及主体意识的自觉和强化,年青诗人们似乎已经很难臻于一种传统意义上的无我之境。

相对说来,"镜子"的意象在废名这里,表现出较多的禅悟与理趣的传统美学背景。1931年废名曾编辑了自己的一组诗,题名即为《镜》,其中时时出现作为核心意象的"镜子":

时间如明镜,
微笑死生

——《无题》

(接上页)提供一个和他者相遇的虚拟空间,一个演出想像剧的想像空间"(Sabine Melchior-Bonnet:《镜子》,第275页),并最终构成了拉康意义上的"主体空间"。冯至没有看到的是镜子的景深中的空间深度,而仅看到它的表面。至于在中国文化史中,镜子也同样是一个具有丰富蕴涵的器物。可惜我还没有找到这方面的有深度的研究。有研究者从物质生产史的角度研究过作为器物的镜子的历史,参见聂世美:《菱花照影——中国镜文化》,上海:上海古籍出版社,1994年。

① 钱锺书:《谈艺录》,第547页,北京:中华书局,1984年。
② 辨析中西在临水之际的不同审美体验和主体认知,是一个值得深入探讨的有趣的问题。

> 余有身而有影，
> 亦如莲花亦如镜

——《莲花》

> 因为梦里梦见我是个镜子，
> 沉在海里他将也是个镜子

——《妆台》

这一面面的镜子容易让人联想到禅宗六祖慧能那两首著名的偈语，尤其是废名的《镜铭》一诗中"我惕于我有垢尘"一句更像是从"明镜本清净，何处染尘埃"中化出的。这种禅宗的背景使"镜"承载着深玄的意蕴积淀，而废名对它的重复运用，就带有某种母题特征，隐含着深层心理动机。从隐喻的意义上看，"镜"构成了一个关于幻象人生与观念世界的总体象喻，镜像世界正像梦里乾坤一样，是现实经过折射后的虚像化反映；而从废名的眼光来看，"镜"中世界却有本体意义，幻象与实象物我无间，浑然一体，镜像世界甚至胜于实在人生，于是"镜里偷生"表达的是废名的一种生存理想，即把人生幻美化、观念化的审美意向。此外，废名诗中的"影子""梦""秋水""画"等意象复现频度较高，可以说是由"镜"衍生出来的一个意象群，总体上编织成"镜花水月"的幻象世界，一个理念化的乌托邦的存在，是"梦想的幻景的写象"。从语言的角度说，这是一种幻象语言，其中镜像式的隐喻（镜、影、梦、水）是其主要语言手段，一个幻象化的本体世界在这些隐喻的背后得以生成。[①] 这个幻象化的本体

[①] 参见拙文《新发现的废名佚诗40首》，《中国现代文学研究丛刊》1998年第1期。

世界显然与传统诗学有着更密切的亲缘关系。而从类比的意义上可以说,废名把传统也正是看作一面镜子,后设文本中的一切都会在传统这面镜子中显出镜像,没有这个镜像,就没有文化主体的自觉。废名常常向本土的文化传统回眸,正是他获得文化主体镜像认同的具体途径。①

卞之琳的临水自鉴与传统美学也求得了更多的契合,传统构成了卞之琳诗艺自我的重要的审美镜像。他自觉地以传统的眼光观照西方,反之也成立,即自觉地以西方的眼光观照传统。卞之琳曾为《鱼化石》的每一句都做了一个注,称第一句"我要有你的怀抱的形状",是从法国诗人保尔·艾吕亚(P. Eluard)的诗句"她有我的手掌的形状,/她有我的眸子的颜色"化来,同时也兼容了司马迁"女为悦己者容"的意蕴;第二、三句"我往往溶化于水的线条","你真象镜子一样的爱我呢",则令人想起保尔·瓦雷里的《浴》和斯特凡·玛拉美《冬天的颤抖》中的"你那面威尼斯镜子……"一段。至于第四句"你我都远了乃有了鱼化石",诗人解释说:"这也是'生生之谓易'。近一点说,往日之我已非今日之我,我们乃珍惜雪泥上的鸿爪,就是纪念。"②卞之琳在注中把《鱼化石》一诗的东西方资源显露无遗。这印证了克里斯蒂娃(Kristeva)发明的"文本间性"(Inter-textuality)的概

---

① 曹葆华的《无题》诗中所酷爱的"镜子"也与中国传统有着深刻的关系。如"怎得有一方古镜/照出那渺茫的前身/是人,是鬼,是野狗",即使人联想到最早的唐传奇《古镜记》,其中有一种幽玄的色彩。

② 卞之琳:《鱼化石》注释,《雕虫纪历》,第138页,北京:人民文学出版社,1984年。

念,同时也说明融汇西方和传统资源正是现代派诗人建立诗艺的途径。从这个意义上说,西方和中国古代文本都构成了一个个的镜像,再造和复制着卞之琳的新的镜像,使诗人在新的镜像中发现自我。文本多重指涉("文本间性")的网络本身正是现代派诗人营造文本中镜像形式的主导方式。

但是另一方面,当现代派诗人通过对东西方诗艺的洞察领悟到了艺术的真理时,作为"主体的真理"却仍有待进一步追寻。现代派诗歌的镜式文本建构的是完美的同时也是封闭的诗学形式。从中国现代诗歌史的自律历程上说,现代派诗歌是中国现代文学史上少有的执着于诗艺的阶段,自然有其历史的合理性。但是,在现代派诗艺越来越精致的同时,问题也隐含其中了。纪德指出:"每一完美的形式都在表现观念,而世界真实以及诗人的真实已在这观念结合起来。尽管一部作品的形式,没有真实的意义可以是完美的,但这种空洞的形式总会消亡的。"①三十年代现代派诗人的镜式文本所达到的正是形式的完美,尽管它并非像纪德说的那样"没有真实的意义",一代人对自我形象的忠诚的执迷与艰难的确证过程本身也构成了人类心灵历史难得的遗产,并体现了现代派诗歌与"观念结合起来"的"诗人的真实"。但是其"艺术的真理"最终仍有可能遮蔽了"主体的真理"。纳蕤思主题越界东方的过程,也堪称爱德华·萨义德(Edward Said)所谓"理论旅行"的过程。萨义德指出:"某一观念或者理论,由于从此时此地向彼时彼地的运动,它的说服力是有所增强呢,还是有所减弱,以及某一历史时期和民族文化

---

① 转引自张若名:《纪德的态度》,第52页,北京:三联书店,1994年。

中的一种理论,在另一历史时期或者境遇中是否会变得截然不同。"①纳蕤思背后的象征主义理论资源,在瓦雷里和纪德的年青时代,尚是一种不失先锋性的理论体系。而在中国二十世纪三十年代的历史语境中则慢慢蜕变为一个日渐封闭的镜像母题。一个原本"前进的观念"在中国历史语境中渐成一种竹内好所谓的"后退过程",恰如竹内好所说:"在前进中所形成的前进观念,由于它在本质上是前进性的,故将渗透到后退一方中去,而原本在精神上是空虚的一方,很容易接受这种渗透。而且渗透进去的观念失去了生产性,被作为固定化了的实体看待。"②纳蕤思主义中所内含的象征主义诗学就这样在中国现代派这里慢慢蜕变为一种"固定化了的实体"形态而在一定意义上失去了"生产性"。它促成了现代派诗人对一个幻美的镜像自我的建构,自我的建构内化到镜像的艺术形式之中,形式又反过来催生了镜像化的幻美主体,但历史与现实中的主体的完成仍遥遥无期。

中国现代派诗人重建纳蕤思母题的过程,也是中国青年知识分子主体性建构的历史过程。在这一历史进程中,诸多文学、历史、文化因素纷纷介入其中,"争夺"对美学话语与主体话语的控制权。现代派诗人是在东西方的双重艺术资源中获得审美自觉,同时也是在东西方文化的夹缝中确立自我和主体。他们建构的是一个幻美化的艺术主体,其中的"自我"是一种虚假的

---

① 萨义德:《世界·文本·批评家》,李自修译,第400页,北京:三联书店,2009年。

② 竹内好:《近代的超克》,李冬木等译,第194页,北京:三联书店,2005年。

自我,也是一个被西方和传统话语双重他者化的镜像自我,西方象征主义诗学话语的越界和"控制"构成的是更主导的力量。镜像化的自我意味着真实的历史主体①的匮乏,最终反映的是中国现代知识分子历史主体的危机。墨西哥诗人奥克塔维奥·帕斯曾经说过:"我们在他性中寻求自己,在那里找到自己,而一旦我们与这个我们所发明的、作为我们的反映的他者合而为一,我们又使自己同这种幻象存在脱离,又一次寻求自己,追逐我们自己的阴影。"②现代派诗人在纳蕤思的原型中投射了自我认同的过程,也是中国现代主体的他者化过程,而现代派诗人主体的建构,必然首先挣脱出镜像式的"他性"自我,"又一次寻求自己",走出镜像自我所栖身其中的自我指涉的封闭自足世界,在历史和现实语境中寻找主体建构的可能性。日渐封闭的镜像

---

① 本书侧重于从哲学和历史维度上理解和讨论"主体"的建构问题,同时侧重于从个体发生学和心理学意义上谈论"自我"问题。我认为:"自我"的自觉和获得不意味着"主体"的建立。主体在介入历史和社会现实的过程中才能真正确立,是在与历史和现实的搏斗中最终实现的。中国现代作家的精神历程表明,即使像鲁迅这样的作家,也不意味着主体的完满的确立,鲁迅以《野草》为代表的相当一部分作品深刻反映了主体性的危机,鲁迅的"在而不属于两个世界"的体验即是个体在社会秩序的崩溃中失去归属的表征。但是,中国现代作家中只有鲁迅才真正做到了正视主体的分裂性,正视中国现代主体的不成熟、不健全和不稳定性,因此,鲁迅对统一完整的主体幻觉的打破,对现代主体分裂性的正视,以及他毕生对瞒和骗的揭示,都表明他是最清醒的现实主义者,在中国现代知识分子主体性的建构历程中有无法替代的启示意义(参见拙作《鲁迅第一人称小说的复调问题》,《文学评论》2004 年 5 期)。

② 转引自马泰·卡林内斯库(Matei Calinescu):《现代性的五副面孔》,顾爱彬、李瑞华译,第 75 页,北京:商务印书馆,2002 年。

系统预示了主体的再度"越界"乃是中国知识分子必然的历史选择:打碎镜子,正视中国现代主体的分裂和破碎,挣脱完整和完美的主体幻觉,从镜子的二维平面世界中超越出来,进入立体的历史和现实维度。

可以说,现代派诗歌在获得了诗人的真实或者说艺术的真实的同时,失却的是世界的真实。一代纳蕤思执迷于寻找虚拟的幻想乐园以及"在人类的地图上找不出名字的国土"[1],他们的想象滞留在一个超越现实的幻象时空,身边进行着的具体的现实与历史却是他们努力逃逸的世界。因此当异族入侵者的炸弹击碎了他们鉴照的宁静水面的时候,自我的镜像再也无法稳定地获得,自恋的心绪便终于随同水中的幻象一起消失了。何其芳也终于告别了"扇上的烟云"和"梦中的国土",在《刻意集》序中,对自己"忧郁的苍白的少年期,一个幼稚的季节"不满,认为文学的"根株必须深深地植在人间"。他在"情感粗起来了"[2]的同时,诗风不复早期的精致和纯美。中国诗人进入了一个重建主体历程的新阶段。

在后起的四十年代以穆旦、杜运燮等为代表的中国新诗派那里,我们可以看到,重建主体的历程正是告别镜子的过程。于是有杭约赫的《启示》:

---

[1] 何其芳:《扇上的烟云》(《画梦录》代序),《何其芳文集》第二卷,第57页,北京:人民文学出版社,1982年。

[2] 何其芳:《还乡杂记》代序,《何其芳文集》第二卷,第132页,北京:人民文学出版社,1982年。

> 有一天忽然醒来，
> 烧焦了自己的须发，
> 从水里的游鱼、天空的飞鸟
> 得到了启示。于是
> 涉过水、爬过山，
> 抛弃了心爱的镜子，
> 开始向自己的世界外去找寻世界。

尽管抛弃镜子似乎构成了"向自己的世界外去找寻世界"的逻辑前提，但从"心爱"一词中我们仍旧能读解出诗人的一丝恋恋不舍。更彻底的方式则是"打破镜子"，如杜运燮创作于1942年的《Narcissus》："于是一切混乱。／生命在混乱中枯萎，自己的／影像成为毒药，染成忧郁，／染成灰色，渐渐发霉、发臭……／但是，能看到镜里的丑相的，不妨／耸一耸肩，冷笑一声，对人间说：／'能忘记自己的有福了。'然后／搅混了水，打破镜子。"镜子中已经不复纳蕤思的俊美①，或者说，这是一个从幻美的镜像中苏醒过来的纳蕤思，并醒悟到自恋中的影像有如"毒药"，于是，把水搅混并"打破镜子"成为一种必然的历史选择。"打碎镜子"因此比"扔掉镜子"更其重要，扔掉镜子的过程中可能自我和主体仍然没有获得反省，而只有打碎镜子，才能面对自我镜像的破碎和分裂，体认到原初的完美镜像的虚假性，重

---

① 又如胡明树的《检讨的镜子》："对着一个20平方寸大小的镜／我看见了一个病瘦了的我"。

新再造历史中的主体。①

这一时期,文坛对纪德的关注点也转向了他对马拉美式的"密封主义"②以及象征主义的超越的一面。1944年,诗人冯至在昆明为《生活导报》编辑副页《生活文艺》,在第5期"诗专号"页首辑录了纪德《赝币制造者写作日记》中题为《象征派》的断片,其中纪德认为象征派把诗当成避难所,是逃出丑恶现实的唯一去路:"大家带了一种绝望的热忱而直奔那里。""他们只带来一种美学,而不带来一种新的伦理学。"③写过专著《纪德研究》④的盛澄华也指出:"纪德始终认为象征主义的天地太窄,象征主义派不够对生命发生惊奇,因此它徒有新的美学观,而无新的伦理观","因此《地粮》的另一企图是想把文学从当时'极度造作与窒息的气氛中'解放出来,'使它重返大地'"。⑤这种"重返大地"反映了纪德试图处理"两种互不相让的真理",即艺

---

① 在西方20世纪的历史语境中,"镜子的破碎"则标志着与中国语境不同的主体空间形态:"镜子裂了,碎了。整个幻觉的地理学都与镜子的碎片有关:失去本源、动摇的身分、被吞没的映像、迷宫式的空间,以及失势与解体的恐惧。"(Sabine Melchior-Bonnet:《镜子》,第330页)这与中国年青诗人们打碎镜子,重建主体的理想主义激情相去甚远。

② "密封主义"(Hermetisme),出自法国评论家苏岱(P. Soudey),意指晦涩难懂与炼金术的神秘学说,参见卞之琳:《〈纳蕤思解说〉译者附记》,《文季月刊》1936年第1卷第1期。

③ 冯至:《诗文自选琐记》,《冯至选集》第1卷,成都:四川文艺出版社,1985年。

④ 盛澄华:《纪德研究》,上海:森林出版社,1948年。

⑤ 盛澄华:《纪德艺术与思想的演进》,《文学杂志》1948年第2卷第8期。

术的真理与生活的真理①,这对四十年代后起的年青诗人综合处理"象征、玄学与现实"三个范畴有一定的启发性。

"镜子"意象所携带的美感风格和价值色彩在中国现代诗歌中的演变,堪称中国社会历史变革的一个缩影。下面这首杭约赫创作于1946年的《知识分子》,也出现了镜子的意象,但是风格已经从现代派诗歌中的幻美变为四十年代诗艺中更为流行的反讽:

> 多向往旧日的世界,
> 你读破了名人传记:
> 一片月光、一瓶萤火
> 墙洞里搁一顶纱帽。
>
> 在鼻子前挂面镜子,
> 到街坊去买本相书。
> 谁安于这淡茶粗饭,
> 脱下布衣直上青云。
>
> 千担壮志,埋入书卷,
> 万年历史不会骗人。
> 但如今你齿落鬓白,
> 门前的秋叶没了路。

---

① 参见拙著《象征主义与中国现代文学》,第97页,合肥:安徽教育出版社,2000年。

> 这件旧长衫拖累住
> 你，空守了半世窗子。

当时正是抗日战争刚刚结束，国共内战烽烟四起的大时代，年青的诗人们经历了战火的洗礼，在思想和政治上比起前代诗人显得更加成熟，他们的诗作大都表现出强烈的介入现实、反思历史的意向，并尤其体现出鲜明的知识分子的担承、自省和批判意识。《知识分子》便表现出这种对"向往旧日的世界的文人"的审视。"在鼻子前挂面镜子，/到街坊去买本相书"刻画了"你"终日对镜，在相书中占卜命运的情境，镜子终于变成了负面的意象。中国传统知识分子摆脱"旧日的世界"的诱惑，挣脱自我欺瞒的幻象，抛弃"学而优则仕"的千年信条，并向现代意义上的知识分子转型，堪称艰难的世纪性使命，《知识分子》的创作，正标志着诗人对这一艰难使命的深切体认和自觉反思。这首诗还描述了"你"在历史欺瞒性的幻象中潦倒大半生的宿命。而结尾一句"这件旧长衫拖累住/你"则使人想起了鲁迅笔下的孔乙己的形象。从主题上说，这首《知识分子》是对鲁迅在世纪初叶引发的历史课题的延续，昭示了孔乙己阴魂的难以散尽。单纯就所揭示问题的深度和力度而言，杭约赫的思考远没有超过鲁迅的小说《孔乙己》，但诗人之所以在四十年代中期重新拾起这一问题，意味着它仍然具有迫切的现实性。

但主体的真理也许永远是在欺瞒的幻象与历史的诡计中确立自身与获得实现的。在拉康那里，镜像本身即隐含了一个"他者"的位置，而当诗人们从镜像中挣脱出自我，汇入一个"类"的大写自我的同时，就有可能再次滑入一个更大的"他者"，而再度失却自我。抗战之后的知识分子心灵史或多或少已经证实了这一点。战争年代的知识分子们进入社会历史的实践活动多少开辟了重建新的自我的可能性,但这种可能性在后来的历史中并没有获得完整展开的途径而又重新被"大他者"捕获。① 历史已经证明中国知识分子建构主体性注定是一个艰苦卓绝的历程。

描述二十世纪三十年代中国现代派诗人的幻美主体与镜像自我,对于勾勒中国现代主体的生成,具有阶段性的历史意义。考察五四运动之后中国现代知识分子的精神史,现代派诗人的主体历程是其中不可或缺的一个环节,从中可以进一步引发出中国现代历史中的主体性建构问题,以及历史中的主体与文本中的主体之间的关系问题。

---

① 正如刘纪蕙教授所质疑的那样,现代派诗人打破镜像走向大我从而使自我向类属皈依是否意味着进入一个更大的镜像,进入拉康理论中的"大他者"? 也正如王斑教授启示我的那样:现代派诗人所选择的小我向大我的融入,从一个侧面表现出中国作家习惯于绕过心理分析,直接走入一种"社群思维"的解决方式。二人的批评都涉及了中国现代思想史中一个贯穿的问题:个与群的关系问题。本书中"镜"这一部分的内容曾经以《临水的纳蕤思》为题,提交给台湾"中研院"中国文哲研究所于 2005 年 12 月 8 日召开的题为"越界与美学:晚清至现当代中国文人的自我形象"学术研讨会作为会议论文。与会期间,得到了彭小妍、王瑷玲、刘纪蕙、王斑、衣若芬、严志雄、陈燕遐、文棣(Wendy Larson)、滨田麻矢等先生的批评和建议,特致以衷心的谢忱。

结语　关于生命的艺术

　　幻想证明着思想就在它的鳞片的闪光之中。

　　　　　　　　　　　　　　　　　　——马拉美

　　人类的经验告诉我们，最宝贵、最持久的艺术品并不是某些人称之为最纯粹的东西，而是最充分地体现出人的精神中的种种愿望、喜悦以及烦恼的艺术品。

　　　　　　　　　　　　　　　　　　——比尼恩

　　当年读冯至翻译的里尔克的《山水》，感到里尔克以及他所阐释的达·芬奇这些大师级人物启发我们的是一种沉思生命存在的生活和艺术。他们关注的不仅是艺术形式，更是形式中蕴含的生命。正像里尔克评价达·芬奇所说：

　　　　人画山水时，并不意味着是"山水"，却是他自己；山水成为人的情感的寄托、人的欢悦、素朴与虔诚的比喻。它成为艺术了。雷渥那德就这样接受它。他画中的山水都是他最深的体验和智慧的表现，是神秘的自然律含思自鉴的蓝色的明镜，是有如"未来"那样伟大而不可思议的远方。雷渥那德最初画人物就像是画他的体验、画他寂寞地参透了的运命,所以这并非偶然,他觉得山水对于那几乎不能言传的经验、深幽与悲哀,也是一种表现方法。无限广泛地去运用一切艺术,这种特权就付与这位许多后来者的先驱了;像是用多种的语言,他在各样的艺术中述说他的生命和他生命的进步与辽远。①

达·芬奇在"神秘的自然律含思自鉴的蓝色的明镜"一般的山水中参透的是命运,是无法言传的经验、深幽与悲哀;凭借山水,画家述说的其实是生命和"他生命的进步与辽远"。山水的形式中蕴含的正是沉思冥想与凝神观照的主题,是自我与物象互鉴的隐喻。这种沉思生命的生活,构成了一个寂寞的艺术家所天赋的一种"特权"。

古希腊神话中的纳蕤思也正是这样一个沉思生命的形象,在他那极富形式感的临水的姿态背后,是寻找自我,寻找生命,寻找乐园的沉思的本性。这使纳蕤思不仅成为艺术家的象征,也构成了艺术本质的象征。

本书也试图借鉴这样一个原型的形象去理解"诗的自传"以及艺术本身。真正的艺术无法脱离形式,然而又是一种心灵与精神性的存在;它与表象联系在一起,"但却是以其自身的方式寻求并发现表象后面的某种东西"②。本书正是试图用这样的艺术观来诠释二十世纪三十年代本土的一批年青的诗人们的

---

① 里尔克:《山水》,《给一个青年诗人的十封信》,冯至译,第69—70页,北京:三联书店,1994年。

② 比尼恩:《亚洲艺术中人的精神》,孙乃修译,第139页,沈阳:辽宁人民出版社,1988年。

追求。他们替自己内心深处的创痛体验,替自己难以抑制的渴望和激情,替自己青春期的莫名的躁动寻找到了相应的媒介和形式,同时这种媒介和形式又恰好完美地传达了他们内在的生命体验和心理形态。所以现代派诗人们集体创造了一种新的价值—审美体系,贡献了中国现代诗歌史中具有相对成熟诗艺的诗歌。

尽管这种价值—审美体系中的价值层面在总体上体现为对并不存在的"辽远的国土"的追寻,但它并不影响这种价值体系想象性地落实在诗人们构筑的审美形式中。一代临水的纳蕤思以相对完美的艺术模式承载了时代的阴影加诸肩上的一切生命的或心理的负荷,并在执着的艺术追求过程中塑造了一种沉思生命的诗歌技艺。而在对诗歌技艺的和艺术观的借鉴方面,他们更多汲取的,是法兰西的滋养。至少从帕斯卡尔开始,法国艺术家们就奠立了诗意地沉思物象的艺术传统。"人只不过是一根苇草,是自然界最脆弱的东西;但他是一根能思想的苇草。"① 即使帕斯卡尔的其他言说都被后人遗忘,但这一句话却必定穿越浩瀚的不可测度的时间而放射持久的光芒。它在人与苇草之间建立一种本质直观,是诗意地认知世界的方式。这种方式,在贝尔特朗(A. Bertrand,1807—1841)的《黑夜的卡斯帕尔》、罗特里阿蒙的《玛尔佗萝之歌》、马拉美的《呓语》、纪德的《纳蕤思解说》中都得到了继承。

我的案头一度摆放着二十世纪法国思想者的几本小书——

---

① 帕斯卡尔:《思想录》,何兆武译,第157—158页,北京:商务印书馆,1985年。

加缪的《西西弗的神话》、罗兰·巴特的《符号帝国》以及巴什拉（G. Bachelard, 1884—1963）的《火的精神分析》，也一度很是着迷于巴什拉的"烛火浪漫主义"。巴什拉为读者描述了"火"在人的精神世界中引起的震撼，以及火与人类艺术间的类比关系。"火"在某种意义上构成了人类艺术想象力的隐喻，也是原型批评所酷爱的经典意象。恰像纪德笔下的纳蕤思与加缪笔下的西西弗，这些人类的精神原型都持久地维系和激发着人类的想象力，并且在世世代代的艺术家的创造性活动中持续地再生。

我的这本小书也尝试着处理这样一个原型形象。总体上的研究思路应当说直接受到纪德的《纳蕤思解说》的启迪。以一个西方神话中的形象去框定本土的一代青年诗人，或许多少有些冒险意味，也似乎难以完全逃脱学界近些年来所警惕的普遍主义的陷阱。但另一方面，神话作为人类自身的普遍本性的最初探求又使这一形象带有人类原型的特征。一旦深入到这一形象的内部和底里，就会体会到其中隐含着丰沛的历史内容。这些内容恰恰在中国二十世纪三十年代的现代派诗人这里获得了令人多少感到讶异的验证。这种惊人的共通性对研究者构成了诱惑，它的意义尚不在于现代派诗人在纳蕤思的身上找到了自画像这一事实本身，而主要在于我终于找到了一种能够概括现代派诗歌的总体特征，并且更重要的是，同时找到了介入这一诗歌世界的具体角度，找到了一种观察方式。这种观察方式与现代派诗人所试图寻找的使自我对象化的方式是一致的，换句话说，其中隐含的是一种同构的关系。一代现代派诗人在自己的诗歌创作中持续地探索的，正是使自我赋形的方式，一种心灵的形式,一种情感、心理、意念的载体或者"客观对应物"。

而揭示这些心灵性的内涵并非本书的侧重点,单纯地探索艺术形式也会由于失去价值论的支撑而失于浮泛的形式主义。在本书的写作过程中,我一直记着巴赫金的警告:

> 不论我们选取什么样的情节或母题,我们总是要揭示其组成的结构,纯意识形态的因素。如果我们不去思考它们,如果我们直接地把一个人摆到他的生产活动的物质环境中,即想象他处于纯粹的、意识形态上绝对没有折射过的现实之中——那么,情节或母题就会不剩下任何东西。……任何情节本身都是在意识形态上经过折射的生活的一种公式。这种公式是由意识形态的冲突,经过意识形态折射了的物质力量确定的。善、恶、真理、犯罪、责任、死亡、爱情、功勋等等——没有这些或类似这些东西的意识形态因素,就没有情节,没有母题。①

无论是情节还是母题,都是"在意识形态上经过折射的生活的一种公式"。意识形态因素就是这样潜移默化地折射在艺术形式中。因此,在现代派诗歌中,我们寻求的,是与心灵对应的形式,是心灵与形式之间的同构性。而在纳蕤思身上,我们可以发现,现代派诗人的边缘人的感受,对辽远的国土的思念以及自恋与内敛的心理形态已经转化为对世界进行艺术观察的诗学原则。这些原则具体地外化为现代派诗中一系列具有相对普遍性

---

① 巴赫金:《文艺学中的形式主义方法》,李辉凡、张捷译,第22页,桂林:漓江出版社,1989年。

和稳定性的意象模式,从而一代诗人内心的冲突、矛盾与激情呈现为一种可以在意象和结构层面直观把握的形式。

本书展示了具有母题意味的一系列意象,同时也力图捕捉与其对应的一系列姿态,我们从中试图把握的,是心灵主题与艺术主题的融合与统一。镜子不仅是镜子,也是镜式文本的象征;扇也不再是扑流萤的"轻罗小扇",同时也是一种形式、媒介和载体,有助于考察诗人的主体性以及审美心理是如何在诗歌形式层面具体生成和凝聚的,也有助于考察意识形态以及社会历史在诗歌文本语境中的内在折射,进而在积淀了审美和心理的双重体验的艺术母题中寻找一种心灵与艺术的对应模式。我们试图把握的,是现代派诗人的心灵状态以及对世界的认知究竟如何借助于意象的中介转化为对世界进行观察的艺术方式,以及如何具体转化为构筑诗歌艺术母题的原则。正如巴赫金所说,当这些原则"作为具体地构筑文学作品的原则,而不是作为抽象的世界观中的宗教伦理原则,对文艺学家才有重要意义"①。

现代派诗歌的艺术母题中还可能蕴含有某种艺术史观以及某种艺术观,即人类艺术史中,真正打动人心的,永远是那些关于生命的艺术。曾任大英博物馆东方绘画馆馆长的英国诗人比尼恩(L. Binyon)在《亚洲艺术中人的精神》中说过一段话:

不存在人类的幸福史。而战争、瘟疫、灾难;罪恶、征服、冒险;法规、航海、发明、发现;这些东西却史不绝书。但

---

① 巴赫金:《陀思妥耶夫斯基诗学问题》,白春仁、顾亚铃译,第35页,北京:三联书店,1988年。

>   是在这轰轰烈烈的成果与事件背后的那深广、渊博、难以捕捉的生活,历史家们告诉我们的是何其之少!
>   我们所失去的似乎就是生命的艺术。①

这些话启发着我们对艺术史以及艺术本质的某种领悟。在比尼恩看来,那种"轰轰烈烈的成果与事件背后的那深广、渊博、难以捕捉的生活"就是人类的精神生活。一方面,这种生活只能在人类的艺术中寻找。艺术在本质上是一种心灵与生命的形式。但另一方面,这深广、渊博的生活又是难以捕捉的,它不是艺术品的内容直接告诉我们的东西,而是隐藏在艺术形式的背后,与形式水乳交融地结合在一起的东西,是积淀着的内容,是有意味的形式,用比尼恩的话说,是"思想与质料"的融合。

比尼恩启示了艺术的某种真谛:它是生命与心灵,但又不是其本身,而是化为形式的部分;它是审美的艺术形式,但又不是纯粹的形式,而是承载心灵与思想的形式。马拉美说:"幻想证明着思想就在它的鳞片的闪光之中。"②以马拉美为代表的象征派诗人追求的形式,往往就是梦幻的形式,它由闪动着天堂般光亮的思想的鳞片组成。以往的文学史书写常常存有误解,以为象征派诗人们追求的,似乎是纯粹的形式的艺术。但实际上并非如此,从波德莱尔、马拉美到叶芝、里尔克,真正吸引后人的,是他们形式背后所灌注的思想、体验、经验和生命意识。这是如盐溶于水般溶化在表象背后的东西,正是这种形式与生命的交

---

① 比尼恩:《亚洲艺术中人的精神》,孙乃修译,第2页,沈阳:辽宁人民出版社,1988年。

② 马拉美:《白色的睡莲》,第78页,广州:花城出版社,1991年。

融才使得他们创造的完美的形式有着沉甸甸的分量。恰如比尼恩所说:"人类的经验告诉我们,最宝贵、最持久的艺术品并不是某些人称之为最纯粹的东西,而是最充分地体现出人的精神中的种种愿望、喜悦以及烦恼的艺术品。"①同时,这种最宝贵、最持久的艺术品,也都以各种各样的方式,关涉着人类未来的远景,正像纪德曾经说过的那样:"艺术品像一个果子,它蕴藏着整个未来。"②

---

① 比尼恩:《亚洲艺术中人的精神》,孙乃修译,第141页,沈阳:辽宁人民出版社,1988年。
② 盛澄华:《纪德研究》,第88页,上海:森林出版社,1948年。

附录一 尺八的故事

一

1909年的樱花时节,诗人苏曼殊在日本的古都——京都浪游。淅淅沥沥的春雨中,突然从什么地方传来了似洞箫又非洞箫的乐声,诗人听出那是日本独有的乐器——尺八的吹奏。乐曲凄清苍凉,诗人心有所感,于是写下了那首足以传世的诗作——《本事诗之九》:

春雨楼头尺八箫,
何时归看浙江潮。
芒鞋破钵无人识,
踏过樱花第几桥。

诗人在诗后自注云:"日本尺八与洞箫少异,其曲名有《春雨》者,殊凄惘。日僧有专吹尺八行乞者。"日本京都大学的平田先生告诉我,这种专吹尺八行乞的僧人在日本也叫虚无僧。这个名字在中国人听来总有那么一点儿存在主义的形而上味道。

1904年出家的苏曼殊在写这首"春雨楼头尺八箫"的时候

也已经是一个僧人。但他也是中国近代史上有名的"不中不西,亦中亦西""不僧不俗,亦僧亦俗"的和尚。苏曼殊(1884—1918),字子谷,法号曼殊,广东香山人,出生于日本。上世纪初留学日本期间,加入了革命团体青年会和拒俄义勇队,回国后任上海《国民日报》的翻译。苏曼殊热衷于革命,却被香港兴中会拒绝,一气之下在广东惠州出家,自称"曼殊和尚"。但他在出家的当年就曾经计划刺杀保皇党康有为,幸为人所劝阻。从他的"本事诗"中还可以感觉到他剃度之后仍难免牵惹红尘。如《本事诗之六》:

> 乌舍凌波肌似雪,
> 亲持红叶索题诗。
> 还卿一钵无情泪,
> 恨不相逢未剃时。

苏曼殊精通日语、英语、梵语,既写诗歌、小说,也擅长山水画,还翻译过《拜伦诗选》和雨果的《悲惨世界》,在当时译坛上引起了轰动。辛亥革命后,主要从事文言小说写作,著有《断鸿零雁记》《绛纱记》《焚剑记》《碎簪记》《非梦记》等。苏曼殊的诗文和小说都受到好评。陈独秀即称:"曼殊上人思想高洁,所为小说,描写人生真处,足为新文学之始基乎?"把苏曼殊的小说创作推溯为新文学的传统。郁达夫则说苏曼殊的诗有"一脉清新的近代味"。游国恩主编的《中国文学史》中称他"别具一格,倾倒一时"。这种"倾倒一时"的文坛盛名从前引的那首《本事诗之六》就完全可以想见:苏曼殊即使当了和尚,仍不乏倾慕于其诗才的肌肤似雪的追星族。"还卿一钵无情泪,恨不相逢未剃时"则流露了诗人身不由己的无奈与怅惘,尘缘未了凡心不净可见一斑。从《寄调筝人》中也可窥见诗人的"禅心"经常有美眉干扰:

> 禅心一任娥眉妒,
> 佛说原来怨是亲。
> 雨笠烟蓑归去也,
> 与人无爱亦无嗔。

诗人一心向禅,任凭娥眉嫉恨,但美眉的"怨怼"同时又被诗人视为一种亲缘。尽管"雨笠烟蓑归去也"一句使人想到苏轼的词"归去,也无风雨也无情",同时苏曼殊也许确然追求一种"与人无爱亦无嗔"的境界,但正面文章反面看,读者读出的反而恰恰是"娥眉"对诗人"禅心"的骚扰,苏曼殊显然很难达到"与人无爱亦无嗔"的境界。

《过若松町有感示仲兄》也是苏曼殊的一首代表作:

> 契阔死生君莫问,
> 行云流水一孤僧。
> 无端狂笑无端哭,
> 纵有欢肠已似冰。

"契阔死生"的典故来自《诗经》:"死生契阔,与子成说。执子之手,与子偕老。"闻一多解释这四句诗时说:"犹言生则同居,死则同穴,永不分离也。"这四句诗也是《诗经》里张爱玲最喜欢的诗句,称"它是一首悲哀的诗,然而它的人生态度又是何等肯定"。苏曼殊这首诗同样表现出了一种既"悲哀"又"肯定"的人生态度,与佛家的淡薄出世超逸静修大相径庭。"无端狂笑无端哭",更是表达了我行我素、全无顾忌的行为方式。从中我们感受到的是一个作为性情中人的情感丰沛的苏曼殊,也正因如此,他的诗作无不具有一种撩人心魄的韵致。

"春雨楼头尺八箫"一诗或许是苏曼殊名气最大的诗作。读这首诗,我首先联想到的是苏轼的词"竹杖芒鞋轻胜马,谁怕,一蓑烟雨任平生",苏曼殊或许也有"一蓑烟雨任平生"的慷慨豪放,但是一句"芒鞋破钵无人识",勾画的却是一个多少有些落魄的僧人形象。我的眼前仿佛出现了一个在蒙蒙春雨中踽踽独行的僧人,在寂寥而空旷的心境中,突然听到从远处的楼头隐隐约约传来了酷似故国洞箫的乐声,一下子就唤醒了诗人本来就"剪不断,理还乱"的乡愁。京都多桥,此时一座座形状各具的桥落满绚烂的樱花,景象一定可观。然而诗人的思绪却沉浸在这种如烟如雾般弥漫的乡思之中,眼前的异国的秀丽景致渐渐模糊了,以至记不清走过了几座桥。而且具体的数字对诗人来说是不重要的,重要的是一个"几"字蕴涵的不确定感,映现的正是诗人内心的恍惚与沉湎。我尤其流连于"何时归看浙江潮"的"何时"二字,它把诗人的回归化成遥遥无期的期待与向往,传达的是一种"君问归期未有期"的延宕感,"归看"变成了一种无法企及的虚拟化的想象。所以尽管诗人没有直接书写"思念故国"一类的字眼,但读起来让人更加感受到故园之思的弥漫,更使人愁肠百结。而"浙江潮"三字所象征的故国的山川风物,又使诗人的离情别绪携上了一缕文化的乡愁的韵味。

可以想见,"春雨楼头尺八箫"这首诗蕴涵的诸种心绪和母题,必会在后来的诗人那里激荡起悠长的回声。

二

苏曼殊吟诵"春雨楼头尺八箫"的二十多年后,也是在京都,卞之琳写下了他的诗作《尺八》:

象候鸟衔来了异方的种子,
三桅船载来了一枝尺八,
从夕阳里,从海西头。
长安丸载来的海西客
夜半听楼下醉汉的尺八,
想一个孤馆寄居的番客
听了雁声,动了乡愁,
得了慰藉于邻家的尺八,
次朝在长安市的繁华里
独访取一枝凄凉的竹管……
(为什么霓虹灯的万花间
还飘着一缕凄凉的古香?)
归去也,归去也,归去也——
象候鸟衔来了异方的种子,
三桅船载来一枝尺八,
尺八乃成了三岛的花草。
(为什么霓虹灯的万花间,
还飘着一缕凄凉的古香?)
归去也,归去也,归去也——

海西人想带回失去的悲哀吗？

1935 年 6 月 19 日

  1935 年春，卞之琳因为一次翻译工作，乘一艘名字叫"长安丸"的客船取道神户，抵达京都，住在京都东北郊京都大学附近的一个日本人家的两开间小楼上，三面见山，风景不错。房东是京都大学的一位物理系助手，近五十岁，听说吹得一口好尺八，但是卞之琳却一直无缘聆听。他第一次听到尺八的吹奏，是去东京游玩。三月底的一个晚上，诗人正和朋友走在早稻田附近一条街上，在若有若无的细雨中，"心中怏怏的时候，忽听得远远的，也许从对街一所神社吧，送来一种管乐声，如此陌生，又如此亲切，无限凄凉，而仿佛又不能形容为'如怨如慕如泣如诉'。我不问（因为有点像箫）就料定是所谓尺八了，一问他们，果然不错。在茫然不辨东西中，我油然想起了苏曼殊的绝句：

  春雨楼头尺八箫

  何时归看浙江潮

  芒鞋破钵无人识

  踏过樱花第几桥

这首诗虽然没有什么了不得，记得自己在初级中学的时候却读过了不知多少遍，不知道小小年纪，有什么不得了的哀愁，想起来心里真是'软和得很'。"

  这段回忆引自卞之琳第二年（1936）写的一篇散文《尺八夜》，追溯自己在日本与尺八结缘的过程以及《尺八》一诗的创作始末。当诗人从东京回到京都住处，在五月间的一个夜里，房东喝醉了酒，尺八终于在"夜深人静"时分的楼下吹起来了。音乐声依然让卞之琳感叹"啊,如此陌生,又如此亲切",唤起的是诗人类似于当年苏曼殊的乡愁,于是就有了《尺八》,这首诗也被英美文学专家王佐良先生称为卞之琳诗歌成熟期的"最佳作"。

三

如果没有了解到散文《尺八夜》中交代的卞之琳与尺八之间的本事和因缘,乍读《尺八》一诗,在语义层面是不太容易梳理清晰的。这首诗曾经也迷惑过把卞之琳作为研究对象的专业学者。

《尺八》的复杂,主要是因为这首诗交替出现了三种时空和三重自我。

诗人一开始并没有直接抒写自己聆听尺八的经过和感受,而是先追溯历史。前三句"象候鸟衔来了异方的种子,/三桅船载来了一枝尺八,/从夕阳里,从海西头",追溯尺八从中国本土流传到日本,并像种子一样在日本扎根发芽的历史。"夕阳里"和"海西头"就是站在日本的角度指喻中国。这三句是追溯中的历史时空。

四、五句"长安丸载来的海西客/夜半听楼下醉汉的尺八",才开始写现实中的诗人自己在京都夜半听房东吹奏尺八的事实。但应该注意的是卞之琳并没有使用第一人称"我",而是引入了一个人物"海西客"。"海西客"其实正是诗人自己的化身,诗中的"长安丸"也可以证明这一点,它是卞之琳来日本所乘的船的名字。这两句交代海西客在京都听尺八的事实,进入的是现实时空。

但卞之琳接下来仍没有写"海西客"听尺八的具体感受,从第六句到第十句进入的是海西客的缅想:"想一个孤馆寄居的番客/听了雁声,动了乡愁,/得了慰藉于邻家的尺八,/次朝在长安市的繁华里/独访取一枝凄凉的竹管……"这五句进入的是人物海西客想象中的历史情境。海西客拟想在中国的唐朝,一个日本人("番客")寄居在长安城的孤馆里,听到了雁声,触动了乡愁,并在邻居的尺八声中得到了安慰,于是这位遣唐使(或许还是一位取经的僧人)便在第二天去长安繁华的集市中买到了一支尺八,并带回了日本,尺八就这样流传到了三岛。这五句写尺八传入日本的具体情形,进入的是历史时空,但并不是严格的历史事实的考证,而是海西客想象中的可能发生的情景,所以又是想象化的心理时空。从这十句诗看,前三句写历史,四五句写现实,六到十句写想象,进入的又是虚拟的历史情境和氛围,从而构成了三种时空的并置和交错。这三种时空的交错对读者梳理诗歌的语义脉络多少构成了一点障碍。有研究者就把海西客想象中的唐代的长安时空当成了海西客在日本的现实时空,把海西客和番客等同为一个人,称海西客第二天到东京市上买支尺八留作纪念,他犯的错误就是没有看出从六到十句进入的是"海西客"想象中的唐代的历史情境。

《尺八》中三种时空的交错使诗的前十句含量异常丰富,短短的十行诗中容纳了繁复的联想,并沟通了现实和历史。诗人的艺术想象具有一种跳跃性,令人想到卞之琳所喜爱的李商隐。废名在《谈新诗》一书中就说卞之琳的诗"观念"跳得厉害,他引用任继愈的话,说卞之琳的诗作"像李义山的诗"。《锦瑟》中的"庄生晓梦迷蝴蝶,望帝春心托杜鹃。沧海月明珠有泪,蓝田日暖玉生烟",之所以众说纷纭,从艺术想象上看,正在于联想的跳跃性,造成了观念的起伏跌宕。四句诗每一句自成境界,每一句自成语义和联想空间,而并置在一起则丧失了总体把握的语义线索,表现为从一个典故跳到另一个典故,在时间、空间、事实和情感几方面都呈现出一种无序的状态。又如李商隐的《重过圣女祠》,"一春梦雨常飘瓦,尽日灵风不满旗",废名称这两句诗"前不见古人,后不见来者,中国绝无仅有的一个诗品",妙处在于"稍涉幻想,朦胧生动"。其美感正生成于现实与幻想的交融,很难辨别两者的边际。"常飘瓦"的"雨"到底是梦中的雨还是现实中的雨?"不满旗"的"风"到底是灵异界的风还是自然界的风?都是很难厘清的,诗歌的语义空间由此也就结合了现实与想象两个世界。《尺八》令人回味的地方也在于诗人设计了"海西客"对唐代可能发生的事情的想象,这样就并置了两种情境:一是现实中的羁旅三岛的海西客在日本听尺八的吹奏,二是拟想中的唐代孤馆寄居的日本人在中国聆听尺八。两种相似的情境由此形成了对照,想象中的唐朝的历史情境衬托出了海西客当下的处境,"乡愁"的主题由此在时间与空间的纵深中获得了历史感。诗人的想象和乡愁在遥远的时空得到了异域羁旅者的共鸣和回响。

《尺八》因此是一首融合了叙事因素的抒情诗,在形式上最明显的特征是回避了第一人称"我"作为抒情主人公。一般来说,浪漫主义诗人喜欢以"我"来直抒胸臆,诗中的抒情主人公都可以看成诗人自己。而卞之琳有相当一部分诗则回避"我"的出现。从诗人的性格来看,卞之琳是内敛型的,不像郭沫若、徐志摩是外向型的。卞之琳自己就说,"我总怕出头露面,安于在人群里默默无闻,更怕公开我的私人感情。这时期我更多借景抒情,借物抒情,借人抒情,借事抒情"。在诗的形式上,则表现为"我"的隐身。而从诗歌技艺上说,卞之琳称他自己的诗"倾向于小说化,典型化,非个人化",《尺八》就是一首典型的"非个人化"的作品,也是一种小说化的诗。这种"非个人化"和"小说化"除了表现为在诗中引入人物,拟设现实和历史情境之外,还表现为诗人的主体在诗中分化为三重自我。

第一重自我是诗中的叙事者。诗人拟设了一个小说化的讲故事人,从第一句开始,就是叙事者在说话,是一个第三人称叙事者在追溯尺八从中国传到日本的历史,交代和讲述海西客的故事。它造成的效果是使《尺八》有了故事性,读者也觉得自己在听一个讲故事的人讲一个关于尺八的故事以及一个关于海西客的故事。这样就要求读者调整自己的阅读心态,把这首诗首先当成一个故事来读。

第二重自我是诗中的人物海西客。尽管从卞之琳的散文《尺八夜》中可以获知海西客其实就是诗人自己的形象,但从阅读心理上说,读者只能把海西客看成诗中的一个人物。而从诗人的角度说,卞之琳把自己外化成一个他者的形象,诗人自己则得以分身成为一个观察者,可以客观地审视这个自我的另一个形象。这种自我的对象化既与诗人总怕出头露面、安于默默无闻的性格有关,更与追求诗意呈现的客观化的诗学原则密切相关。

第三重自我则是诗人自己在诗中的显露。我们读下去会看到诗中突兀地插入了"归去也,归去也,归去也——"的呼唤,并重复了两次。我们本来已经习惯了阅读伊始的诗讲故事般的叙述调子,所以读到这种饱蘸感情的呼唤会觉得在诗中显得不和谐。但正是这种不和谐却使诗歌有了新的诗学元素的介入,出现了新的张力和诗艺空间。重复的呼唤类似于歌剧中的宣叙调,使诗歌多出了一种带有情感冲击力的声音。这是谁的声音?是叙事者的吗?诗中叙事者的声音是平静和客观的,其作用是叙述故事,营构时空,而"归去也"的喊声紧张、强烈,甚至有些焦灼,是一种充满感情的主观化的呼唤,同时它打破了此前叙事者连贯的叙述,使故事戛然中止,所以显然不是叙事者的声音。尽管可能有读者认为这两句"归去也"是人物海西客的呼喊,但是更合理的解释是,这是诗人自己直接介入的声音,带着诗人的强烈感情和意识,尽管它依旧表现为匿名的方式。那么,再看括号中也重复了两次的设问"为什么霓虹灯的万花间/还飘着一缕凄凉的古香?"也可以看作是诗人自己的声音在追问,是诗人自己直接出来说话。也许可以说,尽管诗人一开始想客观地处理《尺八》这首诗,减少自己情感的流露,但是写着写着仍然抑制不住自己的冲动,直接喊出了"归去也"的心灵呼声。

　　这就是诗中的三重自我。尽管这三个自我在诗中是统一的,是诗人自己的主体形象的分化和外化,但是其各自的调子却不一样。叙事者的功能在于叙述,调子相对冷静和客观。当然这种客观也只能是相对而言,如第十句"独访取一枝凄凉的竹管",就不单是叙述,还有判断,"凄凉"的字眼就蕴含有明显的感情色彩。再看人物的调子又如何呢?因为诗中海西客的形象是借想象和心理活动传达的,又是由叙事者间接描述出来的,所以人物的调子基本上受制于叙事者的调子。最后是诗人自己的调子,这是趋向于主观化、情绪化的声音,它流露了诗人的真情实感,又在重复与复沓中给读者一唱三叹的感受,直接冲击着读者的心灵深处。

诗中的这三种自我和调子,借用音乐术语,产生的是一种类似于交响乐中多声部的效果,自然比单声部的诗作要复杂一些。而从总体上看,尽管诗人在诗中外化为三重自我,但无论是从诗的语义表层,还是从诗的结构形式,都看不到诗人自己直接抛头露面,这就是《尺八》的精心之处,它努力达到的,正是卞之琳自己说的"非个人化"的诗艺追求。

四

卞之琳在日本最初听到尺八的吹奏的时候,油然想起的正是苏曼殊的绝句。那是卞之琳"读过了不知多少遍"的诗作。或许可以说,如果没有苏曼殊这首绝句的存在,如果没有对它的"不知多少遍"的阅读,卞之琳可能不会对尺八的乐声如此敏感,也不会从尺八一下子联想到乡愁的主题。换句话说,是苏曼殊的绝句在尺八与乡愁之间建立了最初的关联,这种关联对卞之琳来说就具有了母题和原型的性质,卞之琳乃至其他任何熟悉苏曼殊的后来者再听到尺八,就会不期然地联想到乡愁。夸张点说,直接触发卞之琳创作《尺八》一诗的动机固然是他在京都也听到了尺八的吹奏,但更内在的原因,则是苏曼殊的诗留给他的深刻的文学记忆。没有苏曼殊的尺八,也就没有卞之琳的《尺八》,苏曼殊的"春雨楼头尺八箫"就构成了卞之琳领受尺八的内涵进而讲述尺八的故事至关重要的前理解。

因此,把卞之琳《尺八》与苏曼殊的绝句对照起来看,会是有意思的。当然，这种对比不是从美学意义上比较哪首诗更好。因为就美感而言，也许很多有古典趣味的读者更喜欢苏曼殊的诗。我们是从现代诗和旧体诗两种形式两种载体的意义上来对比这两首诗的。

从审美意蕴的传达上，我们可以说，苏曼殊的诗虽短，却更有多义性和不确定性的语义空间。"春雨"到底是下着蒙蒙的细雨，还是像苏曼殊的小注中所说的尺八乐曲的名字？"芒鞋破钵无人识"描绘的到底是诗人自己的形象，还是专吹尺八行乞的日僧的形象，而诗人只是这个虚无僧的观察者？"踏过樱花第几桥"的是不是诗人本人？这都是非确定的。因此苏曼殊诗也更值得反复吟咏和回味，更荡气回肠。而卞之琳的诗则更为繁复，包容着更复杂的时空框架和主体形态，蕴含着更繁复的意绪，有着现代诗才能涵容的复杂性。卞之琳的诗更像是智慧的体操，更有一种智性，更引人思索。同时尽管卞之琳的诗包容着更复杂的时空和更繁复的意绪，但是其基本语义还是有确定性的。两首诗的对读，可以让我们进一步思索旧体诗和现代诗各自的比较优势和可能性。

从诗人主体呈现的角度看，苏曼殊在诗中直接展示给我们一个浪游者的形象，但在卞之琳的诗中，我们却捕捉不到诗人的形象，尽管能感受到他的声音。我们直接看到的形象是诗中的人物海西客。而从结构上说，卞之琳的《尺八》要复杂得多。前面分析了《尺八》中的三重时空和三个自我，而构成《尺八》结构艺术的核心的，则是一种卞之琳自己所谓的"非个人化"的"戏剧性处境"。

所谓戏剧性处境，指的是诗人在诗中拟设的一种带有戏剧色彩的情境。它不完全是中国古典美学中崇尚的意境,而是有一种情节性,但其情节性又不同于小说戏剧等叙事文学,更指诗人虚拟和假设的境况,情节性只表现为一种诗学因素的存在,而不是小说般的完足的故事情节本身。由此,卞之琳的诗有可能生成一种诗歌的"情境的美学",而这种情境的美学的出现,堪称对传统诗学中意象审美中心主义的拓展。

意象性是诗歌艺术最本质的规定性之一。诗句的构成往往是意象的连缀和并置。这一特征在中国古典诗歌中最为突出,诗句往往是由名词性的意象构成,甚至省略了动词和连词。如温庭筠的《商山早行》:"鸡声茅店月,人迹板桥霜。"又如马致远的《天净沙》:"枯藤老树昏鸦,小桥流水人家,古道西风瘦马。"这种纯粹的名词性意象连缀,省略了动词、连词的诗句在西方诗中是很难想象的。不妨对照一下唐诗的汉英对译,比如王维的诗"日落江湖白,潮来天地青"的前一句被译成"As the sun sets, river and lake turn white"。"白"在原诗中可以是一种状态,在汉语中有恒常的意思,"白"不一定与"日落"有因果关系,但是在英语翻译中,必须添加上表示变化、过程和结果的动词 turn,句子才能成立,而且这样一来,"白"与"日落"就构成了确定性的因果关系,同时必须引入关联词 as。又如杜甫的诗"国破山河在,城春草木深",后一句的英译是这样的:"As spring comes to the city, grass and leaves grow thick"。原诗的"春"和"深"都主要表现为形容词的形态,而在英译中,表示时间性的关联词 as,表示来临和生长的动词 come、grow 以及表示确定性的冠词 the 都得补足。对比中可以看出意象性的确是汉语诗歌艺术尤其是传统诗学所强调的最本质的规定性。

但是到了以卞之琳为代表的现代诗中,仅有意象性美学,无论对于创作还是对于阐释,都会时时遭遇捉襟见肘的困境,意象性原则因此表现出了局限性。从意象性入手,有时就解释不了更复杂的诗作。譬如卞之琳的《断章》(1935):

你站在桥上看风景,
看风景人在楼上看你。

明月装饰了你的窗子,
你装饰了别人的梦。

这首诗也充满了美好的意象,但是单纯从意象性角度着眼却无法更好地进入其中。虽然从桥、风景、楼、窗、明月、梦等意象中也能阐释出古典美的风格与追求,卞之琳的诗也的确像废名所说的那样"格调最新"而"风趣最古",或者像王佐良所说的那样是"传统的绝句律诗熏陶的结果",但诗人把这一系列意象都编织在一个情境中,表达的也是相对主义的观念。"你"在看风景,但"你"本身也在别人的眼里成为风景。如果"你"不满足于被看,"你"也可以回过头去看"看风景人",使他(她)也变成你眼中的风景。于是,单一的"你"和单一的"看风景人"都不是自足的,两者只有在看与被看的关系和情境中才形成一个网络和结构。这样一来,意象性就被组织进一个更高层次的结构中,意象性层面从而成为一个亚结构,而对总体情境的把握则创造了更高层次的描述,只有在这一层次上才能更好地理解卞之琳的诗歌,这就是情境的美学。《断章》一诗因此就凝聚了卞之琳"相对主义"的人生观和"非个人化"的诗学观念。诗中像《尺八》那样回避了第一人称"我"的运用,也回避了抒情主体的直接出现,而选择了第二人称"你",使主观抒情转化为"非个人化"的对大千世界的感悟。卞之琳说他的诗作"喜爱提炼,期待结晶,期待升华",这种追求的结果是他的诗充满了人生哲理。《断章》就是经过诗人精心淘洗,向一种象征性的哲理境界升华的结晶。因此,在卞之琳这里,中国现代诗歌的抒情性开始向哲理性转化。

必须充分估价卞之琳的这种"非个人化"以及这种戏剧性处境的诗艺在中国现代诗歌史中的地位和历史意义。如果说浪漫主义诗人注重情感,那么现代主义诗人更注重智性。卞之琳诗歌创作前期(1930—1937)受到了法国象征主义诗人波德莱尔以及后期象征主义诗人叶芝、艾略特、里尔克、瓦莱里的影响。在这些诗人的创作中,哲理与智性构成了重要的诗学原则,卞之琳的诗歌艺术也自然偏向智性一极。如果试图最笼统地概括卞之琳的核心诗艺,可以说他倾向于追求在普通的人生世相中升华出带有普遍性的哲理情境,营造的是一种情境诗。

卞之琳的《尺八》也正是情境诗的佳构。用《尺八夜》中的话,《尺八》这首诗在结构上最明显的特征,是"设想一个中土人在三岛夜听尺八,而想象多少年前一个三岛客在长安市夜闻尺八而动乡思,像自鉴于历史的风尘满面的镜子"。这就是诗人拟想的一种戏剧性处境,一种历史情境。它使诗歌带有一种戏剧性和情节性,表现出卞之琳所说的"小说化,典型化,非个人化"的特征。

五

卞之琳在诗集《雕虫纪历》的序言中说:"这种抒情诗创作上的小说化,'非个人化',有利于我自己在倾向上比较能跳出小我。"这种对"小我"的超越追求与卞之琳的相对主义人生观是互为表里的。

从《断章》和《尺八》可以看出,卞之琳倾向于把大千世界的一切存在都看成是相对的,任何个体化的现实情境都可以和他人的以及历史的情境形成对应和参照,个人的"小我"由此汇入由他人组成的群体性的"大我"之中。用西方人的理论来解释,这种追求表现出一种"主体间性"(inter-subjectivity,也翻译成"交互主体性"),即主体是通过其他主体构成的,主体存在于彼此的关系之中。

在西方对主体性理解的历史中,笛卡尔是重要的一环。在笛卡尔式的"我思故我在"中,主体性是由我自己的思想确立的。而现象学和存在主义则主张一种交互主体性,即把主体性理解为一种人与人的关系和境遇。在以往的哲学譬如霍布斯的思想中,人类的状态尚被描述为一种人与自然环境和社会环境之间的对抗状态,一种易卜生式的个人独自抵抗大众的主体性。而到了胡塞尔和海德格尔这里,人存在于与他人组成的关系和境遇中。存在主义的文学即把"境遇"处理为最重要的主题,而意义也产生于人的境遇,就像托多罗夫在《批评的批评》一书中说:"意义来源于两个主体的接触。"所以主体性存在于主体之间,即所谓的"主体间性"。

在《尺八》一诗中,"非个人化"的追求以及"主体间性"的特征使诗人最终超越了一己的感伤,跳出了个人的小我,从而使诗中乡愁的寂寞,代表着一种具有民族性的"大我"的寂寞;诗歌的主题,也从个体的现实性的乡愁,上升到民族、历史与文化层面。

卞之琳来日本小住的 1935 年,正是中华民族面临生死存亡的历史时刻,诗人刚刚在北平经历了兵临城下的危机,而两年后就爆发了卢沟桥事变。这种历史背景自然会在卞之琳的创作中留下痕迹。因此,卞之琳在日本体验到的乡愁,按他自己的话说,更是一种"对祖国式微的哀愁"。在《尺八夜》中卞之琳写道:他在日本所看到的世界,"不管中如何干,外总是强,虽然还没有完全达到夜不闭户、路不拾遗的一步,比较上总算是一个升平的世界,至少是一个有精神的世界"。而"回望故土,仿佛一般人都没有乐了,而也没有哀了,是哭笑不得,也是日渐麻木。想到这里,虽然明知道自己正和朋友在一起,我感到'大我'的寂寞"。正是这种"大我的寂寞",升华了《尺八》的主题,而大我的主题,与诗歌的非个人化的技巧是一致的。反过来说,也正是对非个人化的追求,使《尺八》中生成的主体,最终汇入的是民族的群体性的"大我"。

这种大我的主题,使卞之琳郁结的乡愁之中,除了对祖国日渐式微的悲哀,还蕴含着另一个重要的维度——文化的乡愁。卞之琳在日本怀念的祖国,不仅仅是现实中的中国,更是一个遥远的过去时代的中华帝国,确切地说,是盛唐时代的中国和文化。由此,他体验到了另一重悲哀:这个盛极一时的中华文明,在现时代的中国已经成为一个日渐远去的背影,而他在日本,却仿佛看到了唐代的文化完好地保存在东瀛的现代生活中。

卞之琳引用周作人的话说:"我们在日本的感觉,一半是异域,一半却是古昔,而这古昔乃是健全地活在异域的,所以不是梦幻似地虚假,而亦与高丽、安南的优孟衣冠不相同也。"卞之琳产生的是同样的感觉。他在《尺八夜》中写着这样一段我喜欢一读再读的华彩文字:

> 说来也怪,我初到日本,常常感觉到像回到了故乡,我所不知道的故乡。其实也没有什么,在北地的风沙中打发了五、六个春天,一旦又看见修竹幽篁、板桥流水、杨梅枇杷、朝山敬香、迎神赛会、插秧采茶,能不觉得新鲜而又熟稔!……固然关西这地方颇似江南,可是江南的河山或仍依旧,人事的空气当迥非昔比,甚至于不能与二十年前相比吧。那么这大概是我们梦里的风物,线装书里的风物,古昔的风物了。尺八仿佛可以充这种风物的代表。的确,我们现在还有相仿的乐器,箫。然而现在还流行的箫,常令我生"形存实亡"的怀疑,和则和矣,没有力量,不能比"二十四桥明月夜,玉人何处教吹"的箫,不能比从秦楼把秦娥骗走的箫,更不能与"吹散八千军"的张良箫同日而语了。自然,从前所谓箫也许就是现在所谓笛,而笛呢,深厚似不如。果然,现在偶尔听听笛,听听昆曲,也未尝不令我兴怀古之情,不过令我想起的时代者,所谓文酒风流的时代也,高墙内,华厅上,盛筵前,一方红氍当舞台的时代也,楚楚可怜的梨园子弟,唱到伤心处,是戏是真都不自知的时代也,金陵四公子的时代也,盘马弯弓,来自北漠,来自白山黑水的"蛮"族席卷中州的时代也,总之是山河残破、民生凋敝的

又一番衰败的、颓废的乱世和末世。而尺八的卷子上,如叫我学老学究下一个批语,当为写一句:犹有唐音。自然,我完全不懂音乐,完全出于一时的、主观的、直觉的判断。我也并不在乐器中如今特别爱好了尺八,更不致如此狂妄,以为天下乐器,以斯为极。我只是觉得单纯的尺八像一条钥匙,能为我,自然是无意的,开启一个忘却的故乡,悠长的声音像在旧小说书里画梦者曲曲从窗外插到床上人头边的梦之根——谁把它像无线电耳机似的引到了我的枕上了?这条根就是所谓象征吧?

卞之琳之所以闻尺八吹奏而呼"如此陌生,又如此亲切",是因为虽然他以前并没有亲耳见识过尺八,但却又仿佛已经与尺八神游已久了。对卞之琳而言,尺八标志了一个过去的时代,充当的是"梦里的风物,线装书里的风物,古昔的风物"的代表,代表了中国历史上鼎盛的唐朝,诗人从中感到的是"犹有唐音"。正是在这个意义上,卞之琳称"尺八像一条钥匙,能为我,自然是无意的,开启一个忘却的故乡"。而让诗人更加感叹的,是这个故乡在诗人自己的本土失却了,反而像周作人所说"健全地活在异域"。所以再回过头来看《尺八》诗中括号里的两句"为什么霓虹灯的万花间/还飘着一缕凄凉的古香?"可以说霓虹灯所象征的日本现代生活之中正包蕴着"古香"里所氤氲的过去。日本是一个善于保存自己的过去的民族,许多异邦人在日本,都时时处处觉出现在与过去的一种亲密的维系。《尺八》中的"古香"正是象征了历史遗产的遗留,其中也包括中国唐宋时代的历史遗产。《尺八》一诗中很重要的一层意蕴,就是对霓虹灯中飘着的"古香"的深切体味。

同时,卞之琳感受到的古香中又蕴含着一种"凄凉"的况味。这种凄凉,一方面透露着诗人感时忧国的心绪,透露着对故园"颓废的乱世和末世"的沉重预感。另一方面,即使在日本,尺八所维系的,似乎也是一个正面临着现代性冲击的古旧的年代。谷崎润一郎在写于二十世纪三十年代的文化随笔《阴翳礼赞》中就感叹说东京和大阪的夜晚比欧洲的城市如巴黎还要明亮得多。他喜欢京都一家著名的叫"童子"的饭馆,长期以来在客房里不点电灯,只点蜡烛。但是后来它也改用电灯了,谷崎就很不喜欢,他是特意为享受过去的感觉而进去的,所以他一去就让侍者换成蜡烛。也许在他看来,蜡烛代表着一种传统的乡土式的生活,一种具有古旧、温馨而宁静的美感的生活。而这种生活在现代文明中是注定要失落的。因此,文化的乡愁就会成为一种永恒的主题。而卞之琳的"凄凉的古香"的感受中也正包含了对这种古旧的事物终将被现代历史淘汰出局的必然宿命的叹惋。

最后看《尺八》中的最后一句"海西人想带回失去的悲哀吗?"海西客失去的究竟是什么呢?

从最具体的层面看,"失去的悲哀"指的是尺八这种乐器,它在中国本土已经失传了,却成了在三岛扎根的花草。其次,失去的悲哀指尺八所代表的中国的过去,即所谓"梦里的风物,线装书里的风物,古昔的风物"。最后,失去的悲哀喻指曾经盛极一时的古代中华帝国的文明。卞之琳从尺八的吹奏中,听到的是一个极尽辉煌过的帝国日渐式微的过程。诗人可能切肤般地感到,失去的也许永远失去了,自己所能带回的只有悲哀而已。诗读到最后,读者分明感到力透纸背的正是诗人这种深沉的悲哀的意绪。

读罢全诗，有读者也许会问，尺八真是从中国的唐代传到日本的吗？在散文《尺八夜》中，卞之琳自己也产生过不自信的疑问："尺八这种乐器想来是中国传来的吧。"这毕竟有臆想性，他的考证的工作也止步于《辞源》上的一条："吕才制尺八，凡十二枚，长短不同，与律谐契。见唐书。"卞之琳以自己仍未能证明日本的尺八是从中国传去这个假设为憾。1936年的春天，他写信问周作人，很快就得到了一个使他相当高兴的答复：

> 尺八据田边尚雄云起于印度，后传入中国，唐时有吕才定为一尺八寸（唐尺），故有是名。惟日本所用者尺寸较长，在宋理宗时（西历1285）有法灯和尚由宋传去云。

卞之琳说："虽然传往日本是在宋而不在唐，虽然法灯和尚或者不是日本人，已没有多大关系了。"

毕竟《尺八》是一首拟设想象情境的诗歌。

六

1996年樱花盛开的时节，我正住在卞之琳当年在京都小住之处一带。在京都大学所做的一次讲座讲的也正是苏曼殊的"春雨楼头尺八箫"、卞之琳的《尺八》以及我更喜欢的他的散文《尺八夜》。每次从住处去京大的路上都能看到小巷中一所两层小楼的住宅门上挂着一个牌子，上写：尺八教室。这是教学生吹奏尺八的地方。有时会站在门边谛听一下里面传出的尺八的声音，便想起了卞之琳的形容："如此陌生，又如此亲切，无限凄凉，而仿佛又不能形容为'如怨如慕如泣如诉'。"同时又想，尺八虽也是古旧的乐器,但它与平安王朝的都城——京都的古旧感还是水乳交融的,不像中国很多地方拆了真正的旧建筑后所新建的"仿古一条街"那么不伦不类。

1996年的3月,我从京都去神户看望当时正在神户大学任教的老师孙玉石先生。孙老师经历了阪神大地震,我去的时候,神户震后刚刚一年,可是震后的重建很迅速,已经很难看出地震的迹象。1995年阪神地震之后,无论是国内的亲友,还是师长和学生,都十分关切孙老师夫妇的安全,其中就有孙老师的老师、北京大学中文系的林庚先生。于是我在孙老师那里读到了林庚先生给他的信:

玉石兄如晤:

获手书,山川道远,多蒙关注,神户地震之初曾多方打听那边消息,后知你们已移居东京,吉人天相,必有后福,可恭可贺!惠赠尺八女孩贺卡,极有风味,日本尚存唐代遗风,又毕竟是异乡情调,因忆及苏曼殊诗"春雨楼头尺八箫,何时归看浙江潮,芒鞋破钵无人识,踏过樱花第几桥"。性灵之作乃能传之久远,今日之诗坛乃如过眼烟云,殊可感叹耳。相见匪遥,乐何如之。匆复并颂

双好。

林庚
1996年1月3日

林庚先生三十年代与卞之琳同为现代诗派的重要一员,他本人的诗恐怕在现代派诗人群中更能称得上是"性灵之作",在化古方面的追求尤其独树一帜。尽管我对林先生"今日之诗坛乃如

过眼烟云"的判断不能完全认同,但是林先生所谓"性灵之作乃能传之久远"却是千古不易的论诗佳句。而林先生言及的尺八,从尺八女孩的风味中触发的类似于周作人和卞之琳的"日本尚存唐代遗风,又毕竟是异乡情调"的感受,以及他对苏曼殊"春雨楼头尺八箫"一诗的援引,则使我1996年的日本之行对尺八的记忆,又加上了难忘的一笔。

京都大学的平田先生知道我对尺八情有独钟,在我回国的时候送我两盘尺八的CD。此后的几年中就断断续续地听熟了。也许时过境迁,脱离了独居异国的心绪,CD中的尺八吹奏并没有给我"凄惘"之感,更多的时候让我联想到的是"空山"雨后,是王维诗意,是东方文化特有的融汇了禅宗的顿悟的对虚空的感悟和对空寂的感悟。

今年初春时节重游京都故地,近八年过去了,京都大学附近的那所尺八教室依在,我站在路边等待了一会儿,街巷静悄悄的,没有乐声传来,但是耳际却仿佛因此弥满了尺八的吹奏,同时回响的还有苏曼殊的"春雨楼头尺八箫"以及卞之琳一唱三叹般的呼唤:"归去也——"

2004年3月5日于神户六甲山麓

附记:写完这篇文章后的2004年秋天,去奈良参观正仓院国宝展,赫然发现有尺八展出。与现今日本流行的较长的尺八不同,展出的尺八很短,不足一尺。奈良正仓院展出的国宝都是奈良时代皇室珍宝,而奈良时代大体上相当于中国的唐代,于是就有了一个疑问:尺八很可能早在唐代就已经传到了日本,而不是周作人考证的宋朝。

　　这篇文章的内容，我在2004年12月11日京都佛教大学组织的现代中国研究会上做了一个讲演，演讲前又专门查了一些资料，发现尺八的确早在唐代就已经到了日本，只是限于宫廷演奏，尺寸也是较短的尺寸。而日本后来在民间流行的现存尺八则很可能是周作人所说在宋朝传进日本的，与唐代传去的宫廷尺八遵循的是两个不同的路径。

　　2005年春节回国休假，友人王风兄告诉我，其实尺八在中国本土并没有失传，在福建的地方戏（"南音"？）中，尺八仍是重要乐器，只是福建地方以外熟悉的人很少罢了。

2005年6月2日补记

附录二 西部边疆史地想象中的"异托邦"世界

一

我对孙毓棠的诗作《河》的解读是从翻阅拉铁摩尔的《中国的亚洲内陆边疆》一书开始着手的。我试图解决的困惑是,为什么孙毓棠在诗中创造了一个流向广袤的内陆沙漠地域的向西的大河?为什么河流上相竞的千帆承载的是一个种族性和集体性的通过河流的大迁徙,其方向是朝向黄沙漫漫的西部边疆,甚至是历史的版图疆域之外的一个疑似子虚乌有的地方——古陵?这条穿越沙漠奔腾向西的几千里长的河流所表现出的地理形态,在今天中国的版图上似乎难寻踪迹,更像是历经沧海桑田的地质巨变之后蒸发在中国西部地理空间和历史时间中的甚至连故道也消失殆尽的中古史上的河流。或许,这条呜咽的大河,本来就存在于孙毓棠关于西部边疆的史地想象中,连同诗中屡屡复现的"古陵",是类似于福柯所谓的"异托邦"式的存在物。

这首写于1935年的诗作借助超凡脱俗的想象力所勾勒的这条西部大河以及神秘的"古陵",因此多少显得有些独异。我试图在拉铁摩尔的《中国的亚洲内陆边疆》中寻求某种解释的可能性。当我读到拉铁摩尔关于"中国历史的主要中心是黄土地带"①的判断,读到书中展示的华夏文明自秦汉直到盛唐都辉煌于中国的西部边疆的史地图景,同时联想到孙毓棠创作《河》的时候的史学家身份,我开始意识到孙毓棠的想象力的脉管中流淌的可能是汉唐之血。作为历史学家的孙毓棠,从民族历史,尤其是从西北边疆史地中汲取了想象力的资源以及历史素材的给养,并最终获得了一种宏阔的史诗图景,进而超越了二十世纪三十年代现代派诗人笔下的镜花水月,而具有了一种史诗的苍茫壮阔以及悲凉之美。

从这个意义上说,《河》堪称是对民族历史强盛时期的浑圆而豪迈的生命力的招魂曲。

二

解读《河》的另一种可能的途径是把《河》看成是孙毓棠的鸿篇巨制——叙事史诗《宝马》的前史。从这一角度上说,两年后问世的《宝马》就并非一部毫无征兆的横空出世之作,其酝酿的因子或许已经在《河》中初露端倪。

孙毓棠1933年8月毕业于北平清华大学历史系,读书期间就关注于对外关系史,学士论文以《中俄北京条约及其背景》为题。此后孙毓棠大量中国史研究的成果,触及政治、军事、经济、

---

① 拉铁摩尔:《中国的亚洲内陆边疆》,唐晓峰译,第21页,南京:江苏人民出版社,2005年。

文化、民族、中外关系诸多领域。具体课题涉猎"战国时代的农业与农民""汉代的农民""汉初货币官铸制""战国秦汉时代的纺织业""两汉的兵制""汉代的交通""汉与匈奴西域东北及南方诸民族的关系""隋唐时期的中非交通关系""北宋赋役制度"等诸多领域。其中的先秦史、汉唐史、交通史等领域直接为《河》以及随后的惊世之作《宝马》提供了专业化的知识储备。

孙毓棠在二十世纪三十年代的中国诗坛多少显得有些异类,这种异类性的最突出的标志就是他发表于1937年的叙事史诗《宝马》①。《宝马》写的是汉武帝时李广利率兵西征大宛获取宝马的故事。《宝马》发表后不久,孙毓棠在创作谈《我怎样写〈宝马〉》中自述:伐宛"这件事在中国民族的历史中当然具有相当重要的地位,它是张骞的凿空及汉政府推行对匈奴强硬政策的必然的结果,这次征伐胜利以后,汉的声威才远播于西域,奠定了新疆内附的基础。在今日萎靡的中国,一般人都需要静心回想一下我们古代祖先宏勋伟业的时候,我想以此为写诗的题材,应该不是完全无意义的"。

　　已往的中国对我是一个美丽的憧憬,愈接近古人言行的记录,愈使我认识我们祖先创业的艰难,功绩的伟大,气魄的雄浑,精神的焕发。俯览山川的隽秀,仰瞻几千年文华的绚烂,才自知生为中国人应该是一件多么光荣值得自豪的事。四千年来不知出头过多少英雄豪杰,产生过多少惊心动魄的故事。……整个的民族欲求精神上的慰安与自

---

① 孙毓棠:《宝马》,《大公报·文艺》1937年4月11日。

信，只有回顾一下几千年的已往，才能迈步向伟大的未来。①

这段自述既仰瞻中华几千年的辉煌历史，憧憬"神话所讲述的年代"，又同时指涉了"讲述神话的年代"——日寇兵临城下民族面临生死存亡的关头，为读者提供了理解《宝马》的现实视角。晚年的孙毓棠谈及当年《宝马》的创作时亦称："缅怀古代两千年前，我们是一个多么光荣、伟大而有志气的民族。""打开案头书，阅读两千余年前司马迁的《史记·大宛列传》，让我怀念我们祖先坚强勇猛、刚正果毅的精神和气魄，在我年轻的心中，热血是沸腾的。因此，我写了这篇《宝马》。"②

《宝马》堪称孙毓棠对辉煌的民族历史的一次回眸，诗中的意象因此"五光十色，炫人眼目。而且句句有来历，字字有出典"③。将士西征的场面尤其被诗人极尽能事地铺排。大宛国的"宝马"也诚如诗题所写，成为诗歌的核心。王荣在《中国现代叙事诗史》中论及《宝马》时指出，"需要注意的是，和《史记·大宛列传》及《汉书·张骞李广利传第三十一》里所记载的史实相比，在诗人所创造的虚构性故事情节中，宝马的获得与否，不仅成为艺术结构的中心，而且成为了牵动着国家的荣誉与尊严，将士与民众等个人命运的叙事主元素。所以，在主题思想方面，

---

① 孙毓棠：《我怎样写〈宝马〉》，《大公报·文艺》1937年5月16日。
② 转引自卞之琳：《人与诗：忆旧说新》（增订本），第221—222页，合肥：安徽教育出版社，2007年。
③ 卞之琳：《〈孙毓棠诗集〉序》，《人与诗：忆旧说新》（增订本），第223页，合肥：安徽教育出版社，2007年。

古代史实中穷兵黩武的意味被消解淡化,汉王朝与大宛国的冲突,汉军将士的浴血奋战,以至于普通民众付出的牺牲等,成了展示古代中国强悍刚健、不惧困难的民族性格与精神风貌的'有意味的形式'。这在当时日寇步步紧逼,民族存亡危在旦夕的时刻,就成了作者……用以激发中华民族奋发图强的爱国精神,'迈步向伟大的未来'等创作目的的一种有'意义'的'实践'性艺术表达方式"①。

《宝马》中时时复现的,也是如《河》中的一唱三叹般的"向西":

> 向西去!向西去!一天天
> 头顶着寒空,脚踏着漠野,冷冰冰
> 叫你记不清北风已吹成什么日子,
> 只知道月已两回圆又两回残缺。
>
> 向西去!曲折蜿蜒这几十里大军
> 象一条大花蛇长长地爬上了荒漠,
> 白亮亮戈矛的钢刃闪烁着鳞光,
> 是鳞上添花纹,那戈矛间翻动的
> 五彩旌旗的浪,听铜笳一声声
> 扭抖着铜舌,战鼓冬冬冬敲落下
> 钢钉的骤雨,驼吼,驴嘶,牦骡的长噪

---

① 王荣:《中国现代叙事诗史》,第 201 页,北京:中国社会科学出版社,2004 年。

卞之琳称："孙毓棠要不是史学专家,就不会写出他的《宝马》一类的代表诗作。"①繁复的意象有赖于丰富的史地知识的强有力支持,也显示出与早两年发表的《河》的某种沿承性。《河》的出现因此可以看作两年后《宝马》的某种预演,既标志着《宝马》渊源有自,也证明了《河》并非心血来潮的孤立之作。把《宝马》作为《河》的前理解,似乎可以更好地阐释《河》的难解之处。

孙毓棠的另类之处还在于,作为一个史学家,他既没有对二十世纪三十年代中国诗坛的潮流趋之若鹜,也无落伍之虞,反而能够发挥自己的性情和专长进行写作。在写于1934年的《文学于我只是客串》一文中,孙毓棠更倾向于把自己视为一个业余写作者:"我是以史学为专业的人,并且将来仍想以史学为专业;文学和我的关系不过是'客串'而已。"②《宝马》这般中国诗坛他人无法贡献的叙事史诗以及《河》这样具有独异的诗歌美学特质的佳构,正是一个史学家"业余""客串"的产物。

三

作家冯沅君在1935年的《读〈宝马〉》一文中认为:"写史诗,我觉得有三个不可缺少的条件:精博的史料,丰富的想像,雄伟的气魄。"③这三个条件在孙毓棠的《河》中也得到了充分的体现。

---

① 卞之琳:《〈孙毓棠诗集〉序》,《人与诗:忆旧说新》(增订本),第222页,合肥:安徽教育出版社,2007年。
② 孙毓棠:《文学于我只是客串》,《我与文学》,上海:生活书店,1934年。
③ 冯沅君:《读〈宝马〉》,《大公报·文艺》1937年5月16日。

《河》最初刊载于1935年2月10日《水星》第1卷第5期。开头几句即在无边的荒沙的大背景下突现出一条"向西方滚滚滚滚着昏黄的波浪"的大河，三四句"带着呜咽哭了来，/又吞着呜咽向茫茫的灰雾里哭了去"奠定的是整首诗略显悲凉甚至悲怆的基调。这种"呜咽"既可以看成是河流的悲鸣，也可以读解为下文船上迁徙者心底的哀音。接下来则从大尺度俯拍的漫漫黄沙的全景式镜头推向河流上的近距离中景——"载着大沙船，小沙船，舢板，溜艇，叶儿梭/几千株帆樯几万只桨"，描绘的是一幅数以万计的人群沿着一条大河千帆竞逐、万桨齐发的大迁徙的壮阔图景。镜头接着从中景推进到关于船帆的特写——"荒原的风/似无形又似有形，吹动白的帆，黑的帆，/破烂的帆篷颤抖着块块破篷布"，暗示着这是一次漫长而艰苦卓绝的旅程。

接下来诗中有三处集中描写了上千只形体各异的船上的搭载。除了"舱里舱外堆着这多人"之外，一处写的是船上所载的日常生活和劳作的用具，一处写的是"粮食，酒"以及大大小小的牲畜连同宠物，第三处则集中写的是沙船运载的形形色色的兵器。从诗歌状写的具体图景上看，这是一次整个族群背井离乡的集体大迁徙，连家禽家畜都随船带离。同时可以看出的是兵器在运载物中的重要位置，形形色色的冷兵器意象彰显出故事的古代背景，而对兵器的细致入微的摹写一方面说明这支迁徙大军的军事化程度，另一方面则说明军事在当时所占据的重要地位，这似乎是一个兵民一体化的族群。而"双刃的戈矛""青铜的剑"，堆成了山的"皮弓，硬弩，和黑魆魆的钢刀"，"几十船乌铁的头盔，连环索子甲，/牛皮的长盾"等，也许同时暗示着这次迁徙将不可避免地伴随着一场军事化的征服。

诗中的"呜咽""哭""哽咽"等修辞策略反映出孙毓棠没有把这次族群迁徙写成类似摩西"出埃及记"那样的壮举；从"破烂的帆篷颤抖着块块破篷布。/曲折弯转像吊送长河无穷止的哽咽，/一片乱麻样的呼嚣喧嚷"等场景中，也可看出亦无李广利西征大宛的雄壮声威；而"舱里舱外堆着这多人，这多人，/看不出快乐，悲哀，也不露任何颜色"，则可以想见踏上征程的人们对未来的些许茫然甚至麻木，似乎这不是一次前途光明的旅程，而更是一次无奈的甚至可能是被迫的流徙。

这首诗的美感风格由此而呈现出一种悲壮和苍凉的色调，但仍蕴有一种内在的雄浑的力度。这种力度恰恰蕴藏在"看不出快乐，悲哀，也不露任何颜色"的人们的脸上，蕴藏在"船夫一声声/叠二连三的吆喝"声中，蕴藏在"青年躬了身，咸汗一滴滴点着长篙，/紫铜的膀臂推动千斤的桨，勒住/帆头绳索上一股股钢丝样的力量"中，更蕴藏在"摇动几千株帆樯几万支桨，荒原的风/似无形又似有形，吹动如天如夜的帆；/多少片帆篷吸满了力量，鼓着希望"之中。而诗人最终把这次长旅定位为一次宿命之旅，值得回味的是重复两次的"这不管"：

> 谁知道
> 古陵在茫茫的灰雾后有多么遥远，
> 苍天把这条河划成一条多长的路？
> 这不管，只要有寒风匆匆牵了帆篷向前飞，
>
> 这不管，只要寒风紧牵了帆篷，长河的
> 波涛指点着路——反正生命总是得飞，飞，

> 不管前程是雾,是风暴,古陵有多么
> 远,多么遥,苍天总会给你个结束。

这里出现的是"生命"与"宿命"意识的相互交织。"古陵"所代表的正是这种生命和命运双重召唤,在《河》固有的拓展族群新的生命空间,超越既有生活以及存在形态的拓疆精神之外,携带上了某种更具有永恒性的"人"的色彩。而无论是开疆拓土的精神,还是聆听命运的召唤,都与汉民族在漫长的历史时间中逐渐形成的安土重迁的传统构成了某种差异性。其中更为独异的是关于生命的求索所展示的具有人类学意义的普遍性。有学者论及《宝马》时指出:"它是一部真实表现历史原生态的史诗,一部深邃洞察历史复杂性的史诗,一部寄托着诗人忧国之心与民族性格理想的史诗。除此之外,关于西域自然环境的描写,不仅提供了比古典诗词更为宏阔而细腻的画卷,而且涉及到人与自然的关系的哲学层面。"①而《河》所最终抵达的更是关于人类的命运的层级。这也是这首诗的"异托邦"维度所蕴含的超越"时间之外的永恒性"。

四

《河》中最令人赞叹不已的是"古陵"的意象以及"叠二连三"的"到古陵去"的呼喊。如何解读"古陵",也构成了诠释《河》这首诗的关键环节。

---

① 秦弓:《从〈宝马〉看经典重读的必要性与可能性》,《江汉论坛》2005年第2期。

文学史家陆耀东谈及《河》中的"古陵"意象时指出:"《河》中十多次呼唤,到古陵去,古陵在哪里?它只是一个象征。如果从'古陵'两个字面上猜测,它是古代的陵(墓)园。也就是说,不管前面是什么地方,船上载的什么,路途怎样,船行快或慢……最终的地方是死亡,是坟墓。'到古陵去!'口号也就是驶向死亡的代名词。"①

这里把"古陵"看成"死亡"的代名词可能有些阐释过度了。"陵"不仅仅可以解读为陵园,也可以解读为山陵。但究竟是陵园还是山陵,诗中并没有明确的透露,也绝非重要。诗人其实赋予"古陵"的是多重想象性与阐释的多义性特征:

> 谁知道古陵在什么所在?谁知道古陵
> 是山,是水,是乡城,是一个古老的国度,
> 是荒墟,还是个不知名的神秘的世界?

"古陵"魅惑孙毓棠的地方可能是这个字眼儿散发出的古远的感觉以及神秘不可知本身,一种与现实世界相异质的"异托邦"的属性。

也有研究者认为《河》中的"古陵"似乎是一个堪比《宝马》中所写的西域国度,代表的是一种与华夏文明异质的异域文化。其实,虽然《河》与《宝马》分享的是同样的西域边疆史地资源,但是在《河》中很难对"古陵"究竟是一个什么样的地方得出确凿的答案。也有人认为"古陵"是一个古代的乌托邦或者是这个迁徙的种族的原乡式故乡,但与经典的乌托邦想象相异的是,

---

① 陆耀东:《论孙毓棠的诗》,《文学评论》2007年第6期。

孙毓棠诗中的古陵，既不是一个典型的乌托邦世界，也并非"出埃及记"中犹太人所千里迢迢奔赴的一个祖先的民族集体无意识的记忆之邦，更不是陶渊明式的世外桃源。"古陵"是命运的他乡，宿命的皈依。它更像是一个异托邦的符码，是一个诗人在想象中构建的诗歌中的异质空间——一个边疆史地意义上的"异托邦"。

二十世纪三十年代的诸多现代派诗人在诗中构建了一个个"辽远的国土"，梦中的伊甸园，如辛笛"我想呼唤遥远的国土"（《RHAPSODY》），何其芳"我倒是喜欢想象着一些辽远的东西，一些并不存在的人物，和一些在人类的地图上找不出名字的国土"（《画梦录》）。这堪称一批戴望舒所谓"辽远的国土的怀念者"（《我的素描》）。"辽远的国土"具有典型的乌托邦乐土的性质。但是孙毓棠似乎无意于营造乐土的维度。他有着自己独异的资源——中国古代边疆史地带来的想象力的空间。古陵的特征只有穿越沙漠的几千里长河向西的空间维度，以及遥远、神秘和广袤本身，是一个最可能承载"异托邦"想象的地方，也是只有一种异托邦的想象力才能真正企及的地方。也正是关于"异托邦"的想象，提供着现代人存在方式的别样性和可能性，它是一个差异的空间，一个正史之外的世界。《河》中的古陵所获得的正是人类在历史时间和空间之外所有可能获得的生存和繁衍的空间，它绝非理想和圆满，却具有独异性和超现实性的意向性。

福柯于 1967 年 3 月 14 日在一次题为《另类空间》的讲演中指出：

> 作为一种我们所生存的空间的既是想象的又是虚构的

争议,这个描述可以被称为异托邦学。第一个特征,就是世界上可能不存在一个不构成异托邦的文化。这一点是所有种群的倾向。但很明显,异托邦采取各种各样的形式,而且可能我们找不到有哪一种异托邦的形式是绝对普遍的。

我们处于这样一个时代:我们的空间是在位置关系的形式下获得的。①

与大多数向欧洲与北美寻求位置关系的学者和作家相异,孙毓棠在学术领域以及诗中所获得的位置,是先秦和汉唐史地研究给予他的,这一空间图景正是在中国的西部。在《宝马》中,是李广利将军出师的大宛;而在《河》中,则是一个谁也不知道的想象化的西部空间。如果说,《宝马》的创作得益于《史记·大宛列传》及《汉书·张骞李广利传第三十一》里所记载的史实,那么,《河》虽然可以在边疆史地的背景中获得理解的可能性,但却是缺乏具体的历史性的,它唯一具有的维度恰恰是福柯所谓的"空间性"和异质性。

福柯所处理的理论意义上的"异托邦"更想强调它作为一个差异性空间的特征,同时强调异托邦与乌托邦的差别在于异托邦所具有的"现实性":"乌托邦是一个在世界上并不真实存在的地方,而'异托邦'不是,对它的理解要借助于想象力,但'异托邦'是实际存在的。"②但在深受福柯影响的西方文学理论家以及史学家的发挥性解读中,则慢慢赋予了"异托邦"以遥远的"想象性"的特征。正如有研究者指出:"异托邦地理的基本

---

① 福柯:《另类空间》,王喆译,《世界哲学》2006 年第 6 期。
② 同上。

特征是某个遥远的、封闭的、处在时间之外的永恒的地域。"①张历君在《镜影乌托邦的短暂航程:论瞿秋白游记中的异托邦想象》一文中,也强调福柯所举的关于异托邦的一些与旅行和流徙有关的例子:

> (福柯)把船视为异托邦的极致表现,他指出,船是空间的浮动碎片,是没有地方的地方。它既自我封闭又被赋予了大海的无限性,是不羁想象最伟大的储藏所。"在没有船的文明里,梦想会枯竭,间谍活动取代了冒险,警察代替了海盗。"②

孙毓棠的《河》中那些千帆竞逐、万桨齐发的大大小小的船只,也堪称诗人的"不羁想象最伟大的储藏所"。而具有不可重复的独异性的《河》最后启示我们的是:诗歌是最有可能储存和建构异托邦的理想而完美之所。

---

① 周宁:《中国异托邦:20世纪西方的文化他者》,《书屋》2004年第2期。
② 张历君:《镜影乌托邦的短暂航程:论瞿秋白游记中的异托邦想象》,王德威、季进主编:《文学行旅与世界想象》,第151页,南京:江苏教育出版社,2007年。

参考文献

巴赫金:《陀思妥耶夫斯基诗学问题》,白春仁、顾亚铃译,北京:三联书店1988年。

巴赫金:《文本 对话与人文》,白春仁等译,石家庄:河北教育出版社,1998年。

巴赫金:《文艺学中的形式主义方法》,李辉凡、张捷译,桂林:漓江出版社,1989年。

巴什拉:《火的精神分析》,杜小真、顾嘉琛译,北京:三联书店,1992年。

巴什拉:《梦想的诗学》,刘自强译,北京:三联书店,1996年。

本雅明:《本雅明文选》,陈永国等译,北京:中国社会科学出版社,1999年。

本雅明:《发达资本主义时代的抒情诗人》,张旭东等译,北京:三联书店,1989年。

波德莱尔:《恶之花》,郭宏安译,上海:上海译文出版社,2013年。

波德莱尔:《巴黎的忧郁》,亚丁译,桂林:漓江出版社,1982年。

波德莱尔:《波德莱尔美学论文选》,郭宏安译,北京:人民文学出版社,1987年。

布雷德伯里等编:《现代主义》,上海:上海外语教育出版社,1992年。

彼得·福克纳:《现代主义》,邹羽译,哈尔滨:北方文艺出版社,1988年。

比梅尔:《当代艺术的哲学分析》,孙周兴、李媛译,北京:商务印书馆,2012年。

比尼恩:《亚洲艺术中人的精神》,孙乃修译,沈阳:辽宁人民出版社,1988年。

柄谷行人:《日本现代文学的起源》,赵京华译,北京:三联书店,2003年。

戴维·洛奇编:《二十世纪文学评论》,葛林等译,上海:上海译文出版社,1987年。

海明威:《海明威回忆录》,孙强译,杭州:浙江文艺出版社,1985年。

汉乐逸:《发现卞之琳:一位西方学者的探索之旅》,李永毅译,北京:外语教学与研究出版社,2010年。

黄晋凯编:《象征主义·意象派》,北京:中国人民大学出版社,1989年。

霍尔等:《荣格心理学入门》,冯川译,北京:三联书店,1987年。

纪德:《如果种子不死——纪德自传》,罗国林译,北京十月文艺出版社,2005年。

伽达默尔:《赞美理论》,夏镇平译,上海:三联书店,1988年。

杰姆逊:《后现代主义与文化理论》,唐小兵译,西安:陕西师范大学出版社,1986年。

卡勒:《结构主义诗学》,盛宁译,北京:中国社会科学出版社,1991年。

克洛德·马丹:《纪德》,李建森译,北京:三联书店,1992年。
克莱夫·贝尔:《艺术》,周金环等译,北京:中国文联出版公司,1984年。
拉铁摩尔:《中国的亚洲内陆边疆》,唐晓峰译,南京:江苏人民出版社,2005年。
拉康:《拉康选集》,褚孝泉译,上海:三联书店,2001年。
理查德·罗蒂:《哲学和自然之镜》,李幼蒸译,北京:商务印书馆,2003年。
罗兰·巴尔特:《符号学原理》,李幼蒸译,北京:三联书店,1988年。
里尔克:《给一个青年诗人的十封信》,冯至译,北京:三联书店,1994年。
马丁·布伯:《我与你》,陈维钢等译,北京:三联书店,1986年。
马尔科姆·布雷德伯里等:《现代主义》,胡家峦等译,上海:上海外语教育出版社,1992年。
马拉美:《白色的睡莲》,葛雷译,广州:花城出版社,1991年。
马立安·高利克:《中西文学关系的里程碑(1898—1979)》,伍晓明、张文定译,北京:北京大学出版社,1990年。
马泰·卡林内斯库:《现代性的五副面孔》,顾爱彬、李瑞华译,北京:商务印书馆,2002年。
帕斯:《批评的激情》,赵振江译,昆明:云南人民出版社,1995年。
帕斯卡尔:《思想录》,何兆武译,北京:商务印书馆,1985年。
普实克著,李欧梵编:《抒情与史诗》,郭建玲译,上海:三联书店,2010年。

齐美尔:《桥与门》,涯鸿、宇声等译,上海:三联书店,1991年。

Sabine Melchior-Bonnet:《镜子》,余淑娟译,台北:蓝鲸出版有限公司,2002年。

萨特:《萨特文学论文集》,施康强等译,合肥:安徽文艺出版社,1998年。

史景迁:《文化类同与文化利用》,廖世奇、彭小樵译,北京:北京大学出版社,1990年。

斯蒂芬·欧文:《追忆——中国古典文学中的往事再现》,郑学勤译,上海:上海古籍出版社,1990年。

斯拉沃热·齐泽克:《意识形态的崇高客体》,季广茂译,北京:中央编译出版社,2002年。

汤普森:《世界民间故事分类学》,郑海等译,上海:上海文艺出版社,1991年。

T. S. 艾略特:《艾略特诗学文集》,王恩衷编译,北京:国际文化出版公司,1989年。

瓦根巴赫:《卡夫卡传》,周建明译,北京:十月文艺出版社,1988年。

威廉·巴雷特:《非理性的人》,段德智译,上海:上海译文出版社,1992年。

威廉·燕卜荪:《朦胧的七种类型》,周邦宪等译,北京:中国美术学院出版社,1996年。

韦勒克:《批评的诸种概念》,丁泓、余徵译,成都:四川文艺出版社,1988年。

小泉八云:《小泉八云散文选》,孟修译,天津:百花文艺出版社,1994年。

叶·莫·梅列金斯基:《神话的诗学》,魏庆征译,北京:商务印书馆,1990年

伊丽莎白·赖特:《拉康与后女性主义》,王文华译,北京:北京大学出版社,2005年。

宇文所安:《迷楼》,程章灿译,北京:三联书店,2003年。

宇文所安:《他山的石头记》,田晓菲译,南京:江苏人民出版社,2003年。

郁白:《悲秋:古诗论情》,叶潇、全志刚译,桂林:广西师范大学出版社,2004年。

竹内好:《近代的超克》,李冬木译,北京:三联书店,2005年。

白以群等编:《玲君诗集——〈绿〉及其研究》,哈尔滨:黑龙江人民出版社,2006年。

卞之琳:《人与诗:忆旧说新》(增订本),合肥:安徽教育出版社,2007年。

曹葆华编:《现代诗论》,上海:商务印书馆,1937年。

陈绍伟编:《中国新诗集序跋选(1918—1949)》,长沙:湖南文艺出版社,1986年。

陈旭光:《中西诗学的会通——20世纪中国现代主义诗学研究》,北京:北京大学出版社,2002年。

成复旺:《神与物游——论中国传统审美方式》,北京:中国人民大学出版社,1989年。

戴锦华:《电影批评》,北京:北京大学出版社,2004年。

方汉文:《后现代主义文化心理:拉康研究》,上海:上海三联书店,2000年。

废名、朱英诞:《新诗讲稿》,北京:北京大学出版社,2008年。
高恒文:《京派文人:学院派的风采》,上海:上海教育出版社,2000年。
高友工:《美典:中国文学研究论集》,北京:三联书店,2008年。
洪子诚:《学习对诗说话》,北京:北京大学出版社,2010年。
洪子诚:《我的阅读史》,北京:北京大学出版社,2011年。
胡适:《尝试集·尝试后集》,陈平原导读,贵阳:贵州教育出版社,2001年。
华胥社编:《华胥社文艺论集》,上海:中华书局,1931年。
江弱水:《卞之琳诗艺研究》,合肥:安徽教育出版社,2000年。
江弱水:《抽思织锦》,北京:北京大学出版社,2010年。
姜涛:《巴枯宁的手》,北京:北京大学出版社,2010年。
蓝棣之:《现代诗的情感与形式》,北京:华夏出版社,1994年。
蓝棣之:《正统的与异端的》,杭州:浙江文艺出版社,1988年。
李广田:《诗的艺术》,上海:开明书店,1946年。
李广田:《文艺书简》,上海:开明书店,1949年。
李岫编:《李广田研究资料》,银川:宁夏人民出版社,1985年。
李怡:《中国现代新诗与古典诗歌传统》(增订版),北京:北京大学出版社,2008年。
李振声编:《梁宗岱批评文集》,珠海:珠海出版社,1998年。
梁宗岱:《诗与真·诗与真二集》,北京:外国文学出版社,1984年。
刘若愚:《中国诗学》,赵帆声等译,郑州:河南人民出版社,1990年。
刘西渭:《咀华集》,上海:文化生活出版社,1936年。

刘增杰编:《师陀研究资料》,北京:北京出版社,1984年。

栾梅健:《前工业文明与中国文学》,南宁:广西教育出版社,2000年。

聂世美:《菱花照影——中国镜文化》,上海:上海古籍出版社,1994年。

钱锺书:《谈艺录》,北京:中华书局,1984年。

钱锺书:《七缀集》,上海:上海古籍出版社,1985年。

盛澄华:《纪德研究》,上海:森林出版社,1948年。

司马长风:《中国新文学史》(下卷),香港:昭明出版社,1978年。

孙玉石:《中国现代解诗学的理论与实践》,北京:北京大学出版社,2007年。

孙玉石:《中国现代主义诗潮史论》,北京:北京大学出版社,1999年。

孙玉石:《中国现代诗歌艺术》,北京:人民文学出版社,1992年。

孙玉石主编:《现代诗导读(1917—1938)》,北京:北京大学出版社,1990年。

王德威、季进主编:《文学行旅与世界想象》,南京:江苏教育出版社,2007年。

王德威:《小说中国:晚清到当代的中文小说》,台北:麦田出版有限公司,1993年。

王泽龙:《中国现代主义诗潮史论》,武汉:华中师范大学出版社,1995年。

温儒敏:《中国现代文学批评史》,北京:北京大学出版社,1992年。

吴思敬、王芳编:《看一支芦苇——辛笛诗歌研究文集》,北京:

学苑出版社,2012年。

奚密:《现代汉诗:1917年以来的理论与实践》,宋炳辉译,上海:上海三联书店,2008年。

谢冕:《新世纪的太阳》,长春:时代文艺出版社,1993年。

杨匡汉、刘福春编:《中国现代诗论》,广州:花城出版社,1985年。

袁可嘉:《现代主义文学研究》,北京:中国社会科学出版社,1989年。

袁可嘉等编选:《外国现代派作品选》,上海:上海文艺出版社,1980年。

赵毅衡编:《"新批评"文集》,北京:中国社会科学出版社,1988年。

张杰:《鲁迅:域外的接近与接受》,福州:福建教育出版社,2001年。

张洁宇:《荒原上的丁香——20世纪30年代北平"前线诗人"诗歌研究》,北京:中国人民大学出版社,2003年。

张曼仪:《卞之琳著译研究》,香港:香港大学中文系出版,1989年。

张若名:《纪德的态度》,北京:三联书店,1994年。

张松建:《抒情主义与中国现代诗学》,北京:北京大学出版社,2012年。

张同道:《探险的风旗——论20世纪中国现代主义诗潮》,合肥:安徽教育出版社,1998年。

张旭东:《批评的踪迹》,北京:三联书店,2003年。

艾芜:《漂泊杂记》,石家庄:河北教育出版社,1994年。
卞之琳:《沧桑集》,南京:江苏人民出版社,1982年。
卞之琳:《卞之琳译文集》,合肥:安徽教育出版社,2000年。
卞之琳译:《西窗集》,上海:商务印书馆,1936年。
卞之琳:《地图在动》,珠海:珠海出版社,1997年。
卞之琳:《雕虫纪历》,北京:人民文学出版社,1984年。
卞之琳:《十年诗草》(增订本),合肥:安徽教育出版社,2007年。
卞之琳:《鱼目集》,上海:文化生活出版社,1935年。
曹葆华:《灵焰》,上海:新月书店,1932年。
曹葆华《无题草》,上海:文化生活出版社,1937年
戴望舒:《我的记忆》,上海:水沫书店,1929年。
戴望舒:《望舒草》,上海:现代书局,1933年。
废名、开元:《水边》,北京:新民印书馆,1944年。
冯至:《山水》,石家庄:河北教育出版社,1994年。
金克木:《蝙蝠集》,上海:时代图书公司,1936年。
何其芳、李广田、卞之琳:《汉园集》,上海:商务印书馆,1936年。
何其芳:《画梦录》,广州:广东人民出版社,1981年。
何其芳:《刻意集》,上海:文化生活出版社,1938年。
何其芳、李广田:《黄昏》,香港:文学出版社,1957年。
蓝棣之编:《现代派诗选》,北京:人民文学出版社,1986年。
梁宗岱译:《水仙辞》,上海:中华书局,1931年。
梁宗岱:《梁宗岱译诗集》,长沙:湖南人民出版社,1983年。
林庚:《北平情歌》,北平:风雨诗社,1936年。
林庚:《春野与窗》,上海:开明书店,1934年。
林庚:《夜》,上海:开明书店,1933年。

林庚:《冬眠曲及其他》,北平:风雨诗社,1936年。
林庚:《问路集》,北京:北京大学出版社,1984年。
上海大学文学院中文系新文学研究室编:《〈现代〉诗综》,南昌:百花洲文艺出版社,1990年。
孙望选辑:《战前中国新诗选》,南昌:江西人民出版社,1983年。
汪铭竹:《自画像》,重庆:独立出版社,1940年。
闻一多编:《现代诗钞》,《闻一多全集》第4卷,北京:三联书店,1982年。
辛笛:《手掌集》,上海:星群出版公司,1948年。
徐迟:《二十岁人》,上海:时代图书公司,1936年。
朱英诞:《无题之秋》,上海:开明书店,1935年。

《戴望舒全集》(散文卷),北京:中国青年出版社,1999年。
《戴望舒诗全编》,杭州:浙江文艺出版社,1989年。
《废名集》,北京:北京大学出版社,2009年。
《冯至选集》,成都:四川文艺出版社,1985年。
《何其芳全集》,石家庄:河北人民出版社,2000年。
《李广田散文》,北京:中国广播电视出版社,1994年。
《李广田全集》,昆明:云南人民出版社,2010年。
《何其芳文集》,北京:人民文学出版社,1982年。
《何其芳全集》,石家庄:河北人民出版社,2000年。
《何其芳诗全编》,杭州:浙江文艺出版社,1995年。
《林庚诗集》,北京:清华大学出版社,2014年。
《师陀全集》,开封:河南大学出版社,2004年。
《萧乾选集》,成都:四川人民出版社,1984年。

巴金、卞之琳主编:《水星》
戴望舒等主编:《新诗》
路易士主编:《诗志》
沈从文主编:《大公报·文艺副刊》
孙望等主编:《诗帆》
施蛰存等主编:《新文艺》
施蛰存主编:《现代》
吴奔星等主编:《小雅》
萧乾主编:《大公报·文艺》
朱光潜主编:《文学杂志》

况周颐:《蕙风词话》
严羽:《沧浪诗话》
王国维:《人间词话》

作者小传

吴晓东,黑龙江省勃利县人。1984年至1994年于北京大学中文系读书,获博士学位。现为北京大学中文系教授,博士生导师。1996年赴日本京都大学文学部担任共同研究者,1999年至2000年赴韩国梨花女子大学讲学,2003年至2005年赴日本神户大学讲学。2001年入选北京新世纪社会科学"百人工程",2007年入选教育部"新世纪优秀人才支持计划"。著有:《阳光与苦难》《象征主义与中国现代文学》《中国现代文学史》(合著)、《记忆的神话》《20世纪外国文学专题》《镜花水月的世界》《从卡夫卡到昆德拉——20世纪的小说与小说家》《漫读经典》《文学的诗性之灯》《废名·桥》《二十世纪的诗心》《文学性的命运》等。

学术史丛书

中国禅思想史	葛兆光 著
——从6世纪到9世纪	
士大夫政治演生史稿	阎步克 著
中国文学研究现代化进程	王 瑶 主编
中国现代学术之建立	陈平原 著
——以章太炎、胡适之为中心	
陈寅恪先生史学述略稿	王永兴 著
明清之际士大夫研究	赵 园 著
儒学南传史	何成轩 著
西潮激荡下的晚清地理学	郭双林 著
中国文学研究现代化进程二编	陈平原 主编
文学史的权力	戴 燕 著
《齐物论》及其影响	陈少明 著
文学史书写形态与文化政治	陈国球 著
晚清女性与近代中国	夏晓虹 著
北京：都市想像与文化记忆	陈平原 王德威 编
中国民间文学研究的现代轨辙	陈泳超 著
触摸历史与进入五四	陈平原 著
制度·言论·心态	赵 园 著
——《明清之际士大夫研究》续编	
近代中国的百科辞书	陈平原 米列娜 主编
清末民初的晚明想象	秦艳春 著
德语文学研究与现代中国	叶 隽 著

作为学科的文学史	陈平原 著
儒学转型与文化新命	彭春凌 著
——以康有为、章太炎为中心(1898—1927)	
政教存续与文教转型	陆 胤 著
——近代学术史上的张之洞学人圈	
世运推移与文章兴替	王 风 著
——中国近代文学论集	
*文化制度和汉语史	〔日〕平田昌司 著
*现代中国述学文体	陈平原 著
*晚清文人妇女观	夏晓虹 著
*晚清女子国民常识的建构	夏晓虹 著

文学史研究丛书

中国现代主义诗潮史论	孙玉石 著
小说史:理论与实践	陈平原 著
上海摩登	〔美〕李欧梵 著 毛 尖 译
——一种新都市文化在中国 1930—1945	
北京:城与人	赵 园 著
中国小说叙事模式的转变	陈平原 著
晚清至五四:中国文学现代性的发生	杨联芬 著
词与文类研究	〔美〕孙康宜 著 李奭学 译
二十世纪中国文学三人谈·漫说文化	
	钱理群 黄子平 陈平原 著

唐代乐舞新论	沈 冬 著
文学复古与文学革命	〔日〕木山英雄 著 赵京华 译
鲁迅·革命·历史	〔日〕丸山昇 著 王俊文 译
——丸山昇现代中国文学论集	
鲁迅、创造社与日本文学	
	〔日〕伊藤虎丸 著 孙猛 徐江 李冬木 译
被压抑的现代性	〔美〕王德威 著 宋伟杰 译
——晚清小说新论	
汉魏六朝文学新论	梅家玲 著
——拟代与赠答篇	
重建美国文学史	单德兴 著
明代复古派唐诗论研究	陈国球 著
新文学现实主义的流变	温儒敏 著
丰富的痛苦	钱理群 著
——堂吉诃德与哈姆雷特的东移	
大小舞台之间	钱理群 著
——曹禺戏剧新论	
地之子	赵 园 著
《野草》研究	孙玉石 著
中国祭祀戏剧研究	〔日〕田仲一成 著 布 和 译
韩南中国小说论集	〔美〕韩 南 著
才女彻夜未眠	胡晓真 著
——近代中国女性叙事文学的兴起	
中国现代小说的起点	陈平原 著
——清末民初小说研究	
朱有燉的杂剧	〔美〕伊维德 著 张惠英 译

后殖民理论	赵稀方 著
耻辱与恢复 〔日〕丸尾常喜 著	张中良 孙丽华 编译
——《呐喊》与《野草》	
鲁迅与中国现代文学批评	陈方竞 著
鲁迅：中国"温和"的尼采	张钊贻 著
左翼文学的时代	王风 〔日〕白井重范 编
——日本"中国三十年代文学研究会"论文选	
中国戏剧史 〔日〕田仲一成 著	布和 译
上海抗战时期的话剧	邵迎建 著
屈原及其诗歌研究	常森 著
鲁迅：无意识的存在主义 〔日〕山田敬三 著	秦刚 译
情与忠：陈子龙、柳如是诗词因缘 〔美〕孙康宜 著	李奭学 译
知识与抒情	张健 著
——宋代诗学研究	
唐代传奇小说论 〔日〕小南一郎 著	童岭 译
临水的纳蕤思：中国现代派诗歌的艺术母题	吴晓东 著
美人与书 〔美〕魏爱莲 著	马勤勤 译
——19世纪中国的女性与小说	
* 近代书局与白话小说	潘建国 著
——以上海（1843—1911）为考察中心	
* 屈原及楚辞学论考	常森 著
* 史事与传奇	黄湘金 著
——清末民初小说内外的女学生	

画 * 者即将出版。